THE TWELVE

2012. 12. 21

A NEW BEGINNING

2012

THE TWELVE
2012. 12. 21
A NEW BEGINNING

2012

열두 명의 현자

윌리엄 글래드스톤 장편소설 | 이영래 옮김

황소북스

"전 인류를 위해
고대 예언의 에너지를 이어온
열두 명에게
이 책을 바칩니다."

| 차례 |

마야족의 나이 지긋한 노인이나 마야의 달력을 연구하는 학자들은 2012년 12월 21일이 마야 달력의 마지막이며 새로운 시대의 시작이라고 말한다. 이 새로운 시대는 현재의 시대와 전혀 다른 기운을 가진다. 이 새로운 시대에는 탐욕이나 물질주의의 역할이 줄어들고 모든 살아 있는 존재들 사이의 조화가 중심을 이룬다. 2012년 12월 21일, 그날이 오면 삶의 특별한 변화를 인식하는 사람도 생기고 그렇지 못한 사람도 생길 것이다. 하지만 시간이 지남에 따라 변화는 더 광범위하게 일어날 것이다.

어떤 학자들은 뚜렷한 은하계의 변화가 나타날 것이라고, 심지어 지구의 자극과 전극이 바뀔 것이라고 믿는다. 하지만 진정한 마야 전문가들은 그 변화가 지구나 인간들에게 해를 입히는 대변동의 형태일 것이라고는 생각지 않는다.

　마야족 노인들은 내 소설《2012 : 열두 명의 현자》에서와 같이 2012년 12월 21일, 인류에게 스스로의 운명을 선택하는 자유로운 결정권이 부여될 것이라고 믿는다. 2012년 12월 21일에 당신이 내리는 결정과 확신은 세계의 조화를 이끄는 티핑 포인트(tipping point)를 창출할 수 있을 것이다. 선택은 당신의 몫이다.

　　　　　　　　　　　　　　　　　　　　　　　윌리엄 글래드스톤

2012년은 마야 달력에서 마지막으로 예고된 해이다. 호피족(미국 애리조나 주 북동부에 거주하는 푸에블로 인디언의 일족 – 편집자)이나 티베트 주술사들, 심지어 고대 세계의 지혜나 레무리아 그리고 아틀란티스의 신화와 소통한다고 믿는 사람들이 전하는 고대의 전설들은 하나같이 인류가 지난 수천 년간 영위해온 삶의 시삭이사 끝으로 2012년을 지적하고 있다.

기독교는 '지상 낙원'의 약속은 물론이고 불의 심판으로 예고될 재림을 오랫동안 기다려왔다. 유대인들은 메시아의 재림을 고대하고 있으며, 많은 토착 신앙들이 어떤 신비한 방식을 통한 지구의 변화를 예상해왔다.

모두가 이 신성한 해, 즉 2012년을 전후해서 일어날 일이다.

이 책을 집어 들고 읽기 시작한 당신은 분명 이 종말의 결과가 세상의 파멸이 될 것인지 혹은 인류 전체의 전환이 될 것인지를 결정하는 데 기여하도록 선택된 많은 사람들 중 하나이다.

제1장

빅뱅
1949년 3월 12일

1949년 3월 12일, 빅뱅이 있었다. 스티븐 호킹이나 다른 많은 과학자들이 설명하는 그런 빅뱅이 아니라 맥스 도프를 탄생시킨 빅뱅이다.

정확히 오후 11시 11분 45초, 별이 가득한 기분 좋은 겨울밤에 허버트 도프와 제인 도프는 뉴욕 시 테리타운의 베네딕트 애버뉴, 목장 스타일의 교외 주택 침실에서 그들의 45년 결혼 생활에서 최절정의 밤을 맞이하고 있었다.

허버트에게는 14초의 순간이었다.

하지만 제인에게는 훨씬 더 강렬했다. 온몸의 감각을 일깨우는 환상적인 오르가슴을 경험하는 순간이었다. 영혼 깊은 곳을 울리는 육욕의 물결에 흔들리는 동안 그녀는 유체 이탈을 경험했다. 그리고 자색과 푸른색의 장엄한 향연에 둘러싸였다.

시간이 멈추고, 그녀는 완전한 망아의 상태에 빠져들었다. 평생을 두고 이런 일은 없었다. 그녀는 바로 그 순간 남편과 자신이 소망해온 아이를 갖게 되리라는 걸 깨달았다.

허버트와 제인에게는 이미 18개월 된 아들 루이스가 있었다. 루이스는 탯줄을 목에 감은 채 태어났다. 그 애가 태어날 당시의 트라우마에도 불구하고 살아남을 수 있었던 것은 오로지 병원 의료진의 억센 손아귀 덕분이었다.

그래서인지 루이스는 태어날 때부터 신경질적이고, 예민하고, 부산스럽고, 다루기 힘든 아이였다. 허버트가 탄탄한 출판사를 운영하고 있는 덕분에 그들은 아이를 돌보는 유모 겸 가정부를 들일 수 있었다.

제인에게는 다행스러운 일이었다. 이렇게 하고도 허버트에게는 경제적 여유가 있었다. 또 두 사람은 정상적인 아이를 하나 더 가지길 바랐다.

그리하여 1949년 3월 12일 밤 11시 12분, 허버트는 나른함 속에서 완벽한 만족을 느끼며 경외하는 눈빛으로 무아지경의 기쁨에서 비롯된 제인의 강렬한 떨림을 바라보았다. 그는 아내가 자신이 겪은 어떤 절정보다 훨씬 깊은 전신의 오르가슴을 경험하는 3분 내내 그녀를 안아주었다.

아르헨티나의 작가 호르헤 루이스 보르헤스는 어떤 커플이 완벽한 육체적 결합을 이루면 전 우주가 바뀌고 그 커플은 '모든' 커플이 될 것이라고 쓴 적이 있다. 티베트의 달라이 라마는 깨달음으로 가는 탄 트라의 길을 웃음과 감동의 길이라고 보았다. 그는 또한 서로를 사랑 하는 두 사람이 인류를 온전히 구하고, 존재하는 모든 것들에게 해탈 을 가져다줄 것이라고 믿었다.

그가 아는 한 지금까지 그러한 커플도 그러한 결합도 존재하지 않 았다.

1949년 12월 12일 오후 4시 5분, 두 눈을 뜨고 얼굴에 미소를 띤 채 맥스 도프가 태어났다.

아들 루이스가 태어날 당시 겪은 혼란 때문에 제인은 제왕절개 수 술을 권유받았다. 제인이 겁을 잔뜩 먹고 있는 가운데 수술을 통해 아 기는 아주 쉽게 태어났고, 맥스는 상대적으로 쉬운 삶의 조건을 얻게 되었다.

이렇듯 더없이 행복한 환경에서 태어났지만, 맥스의 주변을 감도는 어두운 그림자가 있었다. 맥스의 건강을 위태롭게 할 정도로 강력한 그 어둠의 그림자는 루이스에게서부터 시작되었다. 맥스보다 27개월 먼저 태어난 루이스는 이미 동생의 행복에 위협이 될 만한 힘을 갖추 고 있었다.

태어난 지 3일째 되던 날, 맥스를 집으로 데려온 허버트와 제인은 부부 침실의 큰 침대에 앉아 루이스에게 동생을 보여주었다.

단 몇 초 만에, 부모가 어떤 대응을 하기도 전에, 루이스는 맥스의 목을 움켜쥐고 조이기 시작했다. 깜짝 놀란 제인은 재빨리 루이스의 손을 풀고 맥스에게서 떼어냈다. 그 사이 허버트는 몸을 움직여 갓난 아이를 감쌌다.

제지를 당한 루이스는 계속해서 새된 소리를 질러대며 제인과 허버트를 차례로 때리기 시작했다.

그들은 루이스를 겨우 침실에서 떼어냈다.

맥스는 이 지나치게 열렬한 형의 환영 인사를 견뎌냈다. 하지만 그것은 맥스를 향한 루이스의 폭력과 괴롭힘의 서막에 불과했다. 그러한 폭행이 예측 불가능하고 빈번할뿐더러 언제나 자신에게 집중되리라는 것을 알게 된 출발점에 지나지 않았다.

하지만 그 외의 모든 면에서 볼 때, 맥스의 인생은 비교적 트라우마에서 자유로웠다. 그는 조용한 아이였다.

소년 시절의 맥스는 아주 귀여웠다. 적갈색 머리, 길고 검은 속눈썹, 갈색 눈동자, 완벽한 조화를 이룬 얼굴에 미소가 번질 때는 특히 돋보였다. 맥스는 거의 항상 미소를 잃지 않았다.

맥스는 뚱뚱하지도 마르지도 않은 균형 잡힌 몸매를 가지고 있었다. 뼈대가 작고 손목과 발목이 가냘프긴 해도 건강하고 튼튼했다. 낯선 사람 앞에서도 놀라지 않았다. 마치 자신이 맞닥뜨린 모든 사람이 오로지 사랑과 호의만을 품고 있다고 믿는 듯했다. 루이스의 경우를 제외하면 어린 시절 내내 그랬다.

그렇지만 어떤 알 수 없는 이유로(어쩌면 루이스의 공격에 의해 생긴 트라우마나 다른 유전적 요인 때문에) 맥스의 언어 능력은 정상적으로 발달

되지 않았다. 여느 아기들과 같은 소리를 내기는 했지만 단어의 형태를 갖추지는 못했다.

좀 더 정확하게 말하면, 사람들이 하는 말을 모두 이해하는 듯했고, 거의 텔레파시에 가까운 방식으로 엄마나 심지어 자신을 괴롭히는 형과도 대화를 나눌 수 있었다. 하지만 그의 커뮤니케이션 능력은 거기까지였다.

이러한 환경이 그의 형 루이스에게 끊임없는 학대의 가능성을 열어주었다.

"덜떨어진 놈아, 부엌에서 과자 좀 더 가져와."

"바보야, 이리 안 오면 죽을 줄 알아."

루이스는 자신이 동생을 '바보'라고 줄여 부를 수 있을 만큼 똑똑하다고 여겼다. 제인과 허버트는 최소한 자기들 앞에서는 '덜떨어진 놈'이란 말을 쓰지 못하게 선을 그었지만, 루이스가 싫증을 낼 것이라는 헛된 기대를 품고 '바보'라는 말은 마지못해 허용했다.

루이스는 부모가 듣지 않는 곳에서는 그 규칙을 무시하고 으레 "이 덜떨어진 놈아, 그 트럭을 내놓지 않으면 묵사발이 될 줄 알아.", "저리 비켜, 이 덜떨어진 놈아."라고 소리치곤 했다.

제인과 허버트 또한 맥스의 언어 발달 지체가 정신적 장애에서 비롯된 것이라고 생각했다. 맥스가 네 살이 되자 그들은 언어 치료사를 고용했다. 치료사는 이내 자신이 모든 것을 이해하는 듯한 지극히 명석한 꼬마를 상대하고 있다는 사실을 깨달았다.

그럼에도 불구하고 맥스가 완전한 문장을 이야기하고, 곧장 자기 나이 수준을 훨씬 뛰어넘는 언어를 자유자재로 구사하기 시작한 것은 여섯 살이 되어서였다.

어느 날부터인가 맥스는 마술처럼 말이 터졌다.

"올여름 마사네 포도 농장에 가면, 호수와 보트가 딸린 노란 집을 빌렸으면 해요."

"지난여름 호수에 갔던 게 참 마음에 들었어요. 매일매일 가고 싶어요."

아이의 이런 모습이 제인과 허버트에게는 충격으로 다가왔다. 하지만 이러한 충격은 이내 크나큰 행복으로 변했다.

그와 동시에 맥스는 지능 검사에서 대단히 높은 점수를 기록해 부모가 안고 있던 걱정을 일거에 떨쳐냈다.

이러한 변화는 허버트와 제인에게 정말로 기쁘고 고마운 뜻밖의 선물이었다. 하지만 루이스에게는 참기 힘든 일이었다. 루이스는 어린 맥스의 천적으로서 자신의 역할에 더욱 집중하게 되었다.

맥스는 태어날 때부터 자신의 삶에는 목적이 있고, 자신이 완성해야 할 중요한 사명이 있다는 것을 알고 있었다. 하지만 이러한 깨달음은 눈에 보이는 확실한 실체가 아니었다. 내면에 있는 어떤 목소리가 자신이 태어난 이유를 말해주었다. 그 목소리는 언어가 아닌 색깔과 강력한 파동으로 전달되었다. 그의 내면세계, 이 비밀스러운 공간은 아름다움과 고상함으로 가득 찼고, 그것이 맥스를 무척이나 행복하게 만들어주었다.

맥스는 어떤 주제에 대해서든 지식을 끌어낼 수 있는 듯했다. 특히 수학에 애착을 가져 마음속에서 끊임없이 소용돌이치는 숫자들을 능란하게 다루는 탁월한 능력을 보여주었다. 심지어 말을 하기 전부터 암산으로 세 자리 숫자의 곱셈을 해낼 수 있었다.

그리고 이러한 재능은 일종의 3차원적 요소를 받아들였다. 그는 가로와 세로로 배열한 박스들과 수학의 탄젠트(tangent) 등에 대해 끊임없이 상상했다. 각각의 박스가 그 자체로서 완벽한 하나의 우주라 상상하고, 각각의 박스와 그 박스들의 집합체가 갖는 형태와 방향, 시작과 끝에 대해 생각했다.

그런 일은 생활의 대부분이 그렇듯 그에게 큰 즐거움을 안겨주었다. 하지만 그런 뛰어난 능력을 가진 기쁨에도 불구하고, 맥스에게는 딱 하나 완벽하지 못한 것으로 남아 있는 게 한 가지 있었다.

바로 루이스였다.

맥스는 형의 폭력과 극단적인 잔학성에도 불구하고 루이스를 가장 친한 친구로 여겼다. 둘의 묘한 유대감이 맥스로 하여금 루이스에 대해 공감할 수 있게 해준 것이다. 마치 그들 두 사람이 태내에서 겪은 더없이 행복한 파라다이스를 기억하는 것 같았다.

맥스는 태어나는 순간부터 자신이 어디에 있든 그의 삶에서 있어야 할 곳에 정확히 있고, 자신이 완전히 평화로운 생각들로 채워져 있다는 것을 알았다.

반면 루이스는 존재의 완벽한 상태에서 강제로 벗어난 것에 대해 그리고 목을 조르며 자신을 반긴 세상에 대해 화가 나 있었다. 때문에 그는 발길질을 하고 비명을 지르며 이 세상에 태어났고, 지속적으로 혐오의 감정을 간직했다.

맥스는 그러한 것을 느끼지 못했다는 게 루이스를 더욱 화나게 했다. 그래서 폭력과 공포를 통해 동생의 삶이 자신만큼 비참해지도록 만들기로 마음먹었다. 겨우 걸음마를 하던 아이 때부터 루이스는 동생에게 달려들어 바닥에 눕히고 질식시키는 공격을 하곤 했다. 그러다 동생이 울음을 터뜨리면 손을 뗐다. 그리고 어른들이 달려오는 사이 동생에게서 멀찌감치 떨어졌기 때문에 사람들은 루이스의 폭력이 어느 정도였는지 짐작할 수 없었다. 게다가 맥스가 자기표현을 하지 못했기 때문에 실제로 어떤 일이 벌어졌는지 전혀 알 수 없었다.

이윽고 맥스는 죽은 척하는 법을 배웠다. 그는 루이스를 제지하는 게 불가능하다는 것을 깨달았다. 루이스가 화를 낼 때는 어른 한 명으로도 제압할 수 없는 엄청난 힘을 발휘했기 때문이다.

타고난 낙천적인 천성에도 불구하고 맥스는 지속적인 폭력에서 비롯된 영향을 깨닫게 되었다. 집에서도 전혀 안전하지 못하고, 학업이나 삶의 어떤 측면에서 좋은 결과를 갖게 되면 그로 인해 고통을 받게 된다는 깨달음을 얻은 것이다.

폭행이 늘어나자 맥스는 천적에게서 벗어나기 위해 스스로 목숨을 끊는 것에 대해 심각하게 고민했다.

그리고 나이 일곱 살에 버터나이프로 자기 배를 찌르려 했다. 비록 비밀스러운 내면세계 속에서는 자기 존재의 잠재력을 보았고 눈앞에 펼쳐진 가능성에 가슴이 설레었지만, 바깥세상은 결코 피하지 못할 것 같은 엄청나게 큰 장애물을 드리우고 있었다.

맥스는 칼을 집어 들었다.

그런데 무딘 칼날을 복부로 가져가던 그에게 요람에서 들었던 조용한 내면의 목소리가 떠올랐다. 그 순간 맥스는 자신에게는 목표, 즉 진정한 사명이 있음을 그리고 자신이 가는 길에 장애물이 있을지라도 그 모든 것에 정면으로 맞서는 용기가 있음을 깨달았다. 맥스는 칼을 내려놓았다.

대신, 맥스는 형의 조르기 공격을 피하는 법을 배우게 되었다.

걸음마를 할 무렵부터, 맥스는 언어를 구사할 능력이 없음에도 불구하고 어떤 그룹에서든 주도권을 잡는 리더의 자질을 보여주었다.

자라면서는 모든 교과목에서 탁월한 성적을 냈고 배움에 대해 대단한 기쁨을 느꼈다. 스포츠에도 매우 능해서 열두 살 때 웨스트체스터 카운티의 50미터 달리기 챔피언이 되었다. 맥스는 루이스에게서 도망을 치다보니 빨리 달릴 수 있게 되었다고 농담을 하곤 했다.

8학년을 마칠 때 맥스는 졸업생 대표에 학생회장, 풋볼과 레슬링 그리고 야구팀의 주장이기도 했다. 그는 공이나 상대 선수가 어디로 향할지 예측하는 비범한 감각을 지녔고 항상 적절한 시점에 적절한 장소에 위치했다. 그리고 실수를 한다는 생각은 전혀 하지 않았다.

그는 자신이 하는 모든 것에서 완벽을 기대했고… 실제로도 그랬다. 대부분 아이들의 경우 이러한 기대는 불안감을 낳기 마련이지만 맥스는 그렇지 않았다.

의심할 여지 없이 부모는 맥스를 극진히 사랑했고, 아버지의 성공 덕분에 맥스는 물질적인 풍요를 누렸다. 때문에 끊임없이 자신을 괴롭히는 형 밑에서도 맥스는 그럭저럭 유년기를 견뎌낼 수 있었다.

얼마 후 맥스가 열다섯 살 때인 1965년 2월 19일 목요일, 하워드 그레이의 진료실에서 맥스 도프는 숨이 멈추었다.

제2장

맥스 도프의 죽음

1965년

제인과 아들 맥스가 테리타운 메디컬 센터에 도착한 것은 그 운명의 오후, 정확히 2시 44분이었다. 날씨는 춥고 땅에는 눈이 덮여 있었다. 막 내린 깨끗한 눈이 아니라 녹았다 얼었다를 반복해서 그즈음에는 거의 마음을 끌지 못하는 눈이었다.

길은 대부분 깨끗했지만 눈은 이전에 소금을 뿌리고 제설 작업을 했음에도 불구하고 눈과 귀에 거슬리는 푸석한 쓰레기로 덮여 있었다.

길이 깨끗한 게 그나마 다행이었다. 제인 도프의 운전 솜씨는 형편없었다. 핸들 앞에서 전혀 자신이 없었다. 게다가 불과 2년 전에 끔직한 교통사고를 겪은 경험도 있었다.

그 사고가 그녀의 인생을 바꾸어놓았다.

제인 레프코비츠는 아름다운 여성이었다. 165센티미터의 키에 티 없는 피부와 완벽한 몸매를 자랑하는 그녀는 까만색 곱슬머리와 말할 수 없이 부드러운 갈색 눈동자, 사람들을 사로잡는 매혹적인 미소를 갖고 있었다. 그녀를 본 사람들은 메리 픽포드나 노마 시어러 같은 1920~1930년대의 미국 영화배우를 떠올렸다.

열여섯 살인 그녀는 스물네 살 된 언니 모나와 함께 쿠바로 향하는 유람선에 타고 있었다. 러시아 이민자 2세인 모나는 몇 번의 결혼 기회를 놓치고 '노처녀' 신세가 되었다. 세 자매 중 장녀인 그녀는 제인 같이 아름답지 않아서 그런지 적당한 남자를 쉽사리 만나지 못했다. 하지만 때는 1939년이고 부모 또한 옛 세대인지라 장녀인 그녀가 결혼하지 않으면 동생들 또한 결혼할 수 없는 처지였다.

러시아 가정의 전통이 그랬다. 아니, 적어도 레프코비츠 가정은 그런 전통을 지키고 있었다.

제인의 아버지 아널드 레프코비츠는 뉴저지 주의 뉴어크에서 달걀을 팔며 그럭저럭 생계를 꾸려나갔는데, 그의 아내 글래디스는 그런 남편의 직업을 얕보기 일쑤였다. 대단히 이지적인 사람인 아널드는 토라 전문가였고 전 세계 랍비들의 존경을 한 몸에 받았다. 하지만 이미 '쇠락'했다는 글래디스의 생각을 지우기에는 역부족이었다.

그녀의 친정은 유럽에서 잡화점을 운영했고 아버지는 의사였으므로 꽤 훌륭한 가문이었다. 때문에 글래디스는 자신이 사리에 밝고 세련된 여자이며 보잘것없는 남편에게는 과분하다고 생각했다.

글래디스는 직업을 갖지는 않았지만 훌륭한 주부였고, 남편 아널드가 벌어오는 돈을 모두 관리하고 단속했다. 여행 비용이 비싼데도 불구하고 그녀는 부엌 아이스박스 위 세 번째 서랍에 감추어둔 '비상금' 단지를 열어 필요한 돈을 꺼냈다. 이것으로 그동안 모아둔 돈은 거의 바닥이 났다. 하지만 그녀는 모나뿐 아니라 제인까지 뉴욕 항에서 쿠바 하바나로 가는 10일간의 크루즈 여행에 보낼 작정이었다.

제인은 언니의 샤프롱(젊은 여자가 사교장에 나갈 때 따라가서 보살펴주는 사람 - 편집자) 역할을 했다. 실은 언니와 그렇게 친하지 않았지만 말이다. 의도한 것은 아니지만 이 여행은 제인에게 세상과 만나는 기회가 되었다. 그녀는 여행을 하고, 작가가 되고, 영국 데본에 있는 초가집에서 사는 것이 꿈이었다.

행동이나 품성에 대해 사람들이 뒷말을 할 가능성이 있기 때문에 모나가 혼자 여행하는 것은 적절치 못한 일이었다.

게다가 이것은 아주 진지한 비즈니스였다.

모나는(아무도 감히 그렇게 부르지 않았지만) 이 '독신 여행'에서 짝을 찾아야 했다. 시간이 흐를수록 모나의 미래도, 그와 함께 제인과 여동생 미리엄의 미래도 흔들리고 있었다.

이 크루즈 여행은 배에 탄 많은 독신 남성과 독신 여성이 교류할 수 있도록 마련한 자리였다. 첫날 식사 때 제인과 모나는 선장의 테이블에 배정되었다.

말쑥한 외모를 가진 스물네 살의 (모나와 동갑인) 청년 허버트 도프도 그 테이블에 앉았다. 키는 173센티미터, 웨이브 진 검은 머리에 갈색 눈은 장난기로 가득했고 와인과 음식에 대한 탐닉으로 약간 살집이 있었지만 전반적으로 건장한 외모에 몸도 건강했다.

명석한 과학도이던 허버트는 전도유망한 화학자로 출세가도를 달리는 듯했지만 유니온 카바이드에서 일어난 연구실 폭발 사고로 부분 청력을 상실한 뒤 6개월간의 유급 휴가를 받게 되었다. 허버트는 야구 경기를 구경하거나 섹시한 여자들과 데이트를 하고 운전면허를 갱신하는 등 자질구레한 일을 하며 소일했다.

그런데 이 마지막 일이 그의 경력에 전환점이 되었다.

허버트는 운전 시험 책자의 공급이 딸린다는 것을 알게 되었다. 시간이 남아돌던 그는 책자 발행을 맡아서 면허 시험 응시자들에게 판매했다.

상당히 많은 사람들이 운전면허 필기시험에 떨어져 재응시를 해야 하는 실정이었다. 그는 비서 하나를 고용해 4지선다 문제와 해답을 실은 책자를 타이핑하고 등사하게 했다.

이후 허버트는 직접 맨해튼 자동차면허국 정문에서 책을 남김없이 팔아버렸다. 한 권에 1달러씩이었다. 책자를 1000부 더 찍은 그는 친구와 학생들을 고용해 한 권당 25센트의 사례를 하기로 정한 뒤 뉴욕 시 전역에서 팔도록 했다.

이러한 과정이 몇 달간 지속되면서 허버트는 1주일에 몇 천 달러에 이르는 수익을 올리게 되었다. 이는 1930년대 중반으로서는 대단히 큰돈일뿐더러 화학자로서 벌 수 있는 돈을 훨씬 앞지르는 액수였다.

온 나라가 대공황에서 빠져나오기 위해 애쓰고 있었지만 실업률은 여전히 높았다. 당시에는 병역의 의무가 없었고, 군대를 실업에 대한 해결책이나 면책 특권 비슷하게 여겼다. 지원병의 봉급 수준이나 입대해서도 학업을 계속할 수 있는지 여부는 입영 시험 성적에 따라 결정되었는데, 그 시험 역시 운전면허 시험 매뉴얼과 마찬가지로 납세자의 비용으로 만들어지는 일종의 공유 문서였다. 여기에서 허버트는 다른 사람들을 도우면서 돈을 벌 수 있는 또 다른 기회를 포착했다.

그는 가장 기본적인 수학과 영어 문제들을 모아 시험지를 복사한 뒤 《군 입영 시험 연습》이라는 제목의 책자를 발행했다. 오래지 않아 허버트는 처음으로 100만 달러를 만져보게 되었다.

1938년에 100만 달러는 상당히 큰 재산이었고, 독신 남자라면 장난질(허버트가 꽤나 탁월했던 분야)에 쓰지 않고는 주체할 수 없을 정도로 많은 액수였다. 그는 호화로운 음식과 좋은 와인, 아름다운 여성과의 교제 등 사치스러운 생활을 즐겼다. 그리고 그중 마지막 사항이 허버트가 유람선에 오른 이유였다.

그는 6개월간 금발에 푸른 눈을 가진 육감적인 미인 리사와 데이트를 했다. 그녀는 허버트가 왼손 약지에 약혼반지를 끼워주고 자신에게 편안하고 즐거운 삶을 보장해주기를 기대했다. 그러나 허버트는 리사를 좋아하긴 했어도 결혼하고 싶지는 않았다.

무엇보다 그는 결혼할 준비가 되어 있지 않았다. 게다가 리사는 재미있는 파티 걸이긴 했지만 허버트가 차분히 자리를 잡거나 아이를 가질 상대는 아니었다.

하지만 그녀의 눈을 보면서 그 말을 할 용기를 낼 수는 없을 것 같았다. 그래서 사라지기로 결심했다. 비겁한 방법이긴 했지만 자신이 사라지는 게 결혼 생활의 행복을 기대하는 리사의 마음을, 그게 아니라도 최소한 그와의 결혼을 기대하는 마음을 무마시켜줄 거라고 생각했다. 그렇게만 된다면 계속해서 다른 여자들 사이를 누비고 다닐 수 있을 터였다.

이윽고 그는 리사에게 사업상 하바나에 가야 한다고 말한 뒤 6개월 내내 쿠바에서 그녀에게 보내질 수많은 엽서를 미리 준비했다. 그 엽서들에는 일이 자꾸 복잡해져서 귀국을 못하고 있다는 내용이 담겨 있었다.

물론 허버트는 뉴욕으로 돌아올 테고, 6개월쯤 후면 리사가 그를 포기하고 다른 남자를 찾아 나서길 바랐다.

이렇게 해서 유람선에 오른 그는 선장의 테이블에 앉게 되었다. 그리고 옆자리에 있는 모나와 제인을 본 순간 미친 듯이, 대책 없이, 완전히, 영원히 사랑에 빠지고 말았다. 제인과 말이다.

제인의 아름다움은 압도적이었다. 그녀는 자신이 아름답다는 걸 아는 듯했지만 그것을 과시하지는 않았다. 하지만 그 아름다움으로 자신감과 안정감을 발산하면서 자연스럽게 그의 마음을 끌어당겼다.

만찬이 이어지는 동안, 그는 제인의 나이를 듣고 자신의 구혼을 받기에는 나이가 너무 어리다는 것을 알게 되었다. 이후 그는 나이가 적당한 모나에게 좀 더 관심을 쏟았다. 모나는 그의 매력에 마음을 뺏긴 것이 분명했다.

배가 하바나 부두에 도착하자 새롭게 맺어진 커플들은 거리를 쏘다니고 무더운 그 도시의 해변과 카지노를 찾았다. 허버트는 자매를 마차에 태우고 함께 시내 관광을 했다. 그들에게 쇼를 보여주고 저녁을 대접하고 꽃과 선물을 사주었다. 하바나에 머무르는 동안 그들 세 사람은 한시도 떨어지지 않았고, 돌아오는 배에서는 다시 선장의 테이블에 자리를 잡았다. 두 자매 사이에 앉은 허버트는 모나의 말에 귀를 기울였다.

그들이 귀국한 후 레프코비츠 가족들은 두 딸에게 모나의 예비 구혼자에 대한 이야기를 전해 들었다. 때문에 허버트가 찾아와 제인과의 교제를 허락해달라고 했을 때는 모두가 충격을 받지 않을 수 없었다.

글래디스 레프코비츠와 모나 두 사람은 모나를 거절한 허버트를 결코 용서하지 않았다. 수년이 흘러 모나가 결혼을 하고 아이를 둘씩이나 가진 후에도 허버트는 어리고 예쁜 동생에게 접근하기 위해 언니를 이용한 치사하기 짝이 없는 파렴치한이었다.

나이가 들면서 제인의 미모는 더욱 빛을 발했다. 1953년, 이미 두 아이의 엄마가 된 그녀와 허버트는 모로코 마라케시의 '라 마모니아' 호텔에서 식사를 하고 있었다. 근처 테이블에 앉아 있던 윈스턴 처칠은 그녀에게서 눈을 떼지 못했다. 그는 마침내 제인과 허버트에게 동석을 제안했다. 그녀에게는 당연한 일이었다. 그녀는 고지식한 가정교육을 받았지만 지위 고하를 막론하고 누구와도 편안하게 어울리는 재능을 가지고 있었다.

제인에게는 정감이 있었으며 거의 텔레파시에 가까운 신비한 공감 능력을 가지고 있어서 누구든지 편안함을 느끼게 만들었다. 이 나이 많은 정치가도 예외는 아니었다. 그들은 마치 오랫동안 서로 알고 지낸 사이처럼 이야기를 나누었고, 의자 깊숙이 등을 기댄 채 그들을 바라보는 허버트의 얼굴은 자부심으로 빛났다.

그런데 1963년 6월 16일 오후 4시 22분, 뉴욕 시에서 30킬로미터 북쪽에 있는 뉴욕 슬리피 할로의 슬리피 할로 드라이브에서 이 모든 것이 끝났다.

그녀는 루이스를 태우고 맥스의 8학년 졸업을 축하하는 파티에 쓸 다과를 준비하러 가는 길이었다. 맥스는 다음 날 학생과 학부모 앞에서 졸업생 대표로 고별 연설을 하기로 되어 있었다. 사립 해클리 스쿨의 상급반과 하급반 학생들이 모두 참석하기 때문에 청중은 수백 명이 될 터였다. 제인은 맥스로 하여금 뛰어난 학업 성과를 얻게 한 감사의 표시를 해야 한다고 생각했다.

맥스는 연설 준비를 하느라 집에 있었다. 제인은 정지 신호를 보고 하얀색 스테이션왜건을 삼거리 교차로에 세웠다. 앨리슨 브로드스트리트 부인이 운전하는 갈색 셰비가 다가왔다.

제인에게 우선 통행권이 있었지만 그녀는 머뭇거렸다.

브로드스트리트 부인은 액셀러레이터를 브레이크와 혼동하는 바람에 차를 세우는 대신 오히려 빠른 속도로 질주했다. 시속 70킬로미터에 달했다. 두 사람을 죽음에 이르게 할 만한 속도는 아니었지만, 루이스를 차 밖으로 튕겨나가게 하고 제인의 머리와 얼굴에 부상을 입히기에는 충분했다.

그들은 서둘러 병원으로 옮겨졌다. 제인은 왼쪽 눈 위의 상처를 마흔세 바늘이나 꿰매야 했다. 의사는 그 밖의 상해는 뇌진탕뿐이라고 진단했다.

맥스는 다음 날 예정대로 해클리 스쿨의 졸업식에서 연설을 했다. 다행히 부상을 입지 않은 그의 형 루이스가 졸업식에 참석한 유일한 가족이었다. 그 역시 해클리 학생이었기 때문에 그 자리에 참석해야 했던 것이다.

허버트는 제인의 병상을 지켜야 했다. 얼마 후 그녀는 집으로 돌아왔고, 남편이나 다른 사람이 보기에는 여전히 아름다웠다. 하지만 불행히도 자신은 그렇게 생각하지 않았다.

그 사고로 제인은 사소한 장애를 겪게 되었다. 왼쪽 얼굴의 신경을 제어할 수 없게 된 것이다. 여전히 미소를 지을 수는 있었지만 예전과 달랐다. 그녀는 이러한 변화를 간과할 수 없었다. 그녀는 절대 허영에 들뜨지 않았고, 자신의 아름다움을 당연한 것으로 받아들였다. 삶은 그녀에게 무척이나 관대했다. 그녀는 남편과 아이들 그리고 편안한 집과 친구, 부유한 생활이라는 축복을 받았다.

그녀는 언제나 보호받고 사랑받으며 끝없는 은혜 속에서 살았다. 하지만 사고 이후 모든 게 달라졌다. 그녀는 의기소침해졌고 삶에 대한 열정을 잃었다.

사고 당시 마흔한 살이던 제인은 자신의 가치를 의심하기 시작했다.

영국에 대한 그녀의 꿈은 채워지지 않은 채 남아 있었다. 그녀의 정체성은 허버트와 불가분의 관계였다. 허버트는 자신이 끔찍이 사랑하는 사람이었지만 크게 성공한 이 강인한 남자의 그늘에서 사는 것이 열등감을 안겨주었다. 그녀는 허버트를 원망하기 시작했다.

제인은 자신에 대한 모든 신뢰를 잃었다. 그녀는 신앙을 가진 적이 한 번도 없었고, 특히 그때의 사고로 인해 신의 존재에 대해서조차 의심을 품게 되었다. 후회와 실망감만이 마음을 채웠다. 그녀는 줄담배를 피우고 고통이 가라앉을 때까지 보드카를 마시기 시작했다.

제인의 주치의는 하워드 그레이 박사였다. 박사의 아이들도 해클리 스쿨을 다니고 있었고 그의 아내 젤다는 제인 부부와 종종 사교적인 만남을 갖거나 식사를 함께하곤 했다. 이렇듯 그레이 박사는 도프 가족의 주치의로서 오랜 우정을 쌓아온 터였다. 그러던 차에 병원에서 퇴원한 제인이 우울증에 빠져들자 자연스럽게 그레이 박사의 조언과 도움을 얻게 되었다.

어린 시절 제인은 매년 여름마다 저지 해변에서 2주일 동안 휴가를 보내곤 했다. 그런 피크닉이나 휴가를 무척 좋아한 그녀는 결혼을 해서도 롱아일랜드사운드의 케이프코드나 마사네 포도 농원처럼 파도를 바라보며 시간을 보낼 수 있는 곳에서 가족과 함께 여름휴가를 보냈다. 밤이건 낮이건 시간은 문제가 되지 않았다.

바다의 소리와 파도, 밀물과 썰물, 끊임없는 생동감이 제인을 삼켜 황홀경에 빠지게 만들었다.

그런 까닭에 제인이 우울증에 빠졌다는 소식을 들은 그레이 박사는 그녀에게 한 달 동안 작은 별장을 빌려 마음껏 바다를 바라보고 즐기는 시간을 가지는 것이 좋겠다고 조언했다.

그녀는 신경이 손상된 미소와 우울증으로 인해 '심신 장애' 상태에 처해 있는 자신을 아무도 봐서는 안 된다는 조건으로 그 제안을 받아들였다. 제인은 누구의 방문도 원치 않았다. 아이들이나 허버트, 심지어 청소하는 여자조차 들이지 않았다. 아무도 찾지 않는 완벽한 고독을 원했다.

하지만 그레이 박사는 예외였다. 그는 건강을 위해서는 휴식과 바다만큼이나 고독에서 벗어나는 것이 필요하다며 이따금 그녀를 찾아갔다. 더욱이 제인에게 진통제와 수면제를 처방해주어야 했기 때문에 매주 그녀를 만나러 갈 수밖에 없었다.

처음에는 근처 해변에 있는 모텔에 머물렀다. 하지만 곧 제인의 별장에서 토요일 밤을 보내거나 함께 외식을 하고 해변을 산책하게 되었다. 그런 덕분에 그녀는 서서히 사람들과 다시금 교류를 시작했다. 그리고 자신이 여전히 아름답고, 항상 자신의 삶을 가득 채웠던 사랑을 얻을 만한 가치가 있는 사람이라는 걸 인식하게 되었다.

하워드가 제인을 사랑하게 된 것은 어쩌면 당연한 결과였다. 두 사람 모두 원치 않았지만 하워드와 제인의 사랑은 저항할 수 없는 무의식적인 충동처럼 피어났다. 하워드의 결혼 생활은 행복하지 못했다. 하지만 두 아이와 가족을 책임지고 있는 그는 바람을 피우거나 의사와 환자 관계의 신성한 의무를 짓밟는 종류의 사람은 아니었다.

하워드는 두 사람의 사랑을 치유의 일환으로 정당화했다. 가장 친밀한 방식으로, 그 사고가 제인에게서 아름다움을 앗아가지 않았다는 사실을 확인시켜주는 것이라고 말이다. 그녀는 자신이 여전히 가슴 설레는 섹시함을 가지고 있다는 확신이 필요한 여자였다. 어쩌면 남편 아닌 다른 남자의 사랑이 필요한지도 몰랐다. 그해 여름 이전까지 허버트는 그녀가 잠자리를 함께한 유일한 남자였다. 만약 제인이 원했다면 하워드는 부인과 아이들 곁을 떠났을지도 모른다. 하지만 그녀는 그렇게 하지 않았다. 그녀는 여전히 허버트를 사랑했다. 아이들에 대한 사랑도 마찬가지였다.

하지만 자신에 대한 사랑은 이미 사라지고 없었다. 하워드와의 사랑은 그해 여름, 9월에서 10월 중순까지 이어진 뜨겁고 습한 인디언 서머가 끝나면서 끝을 맺었다. 다행히 그 사랑을 통해 일종의 치료가 이루어졌고, 그녀는 정상적인 삶으로 돌아갈 수 있었다. 하지만 그녀의 삶은 결코 예전과 같지 않았다. 가족 안에서도 예전만큼 중요한 부분을 차지하지 못했다. 특히 맥스와의 사이에 전에 없던 거리가 생겼다.

흡연과 과음에 신의 은총을 받은 삶과 생에 대한 경외를 잃은 제인의 변화는 확연히 드러났다.

특히 맥스는 그런 변화를 확실히 감지할 수 있었다. 엄마와의 강한 유대감이 사라지고 쓸쓸한 공허감만이 남았다.

처음 엄마가 돌아왔을 때, 맥스와 루이스는 그냥 무언가가 바뀌었다는 것 정도만 느꼈을 뿐이다.

엄마는 계속해서 뜨개질만 했다. 별별 모양과 크기의 모자와 장갑에 스웨터까지 짰다. 이따금 약간의 흠이 있긴 했지만 엄마가 짜준 것들은 언제나 따뜻하고 사랑으로 가득 차 있었다.

그레이 박사는 계속해서 도프 가족을 돌보았다. 아이들에게 그는 멋지고 언제나 재미있는 아저씨였다. 그는 모든 가족의 병력을 꿰고 있는 주치의였다. 당시는 왕진하는 의사가 드문 때였지만 직접 집으로 와 진료를 해주었다.

1965년 2월 19일, 맥스는 심한 감기에 걸렸다. 기관지 염증으로 숨을 쉴 때마다 고통스러웠다. 3일 동안이나 학교를 빠졌지만 증세는 갈수록 악화되고 나아지지 않았다. 주스도 수프도 약도 도움이 되지 않았다.

제인이 전화를 걸자 그레이 박사는 맥스를 병원으로 데려오는 게 좋겠다고 말했다. 그녀와 맥스가 박사의 병원 대기실로 들어선 것은 정확히 오후 2시 44분이었다.

맥스는 병으로 인해 감각이 예민해진 것 같았다. 자리에 앉은 그의 눈에는 조지 워싱턴이 부하들을 이끌고 포토맥 강을 건너는 장면을 담은 벽 위의 복제품, 노란 표지의 〈내셔널 지오그래픽〉, 그것이 놓여 있는 갈색 테이블, 자신과 엄마가 몇 시간 동안 앉아 있는 것 같은 - 하지만 사실은 몇 분밖에 지나지 않은 녹색 의자들, 맥스를 따뜻하게 맞으며 진료실로 안내한 간호사 에델의 산뜻한 흰색 유니폼 등이 상세하고 선명하게 들어왔다.

그레이가 맥스를 진찰하는 데는 몇 분밖에 걸리지 않았다. 그는 맥스의 가슴에 청진기를 대고 숨을 쉬어보라고 했다. 맥스는 숨을 헐떡이다 통증을 참지 못하고 기침을 했다.

간호사가 체온을 재보더니 열은 정상이라고 말했다.

그레이 박사는 맥스에게 페니실린 주사를 놓기로 결정했다. 비슷한 증상을 가진 환자들에게 투여하는 약제였다. 그는 주사를 맞으면 적어도 이틀 안에 나을 수 있다고 설명했다. 그리고 맥스에게 셔츠의 소매를 걷어 올리라고 했다.

맥스는 주사를 맞는 게 싫었지만 목의 통증이 너무 심했다. 체념하고 주삿바늘 쪽으로 팔을 내밀었다.

따끔하고 아팠지만 그게 다였다.

"여기 앉아 있거라. 금방 돌아올게."

그레이 박사가 말했다.

맥스는 그레이 박사가 얼마나 오래 자리를 비웠는지, 아니면 진료실을 완전히 떠나버렸는지 기억하지 못했다. 단지 자신이 갑자기 더없이 행복한 상태에 빠져들었다는 것만 기억할 뿐이었다.

맥스는 자신이 순수한 빛의 창조물이라는 느낌이 들었다. 일찍이 경험했던 선명한 행복감 속에서 다른 빛의 존재들과 함께 유영하는 듯했다. 온몸이 사랑의 감정으로 떨리기 시작했다. 그리고 그 모든 떨림이 점점 가벼워지면서 그의 내부로 들어왔다.

그는 완벽한 행복에 빠져들었다.

그때 갑자기 밝은 빛을 꿰뚫고 아름다운 빛깔이 나란히 나타나더니 마치 각각의 다른 사물처럼 주위를 떠다니며 그를 감쌌다. 이윽고 그

색깔의 떨림이 점점 강해졌다. 그리고 문득 그 색깔들에 새겨진 사람의 이름이 보였다. 그는 그렇게 열두 개의 색상과 열두 개의 이름을 보았다. 하지만 그가 아는 이름은 없었다.

그러다 그 이름과 색상이 나타날 때처럼 순식간에 희미해지더니 순수한 흰빛이 돌아왔다. 그 변화의 순간, 맥스는 오래전부터 알고 있던 존재들을 느꼈다. 마치 자신을 절친한 친구 혹은 집에 막 돌아온 친척인 양 반갑게 맞이해주고 사랑으로 감싸주는 존재들 같았다.

그것은 무척이나 고요하고, 여전히 행복하고, 부드럽지만 어떤 속박도 없이 활기차면서도 지극히 편안하게 기쁨으로 고동치는 순간이었다. 육체 없이 자신을 느끼는 순간이었다.

그렇게 맥스는 죽었다.

제3장

맥스, 다시 살다

1965년

맥스 도프는 빛의 터널을 향해 열심히 움직였다.

그때 시끄러운 소리가 떠다니는 그의 의식을 방해했다. 격정과 두려움에 휩싸인 한 남자가 그의 주의를 끌었다. 그 남자는 큰 소리로 떠들고 있었다.

남자는 무릎을 꿇은 채 손으로 작은 방에 누운 누군가의 시신을 누르고 있었다. 맥스는 그 남자가 왜 그토록 화를 내는지 궁금했다. 그러다 문득 그 남자가 의사라는 것을 깨달았다. 의사는 그 시신이 자신의 말이나 소생술에도 아무런 반응을 보이지 않자 몹시 고통스러워하는 듯했다.

맥스는 문득 그곳에 누워 있는 것이 자신의 몸이라는 사실을 깨달았다. 너무도 걱정스러워하는 의사의 모습에 맥스는 자기 몸으로 되돌아가야겠다고 결심했다. 이기심을 버린 용기 있는 결단을 통해 그는 친숙하고 편안한 세상을 약속하는 빛의 터널에서 벗어나 맥스라는 존재가 사는 인간 세상으로 돌아왔다.

다시 자신의 육체로 들어간 맥스가 눈을 뜨자 두려움과 공포에 휩싸여 있던 그레이 박사의 표정이 진정되었다.

"너를 잃는 줄만 알았다."

박사는 맥스가 자신에 대한 연민 때문에 큰 희생을 감내했다는 사실을 알지 못했다.

하지만 의사의 고통이 맥스를 자극한 유일한 동기는 아니었다. 무엇인가 더 큰 것… 더 중대한 사명이… 살아야 한다고 그를 다그친 어떤 존재가 있었다.

맥스는 여전히 아픔을 느꼈고, 죽음을 경험한 터라 조금은 멍한 상태였다. 그는 메디컬 센터에서 두 시간 동안 검사를 받았다. 그의 곁에는 제인이 있었다.

"엄마, 몸에서 빠져나가 있는 것이 얼마나 아름다운지 모르실 거예요. 거기엔 사랑으로 가득한 빛의 존재들이 있어요."

"엄마는 네가 겪은 일을 겨우 상상만 할 뿐이야…."

제인은 아들을 꼭 안으며 대답했다.

"왠지 내가 파도를 바라볼 때 느끼는 것과 조금은 비슷한 것 같구나. 나는 파도 하나하나가 사랑과 삶의 에너지라고 생각하거든."

그리고 아들에게 물었다.

"네가 보았다는 그 열두 명의 이름에 대해 더 얘기해줄래?"

"음, 한 번도 본 적이 없는 이름들이었어요. 어떤 이름은 외국어 같았어요. 내가 기억하는 건 마지막 이름뿐이에요. 이름이 이상했어요. '달리는 곰(Running Bear)'이라고….'"

맥스는 말을 이었다.

"이름마다 그들만의 특별한 색상과 진동이 있었어요. 그리고 그것들이 모두 결합되면서 완전한 색상을 가진 무지개와 진동의 교향곡이 되었죠. 정말 마법 같은 멋진 광경이었어요."

갑자기 엄청난 깨달음의 기회를 놓친 게 아닌가 싶어 맥스는 엄마에게 물었다.

"내가 그 이름들을 기억해야 되는 거라고 생각하세요?"

제인은 아들을 안심시켰다.

"그 이름들은 조금도 중요하지 않은 걸 거야. 정말 중요한 것이라 해도 그것 때문에 네가 힘들어할 필요는 없어. 그냥 앞으로 무슨 일이 일어나는지 지켜보자꾸나."

제인은 말을 멈추고 아들의 눈을 들여다보았다.

"세상은 넓고 굉장하고 이상한 곳이란다. 그곳에서 일어나는 모든 일을 이해할 수는 없단다."

제인은 아들의 이마에 입을 맞추고 한 번 안아주었다. 그리고 그레이 박사가 집에 돌아가도 좋다고 허락할 때까지 기다렸다.

맥스는 의사가 때 이른 그의 죽음이 반복되지 않을 거라고 확신한 후에야 병원에서 퇴원할 수 있었다.

그리고 엄마의 충고를 마음에 새기며 열심히 생활했다. 스포츠뿐 아니라 모든 활동에서 뛰어난 리더십을 발휘하고, 특히 수학에 탁월한 재능을 보였다.

이처럼 무엇이든지 쉽게 성취되자 맥스는 자연스럽게 좀 더 새롭고 특별한 도전을 하기로 결심했다. 먼저 스페인으로 가는 교환 학생 프로그램에 지원했다. 그는 오래전부터 스페인에 매료되어 있던 터였다. 스페인어 선생인 페르디난도 이글레시아스의 영향도 일조를 했다.

세뇨르 이글레시아스(그는 학생들에게 자신을 이렇게 부르라고 했다)는 자신의 방식을 따르도록 학생을 자극하는 인물은커녕 정말 교사가 될 것 같지도 않은 사람이었다. 그는 쿠바에서 다섯 번째로 부유한 가문의 막내아들이었다. 이글레시아스 가문은 다른 네 가문과 함께 쿠바의 정치를 좌지우지했을 뿐 아니라 설탕 공장과 철도, 카지노 등 소유할 만한 가치가 있는 것들은 죄다 가지고 있었다. 페르디난도에게는 자신의 일거수일투족을 돌봐주는 몸종들까지 있었다. 그는 엄청나게 열정적이고 강렬한 브라질 '카니발'의 다양한 변종, 미에 대한 사랑 그리고 위대한 예술에 대해, 자신의 말에 따르면, 진짜 쿠바인들만이 이해할 수 있는 방식의 탁월한 감각을 소유한 사람이었다.

전혀 그럴 필요가 없는데도 불구하고 그는 법학 대학원에 진학했다. 재산을 물려받을 때까지 기다리는 동안 자신이 추구할 만한 기품 있는 경력이 될 거라고 생각했기 때문이다. 하지만 페르디난도는 이상

주의자였다. 그는 개혁, 특히 쿠바를 탄압하는 독재자 풀헨시오 바티스타를 제거하고 싶어 했다. 그래서 학생 신분으로 피델 카스트로라는 젊은 이상주의자를 위해 상당한 자금을 마련했다. 그러나 카스트로가 정권을 장악하자마자 페르디난도는 자신이 똑같은 전체주의 독재자를 후원했다는 사실을 깨닫게 되었다.

쿠바에서 망명할 때, 그의 수중에는 단돈 5달러와 옷가지뿐이었다.

마이애미에 도착한 그는 하워드 존슨 레스토랑에 음료를 뽑아주는 점원으로 취직했다. 그리고 얼마 지나지 않아 유창한 영어 실력과 문화적 배경을 기반으로 동부 해안에 있는 여러 사립학교의 스페인어 교사직에 지원했다. 그가 받은 상류 사회의 가정교육은 뉴욕 테리타운에 위치한 해클리 스쿨의 요건과 잘 맞아떨어졌다. 그렇게 해서 1964년부터 남학생만으로 이루어진 통학 그리고 기숙학교의 9학년 학생들에게 스페인어를 가르치게 되었다.

세뇨르 이글레시아스는 교사로서 경험이 전혀 없었지만 라틴 문화에 대한 해박한 지식을 가지고 있었다. 그 때문에 맥스는 그의 교수법이 다소 이단적이긴 해도 언제나 극적이고 흥미진진하며 매혹적이라고 생각하게 되었다. 불가능은 없다는 것이 그의 철학이었다. 그는 학생들을 뉴욕 도심에서 열리는 파티에 데려가 다른 쿠바 망명자들과 어울리게 했다. 순진한 어린 소년들은 그곳에서 이국적인 음식과 자극적인 음악, 매력적인 여자들을 접할 수 있었다.

1964년, 뉴욕 퀸즈에서 세계 박람회의 스페인 관이 개장하자 세뇨르 이글레시아스는 학급 전체의 여행을 계획했다. 그 계획에는 집시 플라맹고 댄서들을 만날 수 있는 백스테이지 입장 허가까지 포함되어 있었다. 돈도 없는 이 선생이 일상적인 생활에서 그런 즐거움과 흥분을 찾을 수 있다는 것이 맥스에게는 무척이나 놀라웠다.

고국의 문화에 대한 페르디난도의 애정은 대단히 전염성이 강해서 맥스는 곧 잉카와 마야 문명에 흠뻑 빠져들었다. 그리고 스페인의 신대륙 정복자들이 어떻게 고도로 발달된 문명들을 그토록 빠르게 그리고 그토록 손쉽게 정복할 수 있었는지 등 스페인과 관련된 모든 것에 깊은 관심을 갖게 되었다. 이렇게 해서 맥스는 1966년 9월 9일, 의욕과 궁금증을 가득 품은 채 몇몇 학생들과 함께 바르셀로나를 경유해 영국 사우스햄프턴으로 향하는 USS 아우렐리아호에 몸을 실었다. 고대 문명을 파괴한 정복자 코르테스와 피사로를 낳은 문화에 대해 더 많은 것을 배우기 위한 길이었다.

스페인에 도착한 그는 세고비아 가정에 배정을 받았다. 가장 역할을 하는 세고비아의 미망인과 그녀의 세 자식 그리고 장남 알레한드로가 태어날 때부터 줄곧 함께 지내온 하녀 겸 요리사 줄리에타가 그들의 가족이었다.

알레한드로는 스물여덟 살의 한량으로, 보기 드문 미남이었다. 모델이나 살바도르 달리를 비롯한 예술가들과도 격의 없이 지냈다. 그 자신은 건축가였지만 그리 성공을 거두지 못했고, 돈 문제나 전혀 화려하지 못한 그의 직업을 두고 어머니와 늘 언쟁을 벌였다.

둘째아들인 스물네 살의 로베르토도 건축을 공부하고 있었다. 그는 알레한드로와 같은 놀랄 만한 외모는 아니더라도 호감을 갖게 하는 얼굴이었다. 조금 통통한 편에 속하기는 했지만 말이다. 그는 맥스가 그 집에서 지내는 동안 고등학교 때 만난 여자 친구와 약혼을 했다. 여자의 이름은 크리스티나였는데, 로베르토보다 마르고 키도 더 컸다. 하지만 두 사람 모두 다정하고 지적이고 친절한 멋진 한 쌍이었다.

맥스는 로베르토와 카드놀이를 하고 음식과 음악, 건축에 대해 토론하며 꽤 많은 시간을 보냈다. 로베르토는 특히 먹는 것을 좋아해서 맥스에게 스페인, 카탈루냐, 바스크의 엄청나게 다양한 진미를 소개해주었다.

하지만 맥스와 가장 많은 시간을 함께 보낸 사람은 막내 에밀리아였다. 스물두 살인 그녀는 맥스와 가장 가까운 나이이기도 했다. 그녀는 바르셀로나 대학에서 문학을 공부하고 있었다. 두 사람은 세계의 대문호들에 대해 몇 시간씩 이야기를 나누고 철학적인 문제를 깊이 있게 탐구했다. 에밀리아는 맥스에게 친누나와 같았고, 둘 사이에 로맨틱한 감정이 끼어들 여지가 전혀 없었다. 사실 에밀리아에게는 아주 부유한 남자 친구 퀴타노가 있었다. 퀴타노는 마드리드에 살고 있었는데, 주말마다 찾아와서 두 사람을 극장과 발레 공연, 훌륭한 레스토랑과 콘서트에 데려가주곤 했다.

미망인 세고비아 부인은 정말 걸출한 인물이었다.

그녀의 남편은 대단히 성공적인 의료보험 사업을 벌이다 너무 일찍 세상을 떠났다. 열 살, 여덟 살, 네 살 난 어린애들을 남겨둔 채. 1956년 당시 스페인에서는 여성에게 남성과 동등한 권리를 부여하지 않았고, 사업체를 소유한 여성은 극히 드물었다. 게다가 법률로 독신 여성의 사업체 소유를 원천적으로 금지했기 때문에 세고비아 부인은 공식적인 이름을 계속 세고비아의 미망인으로 유지해야 했다.

타고난 사업가인 그녀는 보험 회사를 경영하는 한편 빨래방과 몇 개의 작은 잡화점을 매입했다. 그리고 바르셀로나 북쪽 해안에 위치한 코스타브라바에 별장을 마련했다. 그녀는 근면의 힘을 믿었고, 이러한 노동관을 로베르토와 에밀리아에게 주입시켰다. 하지만 아름다운 여성이나 예술 세계에 더 매력을 느끼는 알레한드로는 예외였다.

맥스의 어머니 제인은 어느 모로 보나 약한 여자였지만 세고비아 부인은 강인했다. 그녀는 아름다운 외모를 갖지는 못했지만 끝없는 에너지와 뛰어난 미적 취향을 지니고 있었다.

이 가정에서 하녀 겸 요리사로 일하는 줄리에타는 제2의 엄마였다. 아라곤에 있는 작은 시골 마을의 가난한 가정에서 태어난 그녀는 열여섯 살 때부터 가족의 생계를 위해 일을 시작했는데, 맥스가 그들과 지낼 당시 40대 후반이었다. 그녀는 종종 맥스를 데리고 노천 시장으로 가서 신선한 채소 고르는 법을 가르치고, 어떤 생닭이 최고의 식사거리인지를 보여주곤 했다.

그녀는 사람들을 만날 때마다 이렇게 말했다.

"세고비아 부인 댁에 사는 이 소년이 어찌나 영리한지 악마도 당해내지 못한답니다!"

어린 미국 소년을 자신이 보호하고 있다는 게 무척이나 즐겁고 자랑스러운 듯했다. 이런 그녀의 행동에 맥스는 미소를 짓곤 했다.

바르셀로나에 온 지 9개월 만에 맥스는 어떤 카스티야 사람보다 정확한 말씨로 스페인어를 구사하게 되었다. 그는 스페인 사람들에게 진심 어린 유대감을 느꼈다. 영어로 말할 때는 결코 경험해보지 못한 방식으로 말이다. 영어는 언제나 논리와 지적 단련을 추구하는 언어였지 깊이 있는 감정을 전달하는 언어는 아니었다.

그는 스페인 전역의 모든 대도시를 여행했다. 바르셀로나의 건축가 안토니 가우디에 대한 전문적인 지식을 쌓았고, 그리스 출신의 종교화가 엘 그레코의 생가를 찾았으며, 그라나다의 알함브라 궁전에 경탄하고, 갈리시아에서 바나클 거위를 맛보고, 우나무노 살라만카의 고색창연한 거리를 걸으며 스페인의 문화와 그것이 드러내는 삶에 대한 사랑, 그 강렬함과 열정에 더욱더 매력을 느끼게 되었다. 마치 집에 있는 것처럼 편안했다.

맥스는 이곳이 자신이 속한 곳이라고 믿었다. 스페인에서 맥스는 두려움 없이 사는 법을 배웠다. 밤이나 낮이나 시내 구석구석 어디든 아무런 걱정 없이 걸어 다닐 수 있었다. 프랑코의 철권통치 덕분에 홍등가에서조차 매춘 이외에는 다른 범죄를 찾아보기 힘들었다. 매춘이 반(半)규제 하에 있어서 술집 위층에서는 으레 값싼 룸을 찾을 수 있었고 어디에서나 콘돔 가게를 마주치곤 했다.

맥스는 그해 겨울 열일곱 살이 되었지만 아직 열네 살로밖에는 보이지 않았다. 창녀들조차 그를 유혹하기에는 너무 어린 소년이라고 생각했다. 어느 날 밤, 맥스와 친구 세 명은 자신들의 동정을 버릴 때가 되었다고 생각했다. 그의 친구들은 모두 성공했지만 콘돔을 사용했음에도 불구하고 목적 달성을 증명이라도 하듯 병균에 감염되고 말았다. 반면, 맥스는 어린 외모 때문에 매춘부에게 거절을 당했고, 어찌 보면 퇴짜를 맞은 게 다행스럽게 여겨졌다.

맥스는 세고비아 부인의 집에서 잠도 잘 이루고 좋은 꿈을 꾸곤 했다. 하지만 야구 게임을 한 후 코냑을 과음한 날 밤에는 그렇지 못했다. 2년 연속 패전을 기록하던 맥스의 팀이 그의 활약에 힘입어 최대 라이벌을 꺾고 승리했다. 그래서 열 명의 팀원 모두가 코냑을 한 잔씩 돌려 마시자고 우겨대는 바람에 두 시간 만에 각자 열 잔씩을 비우게 되었던 것이다.

그날 밤, 맥스는 불을 뿜는 용과 싸우는 꿈을 꾸었다. 검을 가진 그는 용이 다가올 때마다 한 마리씩 죽였다. 하지만 녀석들은 끝도 없이 계속 나타났다.

수백 마리는 족히 되는 용을 죽인 후, 하늘을 올려다보니 신과 같은 존재가 보였다. 그 존재가 그에게 큰 소리로 말했다.

"용과 그만 싸우고 싶으냐?"

"네, 너무 힘이 듭니다. 벌써 녹초가 되었어요."

맥스는 순순히 인정했다.

"네가 원한다면 언제든 멈출 수 있다."

"하지만 제가 멈추면 용이 계속 나와서 세상을 파괴해버릴 거예요."

"네 생각이 맞다."

신과 같은 존재가 대답했다. 스페인어였다.

"하지만 너는 결코 용을 전부 물리칠 수 없다. 그들의 숫자는 무한하다. 그래도 계속하고 싶으냐?"

맥스는 어깨를 으쓱하고 다시 용을 죽이기 시작했다.

이윽고 그는 잠에서 깨어났다.

맥스는 스페인어로 꿈을 꾸게 되면 스페인어에 능숙해진 것이라는 말을 들은 적이 있었다. 그동안 자신이 꾼 꿈이 기억난 적이 없던 맥스에게 이것은 별나고 기분 좋은 경험이었다.

또한 그것은 자신을 기다리는 용을 정복하는 길에 나서기에 앞서 학업을 마치고 성인으로서의 사회생활을 준비하는 시기에 있는 그에게 스페인어를 배우는 1차 목표가 달성되었음을 알리는 신호이기도 했다.

제4장

이해의 이해

1968년

　맥스는 마지막 4학년 동안 필립스 앤도버 아카데미(1778년에 설립된 미국의 가장 오래된 기숙학교 - 편집자)에 다녔다. 성적은 무난했지만 눈에 띄는 수준은 아니었다. 과외 활동 면에서 특히 그랬다. 그는 학교생활보다는 나름의 공부나 대학 지원 그리고 섹스와 사랑을 배우는 데 열중했다.

　자신이 선택한 대학에 들어가는 데에는 별다른 어려움이 없었다. 이윽고 여러 대학에서 합격증을 받은 그는 예일 대학에 들어가기로 마음먹었다.

　한편, 맥스는 열다섯 살의 리지와 말로 표현할 수 없는 감미로운 관계를 맺게 되었다.

그녀를 만난 것은 슬리피 할로의 회원제 컨트리클럽에서 열린 댄스 파티 때였다. 맥스는 그날 저녁, 발랄하게 차려 입은 젊은 아가씨 여럿과 춤을 추었다. 하지만 리지는 뭔가 달랐다. 좋아하는 책이 뭐냐고 묻자 그녀는 《캔디(Candy)》라고 대답했다. 《캔디》는 당시 베스트셀러 목록에 올라 있던, 다소 괴이하고 포르노에 가까운 소설이었다.

맥스는 그렇게 어린 아가씨가 그토록 대담한 태도를 보이는 것에 흥미를 느꼈다. 그리고 그녀의 신비로운 눈동자와 부드럽고 여성적인 몸매, 매혹적인 미소에 끌리는 자신을 발견했다. 그날 밤이 지나기 전에 맥스는 그녀와 사귀기로 결심했다.

그녀는 맥스의 집에서 아주 가까운 곳에 살았다. 그러나 맥스는 대부분의 시간을 앤도버에서 보냈기 때문에 두 사람이 만날 수 있는 것은 방학 때뿐이었다. 하지만 그런 조건도 두 사람의 로맨스가 꽃피는 것을 막지는 못했다.

그들은 오랫동안 산책을 하거나 차고 위쪽에 있는 맥스의 침실에서 데이트를 하곤 했다. 그곳은 출입문이 따로 있어서 완벽한 프라이버시가 보장되었다.

맥스는 두 사람의 관계가 '말로 표현할 수 없는 것'이라고 생각했다. 둘만 있을 때 맥스와 리지는 거의 말을 하지 않았기 때문이다. 키스를 하고 나서 다섯 시간 동안 서로의 눈만 바라본 적도 있었다. 두 사람 모두 경험이 없고, 또 너무 급하게 육체관계를 맺을 준비도 되어 있지 않았다.

이러한 장거리 연애는 맥스가 앤도버에서 공부하는 내내 계속되었다. 그리고 예일 대학에 가기 전 여름, 맥스는 주말을 맞아 리지와 함께 뉴욕에 있는 아버지의 빈 아파트로 갔다.

아파트는 18번가와 어빙 플레이스가 만나는 지점에 있는 유명한 술집 피츠 태번(Pete's Tavern) 맞은편에 있었다. 맥스와 리지는 서로의 육체를 탐험하고 싶었다. 그만큼 그들의 사랑은 강렬하고 감성적으로 충분히 고조되어 있었다.

일단 사랑을 나누기 시작한 뒤부터 두 사람은 멈출 줄을 몰랐다. 당시에는 '길에서 해보는 건 어때?'라는 비틀즈의 노래가 유행이었다. 리지와 맥스는 당연히 그렇게 했다. 거리에서는 물론이고 어디에서나 두 사람의 몸은 하나가 되었다.

9월이 되어 맥스가 예일 대학에 입학하자 리지를 만나는 것이 어려워졌다. 그는 정기적으로 그녀에게 편지를 보냈다. 하지만 리지는 답장을 제대로 보내주지 않았다.

맥스는 그녀가 자기에 대한 관심을 잃었다는 게 명백해진 후에도 그것을 눈치채지 못한 채 마냥 행복해했다.

리지는 아직 열여섯 살의 고등학생이었다. 따라서 대학생 남자 친구를 가진다는 것이 그녀에겐 터무니없는 일만 같았다. 마침내 그녀는 맥스에게 작별의 편지를 보냈다.

맥스가 그 편지를 받은 것은 1968년 12월 12일, 그의 열아홉 번째 생일날이었다.

맥스는 이 편지를 받고 망연자실했다. 완전히 의기소침해졌다.

예일 대학에서 잘 지내지 못하는 것도 그의 우울증에 한몫을 했다. 그는 칼리지 애버뉴에 있는 기숙사 생활에 좀처럼 적응하지 못했다. 기어를 바꾸는 트럭 소리가 밤새 들려와 잠이 깨거나 전혀 잠을 이루지 못하기 일쑤였다.

게다가 멀리 있어서 만나지 못하는 여자 친구를 가졌다는 게 즐거운 일은 아니었다. 600명의 학생과 그 학생들의 이름도 모르는 교수가 함께하는 수업도 마음에 들지 않았다.

수학을 전공한 맥스는 오스트레일리아 출신의 교수가 고등학교 때 배웠던 것과 전혀 다른 기호를 사용해 가르치는 수업조차 듣고 싶지 않았다.

베트남 전쟁으로 세상은 어수선했고, 재미삼아 마약을 복용하는 학생들이 부지기수였다. 심지어 이 대열에 합류하는 교수들도 있었다. 그는 수학을 전공하는 것 자체가 적절한 선택이었는지 의심이 들기 시작했다.

다른 공부도 거의 위안이 되지 못했다. 예를 들어 그는 피아제(Piaget)를 공부했다. 피아제의 발달 단계에 따르면, 어린아이는 추상적인 개념을 지니거나 그에 대해 고찰할 수 없었다. 그는 자신이 어린 시절 가졌던 상상력과 경험을 부정할 수 없었기에 당황할 수밖에 없었다.

당시는 정치적으로도 대단히 불안한 시기였다. 케네디 형제가 암살되었고, 켄트 주립대학교 발포 사건(오하이오 주방위군이 미군의 캄보디아 침략에 반대하며 시위를 벌이던 켄트 주립대학교 학생들에게 발포한 사건 – 편집자)이 일어났다. 사회운동가인 애비 호프만이 암살되었고 마침내 마틴 루서 킹도 암살되었다.

이러한 혼란 속에서 소중한 감정적 의지처가 사라지자 맥스는 더 이상 극복할 방법을 찾을 수 없었다.

그해 가을 허버트와 제인은 뉴욕 스카스데일에서 코네티컷 주 그린위치로 이사했다. 맥스와 좀 더 가까이에서 살게 된 것이다.

예일 대학에서 그린위치까지는 차로 불과 45분밖에 걸리지 않는 거리였다.

당시에는 기업합병이라는 말이 유행이었다. 허버트는 리튼 인더스트리스로부터 구애를 받았다. 리튼은 출판사를 통합해 광범위한 미디어 비즈니스 모델을 만들기로 한 대기업 중 하나였다. 작은 출판사들을 매입하기 시작한 리튼이 허버트에게도 손을 뻗은 것이다.

허버트는 물론 쉽게 응하지는 않았다.

제안은 그 후에도 계속 이어졌다.

얼마 후, 다른 기업들에서도 경쟁적으로 매수 제안이 들어왔다. 가격은 상당한 수준이었다.

마침내 한 매수 업체가 그의 고집을 꺾을 방법을 찾아냈다. 즉석사진 전문 업체인 퍼펙트 필름이 허버트에게 출판 부문의 사장 자리를 제안한 것이다. 즉, 퍼펙트 필름의 자금을 이용해 다른 출판사들을 사들이는 것이었다.

허버트는 자신의 출판사를 팔고 싶은 생각은 없었지만 더 큰 조직을 경영한다는 게 무척이나 마음에 들었다. 그래서 준비에 착수했고, 겸사겸사 뉴욕에서 코네티컷으로 이사를 했던 것이다. 1968년 당시 코네티컷 주에서는 양도소득세가 무척 낮았고, 주에서 부과하는 소득세도 없었다.

크리스마스가 되어 '집'으로 돌아온 맥스에게 더 이상 차고 윗방, 그의 감성적 본향은 남아 있지 않았다. 제인은 술에 취하거나 잠들어 있는 경우가 많았고, 허버트는 회사의 매각에만 집중한 나머지 맥스를 마주할 시간이 드물었다.

맥스는 의지할 곳이 없었다.

심란한 시대였다.

군에 징집된 젊은이들은 점점 악화일로를 걷고 있는 베트남 전쟁에 투입될까봐 전전긍긍했다. 하지만 맥스는 군대 문제에 대해 그다지 걱정하지 않았다. 그렇다고 예일 대학에 머물러야 할 이유도 없었다.

"어머니, 학교에서는 어떤 의미도 찾을 수가 없어요. 교수들은 내가 앤도버에서 공부할 때나 교환 학생으로 있을 때나 심지어 해클리에 있을 때의 선생님들보다 나을 게 없고요."

맥스는 불평을 계속했다.

"영화 동아리에서 하룻밤에 영화 서너 편을 봐요. 그 외의 수업들은 모두 짜증스럽기만 해요."

"교수나 다른 학생들과 어울리는 데 좀 더 신경을 써보는 게 어떻겠니? 더 나은 경험을 얻을 수 있을 거야."

제인은 아들을 타일렀다.

"중요한 건 절대 포기하지 않는 거야. 학업은 지금의 너에게 정말 중요한 거란다."

"어머니가 행복하시다면 그렇게 하겠어요. 하지만 이건 시간과 돈만 낭비할 뿐이에요."

"이 문제에 대해서는 나를 믿어. 이걸 견디고 졸업하면 네 인생에서 더 많은 힘을 얻게 될 거야. 엄마를 믿어. 네가 그런 힘을 원하는 날이 꼭 올 테니까."

제인은 간절히 말했다.

"학교를 그만두지 않고 꼭 졸업하겠다고 약속해주겠니, 맥스?"

맥스는 엄마를 실망시키고 싶지 않아 그렇게 하겠다고 약속했다.

그가 느끼는 소외감에도 불구하고 학교에는 교환 학생으로 바르셀로나에 함께 갔던 아치볼드 벤슨과 크리스 가비, 칼 베커 같은 친구들이 있었다.

열흘간의 봄 방학이 시작되자 크리스와 칼이 맥스에게 접근해 마리화나를 권했다.

맥스는 잃을 것이 별로 없다고 생각했다.

1968년 당시 예일 대학 학생 상당수가 마약에 손을 대고 있었다. 그것은 대학 문화의 일부이기도 했다. 거기에는 음악과 패션의 급격한 변화도 포함되었다.

맥스가 스스럼없이 손을 내밀자 크리스와 칼은 반색했다. 하지만 뜻밖에도 맥스는 기분이 고조되기는커녕 48시간 동안 깊은 잠에 빠지고 말았다.

잠에서 깨어난 맥스는 에너지로 충만했다. 새로운 아이디어가 샘솟았다. 열흘간의 방학 동안 그는 다섯 과목의 교재를 모두 섭렵했다. 잠을 잘 필요도 느끼지 못했다. 한 번에 20분이나 한 시간 정도 잠깐씩 눈을 붙이는 게 고작이었다.

맥스는 예일 대학 캠퍼스로 돌아갔다.

철학 시험 전날 밤, 그는 로버트 폭스 교수가 과제로 낸 리포트의 최종 원고를 작성했다. 폭스 교수는 맥스와 신체적으로 공통점이 많은 사람이었는데, 리포트의 주제는 '화이트헤드적 사고 방법에 따라 예일의 교육 시스템을 비판하라'였다.

알프레드 노스 화이트헤드는 세계적 명성을 지닌 시스템 사고의 권위자였다. 그는 모든 지식이 어떻게 인간이 상호작용하는 시스템의 한계와 가능성에 의해 견제를 받고 있는지 설명했다.

맥스는 리포트를 작성하며 문득 궁극적 한계는 인간으로 존재한다는 것임을 깨달았다.

또한 진정한 이해에 도달하기 위해서는 오로지 '온전한' 인간이 되고, 감정과 느낌을 과학적 탐구의 분석적 영역 안에 들어가도록 허용해야만 가능해진다는 것을 인식하게 되었다. 맥스는 예일 대학이 이러한 면에서 부진하다는 결론을 내렸다.

예일 대학은 모든 과목의 모든 측면을 구분해 전공 분야를 만들었다. 강사와 강사 사이에는 교류가 존재하지만 닫힌 시스템 하에서는 외부와 연결되지 않았다. 학생들은 점점 더 사소한 것에 대해 더욱더 많은 것을 배우고, '이해의 이해'라는 화이트헤드의 목표에 점점 가까워지는 듯싶지만 실상은 그로부터 점점 더 멀어지고 있었다.

맥스는 리포트를 준비하면서 20세기 초반 미국의 부당한 법률 시스템과 규제 하에서 억압받던 흑인들의 시각에서 본 블랙 팬서(Black Panther: 1960년대 미국의 흑인운동 단체 – 편집자) 운동과 폭동에 대한 이야기, 엘드리지 클리버의 《냉철한 영혼》을 독파했다. 클리버가 사용하는 표현은 신랄하고 때로는 폭력적이기까지 했다.

그러한 표현에 영향을 받고, 그 효과가 어떤지를 발견한 맥스는 자신의 18쪽짜리 철학 리포트에 그것들과 별다른 차이가 없는 강렬한 어휘를 사용했다.

그리고 불면과 급격한 우울증 같은 요소들이 어떻게 '이해의 이해'에 대한 발견과 연관되어 있는지를 비롯한 자기 자신의 감정적 상태를 상세히 포함시켰다.

리포트는 신중하게 구성되었다. 그는 예일 대학의 목표와 관행을 모두 검토했다.

그가 판단하기에 예일 대학의 모토, 즉 '빛과 진리'는 훌륭할뿐더러 화이트헤드의 교육 비평과 일치했다. 화이트헤드는 이해한 것을 이해할 수 있다면 그 후에는 어떤 것이든 이해할 수 있다고 말했다.

수학도인 맥스는 이것을 달성하는 유일한 방법은 인간적 시스템에서 벗어나는 것이라 믿었고, 그 이론을 자신의 리포트에 실었다.

그리고 '이해의 이해'라는 불가해한 지적 영역을 관통하는 방법을 설명하는 궁극적인 공식은 'A는 A이면서 A가 아니다'라고 단언하면서 리포트를 끝맺었다. 그것은 연금술사의 마법의 돌, 즉 납을 금으로 만들고 무지의 상황을 지의 상황으로 바꾸는 신비한 돌과 같은 것이었다.

화이트헤드는 모든 교육의 순간에 학생과 교사가 가능한 한 최고의 학습 경험에 집중해야 한다고 믿었다. 때문에 맥스로서는 동료 학생들을 위한 최고의 학습 경험은 당연히 자신의 획기적인 리포트를 읽고 그것에 대해 토론하는 것이었다.

하지만 그는 무엇보다 우선 철학과 학과장이기도 한 폭스 교수와 이 점에 대해 의논해야 한다고 생각했다. 교수가 이러한 고차원적 방침을 채택하고 시험을 미룰 것인지 알아보기 위해서였다.

맥스는 이런 생각을 하면서 시험장에 일찌감치 도착해 나무로 만든 교단 위로 올라섰다. 그리고 교탁 옆에 서서 커다란 강의실을 마주보았다.

텁수룩한 갈색 곱슬머리, 안경, 고급품이지만 손질을 제대로 하지 않은 재킷과 프레피 바지, 타이를 매지 않은 셔츠 차림 등 교수와 비슷한 외모 때문에 학생 대부분은 맥스를 폭스 교수라고 생각했다.

한두 명이 시험에 대해 묻기 위해 그에게 다가왔다.

맥스는 그들에게 걱정하지 말고 자리에 앉으라고 조용히 말했다.

"기말 시험을 아예 보지 않을 수도 있어."

알쏭달쏭한 말이었다.

그 바람에 시험을 일이 분 앞두고 폭스 교수가 나타날 때까지 강의실에는 웅성거리는 소리가 끊이지 않았다. 어리둥절해하는 학생들이 바라보는 가운데 맥스는 의기양양하게 'A는 A이면서 A가 아니다'라는 리포트를 교수에게 건넸다.

"이 리포트를 쓰느라 밤을 꼬박 샜습니다."

맥스는 사무적인 어조로 말했다.

"저는 '이해의 이해'라는 화이트헤드의 궁극적인 목표에 도달했다고 생각합니다."

교수가 리포트를 훑어보는 동안 그는 말을 이었다.

"시험을 보는 것보다는 이 리포트를 읽는 것이 학생들에게 더 유익할 것입니다."

폭스 교수는 조용히 듣고 있다가 이렇게 대답했다.

"놀라운 발견을 경험한 모양이군. 하지만 나는 아직 이 리포트를 읽지 못했네. 그러니 자네가 각 개인은 매 순간 그들이 최고의 학습 과정이라고 믿는 것을 따라야 한다는 화이트헤드의 방침에 따른 것과 마찬가지로 나는 시험을 치러야만 하겠네."

기대했던 것과는 달랐지만 맥스는 교수의 말을 조용히 받아들이고 대답했다.

"알겠습니다. 다음 기회가 있겠죠. 교수님께 기회를 드리고 싶었을 뿐입니다."

"원하지 않는다면 이번에는 시험을 치르지 않아도 되네. 내가 요구한 것보다 훨씬 긴 리포트를 썼고, 이걸 작성하느라 밤을 샜다면서. 그렇다면 상당히 불리하지 않겠나?"

"아닙니다. 괜찮습니다."

맥스는 대답했다.

"시험을 볼 수 있습니다. 그렇게 피곤하진 않습니다."

그러나 교단을 내려와 자리에 앉자 화이트헤드의 사고 방법에 충실하려면 스피노자나 칸트에 대한 문제를 푸는 데 시간을 낭비하는 대신 '이해의 이해'에 대한 통찰을 숙고하는 데 시간을 할애한 뒤, 그것으로 A학점을 받아 다른 사람들에게 깊은 인상을 주어야겠다는 생각이 들었다.

그래서 맥스는 폭스 교수를 바라보며 말했다.

"교수님 말씀이 맞는 것 같습니다. 지금은 시험을 치르지 않는 것이 최선이겠습니다. 감사합니다, 교수님."

그리고 맥스는 강의실을 나왔다.

강의실 건물을 나서면서 맥스는 자신의 리포트에 대해 곰곰이 생각했다. 그러자 마음속에서 열의가 솟구쳐 올랐다. 문득 사회학 교수인 에우제니오 로드리게즈와 마주쳤다. 자신의 새로운 발견과 그것을 공유하고 싶은 열망으로 충만해진 맥스는 교수를 붙잡고 열성적으로 이야기를 토해내기 시작했다.

"교수님, 저는 지금 막 화이트헤드의 사고 방법에 대해 알아내고 '이해의 이해'에 대한 비밀을 밝혀냈습니다."

맥스는 빠르게 말했다.

젊은이의 열의를 느낀 로드리게즈 교수는 호기심을 갖고 선의의 비판자가 되기로 했다.

"그런 깨달음이 우리를 달나라로 데려다줄까? 아니면 그것을 통해 현재 직면한 사회 문제 중 어떤 것이라도 해결할 수 있을까?"

맥스는 잠깐 머뭇거린 후, 자신을 인간적 시스템에 묶어두길 거부하는 사람은 무엇이든 이룰 수 있다는 추상적인 생각을 떠올리며 이렇게 대답했다.

"그 문제에 대해서는 조금 더 생각을 해봐야겠습니다. 하지만 그것을 통해 그런 문제뿐 아니라 그 이상도 해결할 수 있을 겁니다."

"그렇다면 계속 생각을 해보게. 그리고 어떤 생각이 떠올랐는지, 내게 말해주게나."

이 말을 남기고 교수는 건물 안으로 들어갔다.

교수의 제안에 자극을 받은 맥스는 신선한 1월의 공기를 맡으며 산책하는 것이 생각을 정리하는 데 도움이 될 거라고 생각했다. 발을 내딛을 때마다 자박거리는 눈 소리가 들렸다. 그 소리를 들으며 그는 'A는 A이면서 A가 아니다'의 다양한 용도에 대해 그리고 '이해의 이해'가 지구상의 인간 모두에게 정말 어떤 의미를 가질 수 있는지에 대해 생각하기 시작했다.

분명 실용적인 용도가 있을 것이다.

두 개의 객체가 동시에 같은 장소에 존재할 수 없다는 '불가입성의 법칙'은 이제 더 이상 항상 '참'인 법칙이 아니다. 이것이 물리학의 법칙을 바꾸고 빛의 속도와 그 밖에 다른 상수(常數)들의 한계를 극복할 새로운 기술의 발전을 이끌 것이며, 그 결과 우주여행과 다른 행성을 개척하는 데 엄청난 진보를 이루어낼 것이다.

'A는 A이면서 A가 아니다'라는 명제는 모든 논법의 파라미터(몇 개의 변수 사이에 함수관계를 정하기 위해 사용되는 또 다른 하나의 변수 - 편집자)와 순전히 논리적이기만 한 이론이 제공하는 결론을 바꾼다. 이러한 인식은 일반 수학의 기초가 된 공리(하나의 이론에서 증명 없이 바르다고, 즉 조건 없이 전제된 명제 - 편집자)를 바꾸고, 결국 모든 견고한 과학적 연구에 영향을 주게 될 것이다.

맥스의 머리는 빠르게 회전했다.

'그것은 우리의 존재 자체… 우리 인생의 목적에 대한 해답이 될 수도 있다.'

그는 계속 중얼거렸다.

'우리는 모두 연결되어 있으며, 그것은 피상적인 방식에 국한되지 않는다.'

이러한 개념들을 곱씹고 있는데, 폭스 교수가 다가왔다. 폭스 교수는 맥스를 찾아다니던 터였다. 교수는 감탄과 혼란이 가득한 표정으로 맥스의 눈을 보았다.

"자네 리포트는 훌륭했네, 맥스. 하지만 내가 그것을 확실히 이해했는지는 잘 모르겠네. 그래서 자네의 철학 과목을 맡고 있는 대학원생 고든 하웰에게 논문을 봐달라고 청했네."

교수는 말을 이었다.

"그 친구가 학장실에서 가능한 한 빨리 자네를 만나고 싶어 한다고 전하더군."

"내가 보기에 이건 말이 되지 않아."

고든 하웰이 날카롭게 말했다.

"나는 자네의 명제를 전혀 이해 못하겠네. 자네는 감정이 뇌의 좌반구에서 이루어지는 해석학적 분석의 일부가 되어야 한다고 말하고 있어. 이것은 논리적이지도 실제적이지도 않네."

그러곤 맥스의 눈을 똑바로 쳐다보았다.

"그리고 자네는 대단히 화가 나 있는 것 같아. 예일 대학과 교수와 동료 학생뿐 아니라 인류 전체에 대해 말이지."

"논점을 놓치고 계시군요."

맥스가 말했다. 그의 목소리에 분노가 실렸다.

"저는 이 교육 기관의 '위선'에 화가 나는 것이지, 이 기관 자체에 화를 내는 것이 아닙니다. 그것보다, 제가 말하고자 하는 것은 가장 높은 수준의 진리입니다. 당신은 아무래도 제 리포트를 다시 읽어야겠군요. 그러면 화이트헤드에 준해서, 내가 말하는 것, 즉 'A는 A이면서 A가 아니다'라는 것이 진실임을 알게 될 겁니다."

그때 또 다른 사람이 방으로 들어왔다. 브릿지 학장이었다. 그가 맥스에게 서류 한 장을 건네며 말했다.

"맥스, 나는 폭스 교수하고 하웰 군과 이야기를 나누었네."

그리고 차분하게 말을 이었다.

"자네가 휴학을 한다거나 정규 수업에서 벗어나 시간을 좀 갖는 게 좋겠다는 것이 그들의 생각일세."

그러곤 맥스가 들고 있는 서류를 손으로 가리켰다.

"이 휴학 서류에 서명하게. 충분한 휴식을 취한 뒤에는 언제든 학교로 돌아올 수 있네."

맥스는 잠깐 주저했다. 그러다 이내 'A는 A이면서 A가 아니다'라는 명제가 인류 전체의 학문에 끼칠 영향에 대해 독립적으로 연구하는 편이 낫다는 것을 실감했다.

그래서 학장을 돌아보며 물었다.

"어디에 서명하면 되죠?"

잠시 후, 그는 공식적으로 휴학생이 되었다.

이후 검은색 곱슬머리의 덩치 큰 남자가 들어와 '정신 건강 서비스'에서 나온 바인슈타인 박사라고 자신을 소개했다. 그는 맥스에게 치료소에 머물 수 있게 준비를 해두었으며, 그곳에서 수면제가 처방될 것이라고 말했다.

맥스가 이 문제를 생각하는 동안, 바인슈타인 박사는 시험을 통과하기 위해 각성제를 과다 복용한 많은 학생들에게서 엉뚱한 행동과 심각한 불면증 등의 약물 남용 결과가 나타나는 것을 흔히 볼 수 있다고 말했다.

그의 말에 따르면, 맥스는 그 전형적인 사례였다.

이윽고 맥스는 어떤 이의도 제기하지 않고 바인슈타인 박사를 따라 그의 승용차로 갔다.

치료소에 도착한 그는 그곳에서 수면제를 처방받았다.

30분 후, 맥스는 간호사를 불러 도서관에서 책을 몇 권 빌려다줄 수 있는지 물었다. 그녀는 불가능하다면서 그에게는 잠이 필요하다고 말했다.

"펜하고 종이라도 가져다주세요."

맥스는 애원했다.

"머릿속에 떠오른 아이디어가 몇 개 있는데 적어둬야 해요. 내가 잠을 자는 데 도움이 되는 길은 그것뿐이에요."

간호사는 그다지 탐탁지 않은 듯하면서도 그가 원하는 대로 모두 해주었다.

그때부터 네 시간 동안 맥스는 '이해의 이해'가 모든 인간의 행동과 사고를 어떻게 변화시킬 수 있는지 분석하고 그것을 메모했다. 인간관계의 본성에 대한 자신의 생각을 그대로 적었다.

만약 'A이면서 A가 아니라면' 모든 인간관계는 보여지는 것과 같으면서 또한 다르다.

어떤 사람은 아들이긴 해도 동시에 아들이 아닐 수 있다.

아내는 아내인 동시에 아내가 아닐 수도 있다.

학생은 학생인 동시에 학생이 아닐 수도 있다.

처음에 이 주장은 명백한 것처럼 보였다. 하지만 맥스는 대부분의 사람들은 이것이 의미하는 바를 전혀 이해하려 하지 않는다는 사실을 깨달았다.

맥스에게 그것은 모든 인간적 프로그래밍이 그릇된 전제, 즉 너무나 자주 혼돈으로 귀결되고 인간들 사이에 최고이자 최상의 상호 작용을 위한 기회를 잃게 하는 그릇된 공리를 기반으로 삼고 있다는 것을 의미했다.

그는 '이해의 이해'가 어떻게 정치적, 경제적 갈등을 해소하는 데 도움을 주는지 깨달을 수 있었다. 일단 잘못된 전제가 밝혀지면 완전히 새로운 토대가 창조된다. 그리고 그 완전히 새로운 토대는 계층적 차이를 필요로 하지 않는다.

맥스는 이어서 수학이나 철학과의 관계에 집중했다. 'A는 A이면서 A가 아니다'는 철학의 근본적인 난제를 해결한다. 그 명제는 패러독스를 해명하고 그 어떤 것보다 복잡한 수학적 시스템에서 한층 높은 수준의 추상적 개념을 가능케 한다.

맥스는 자신만의 세계 속에서 수학적 공식화에 기뻐하고 그런 자신의 아이디어에 흥분을 느꼈다.

이미 복용한 강력한 수면제에도 불구하고 그는 이런 기쁨과 흥분 때문에 계속해서 잠을 이룰 수 없었다.

그를 보기 위해 들른 바인슈타인 박사가 더욱 강한 수면제를 처방했다. 그리고 이것이 마침내 효과를 발휘했다. 20분 만에 맥스는 깊은 잠에 빠져들었다.

다음 날 아침이 되어서야 깨어난 맥스는 치료소를 떠날 준비를 했다. 옷을 입기 시작하자 간호사가 그를 만류했다.

"제가 바인슈타인 박사님을 오시라고 할 테니 기다려주세요."

그리고 다급하게 말을 이었다.

"박사님 허락이 없으면 이 문을 나갈 수 없어요."

"하지만 난 개운한데요. 좀 쉬었으니 도서관에 가서 내가 발견한 것의 영향력에 대해 연구해보고 싶어요."

간호사가 더 있어야 한다고 강력히 주장하는 데다 그녀가 당황하는 모습을 본 맥스는 이내 침대로 돌아갔다. 그는 간호사를 더 이상 곤란하게 만들고 싶지 않았다.

이윽고 바인슈타인 박사가 찾아와서는 당시 유럽에 계시던 부모님이 돌아와 데려갈 때까지 며칠 동안 그곳에서 머물러야 한다고 말했다. 또한 어떤 식으로든 저항할 경우 맥스의 안전과 보호를 위해 감금할 수도 있고, 심지어는 정신 병원으로 보낼 수 있는 권한까지 부모로부터 부여받았다는 사실을 전해주었다.

"또다시 이곳에서 나가려 한다면 바로 그런 조치를 취할 걸세."

의사의 말투는 더 이상 이 문제에 대해 논의할 여지가 없다는 뜻이 역력했다.

맥스는 아연실색했다.

"하지만 부모님이 그런 일을 승낙했을 리가 없어요."

맥스는 이렇게 단언했다.

"아니, 그러셨네. 나는 필요하다면 학생을 감금할 것일세."

이어서 그의 목소리가 다소 누그러졌다.

"우리는 될 수 있으면 학생을 정신 병원에 가지 않도록 하고 싶네. 학생은 사이코틱 브레이크(psychotic break: 초기 정신병의 최초 경험 – 옮긴이)를 겪고 있어. 이런 일은 곧잘 일어나지. 아이러니하게도 우수한 학생들 사이에서 종종 나타난다네. 예일 대학에 오기까지 정신적 압박을 많이 받아서 그렇겠지. 따라서 이번 일로 당황할 필요는 없네. 하지만 '반드시' 치료에 협조를 해야만 하네."

박사는 계속 말을 이었다.

"학생은 토라진(Thorazine: 정신분열증에 진정제로 사용되는 클로르프로마진의 상표명-편집자)과 기타 항정신성 약물을 투여받아야 하네. 그것들이 잠을 잘 수 있게 도와주고, 망상에서 벗어날 수 있게 해줄 거야. 그러니 협조해주게. 그렇게 하면 내년 가을에는 재등록을 해서 어떤 불이익도 당하지 않고 대학 생활을 계속할 수 있을 거네."

하지만 맥스는 여전히 지금 벌어지고 있는 일을 순수히 받아들일 수 없었다.

"나는 망상에 빠진 게 아니에요. '이해의 이해'를 깨달은 것뿐이라고요. 이건 정말 부당해요."

맥스는 강력하게 항의했다.

하지만 대화는 그것으로 끝났다. 의사는 방을 나가면서 애매한 눈빛을 던졌다. 맥스는 바인슈타인 박사가 자신에게 정말로 '정신적인 문제가 있다'고 생각한다는 사실을 알 수 있었다.

내면의 혼돈이 잦아들자 맥스는 자신의 가족이 가진 정신적인 문제에 대해 생각해보았다.

엄마의 여동생인 미리엄 이모는 소녀 시절 정신 병원에 있었다. 재수 없게도 이모는 그곳에서 남편 마이클을 만났다. 그 역시 환자였다. 마이클은 좀 덜떨어진 인물이었는데, 용케 뉴저지 주 뉴욕 시 외곽에 있는 늪지를 샀다가 그것이 수백만 달러에 팔리는 횡재를 했다. 그 자리에는 메도랜즈 풋볼 스타디움이 들어섰다.

맥스의 증조모는 사위인 맥스의 할아버지가 '율법을 따르지 않고' 자신의 집 부엌에서 베이컨을 가지고 들어오는 것을 발견하고 브루클린의 아파트 건물 옥상에서 몸을 던져 자살했다.

정신적으로 불안정하다고 여겨진 다른 방계 가족도 있었다. 하지만 그의 이모 외에 아무도 정신 병원에 입원한 사람은 없었다.

맥스는 잠시 생각을 멈추고 자신도 정신적으로 불안한 건 아닌지 판단해보았다.

하지만 이내 그렇지 않다는 결론과 함께 'A는 A이면서 A가 아니다' 라는 자신의 명제가 일종의 통제된 광란 상태(그럼에도 불구하고 단순한 광란 상태로 여겨질 수 있는)와 관련된 정신분열적 요소를 지니고 있다는 것을 깨달았다.

치료소에서 머문 사흘 동안 맥스는 둔한 느낌 같은 약물 부작용을 경험했다. 그는 점점 긴 시간 동안 잠을 자기 시작했다.

하지만 자신의 명제가 가진 잠재력에 대한 열의는 조금도 위축되지 않았다.

이윽고 아버지가 그를 데려가기 위해 찾아왔다. 아버지가 방에 들어오자마자 맥스는 자신의 새로운 발견에 대해 토론하려 했다. 하지만 허버트는 관심을 보이지 않았다. 그의 말투는 자못 사무적이었다. 그리고 맥스에게 소지품을 챙기라고 손짓했다.

"차가 있는 데까지 따라오너라. 여기서 나가야지."

허버트는 시원스럽게 말했다.

집에 도착하자 어머니가 따뜻하게 맞아주었다. 그녀는 바인슈타인 박사가 지역 정신과 의사를 소개해주었다고 말하면서 행여 문제를 악화시킬까 싶어 '이해의 이해'나 그의 철학적 통찰력에 대한 이야기는 의사와 나누지 않았다고 둘러댔다.

이렇게 해서 맥스는 정해진 정신과 의사, 즉 오스틴 박사하고만 자신의 대발견에 대해 논의할 수 있게 되었다.

맥스는 이런 상황에 적잖이 실망했다. 하지만 부모를 곤란하게 만들기보다는 그들 뜻에 따르기로 하고 마음을 가라앉히기 위해 자기 방으로 갔다.

다음 날 아침, 제인은 맥스를 차에 태우고 오스틴 박사를 만나러 갔다. 오스틴 박사는 풍채가 당당한 은발의 남자로 안경을 끼고 있었다. 그의 아들은 전문 뮤지션으로 맥스가 가장 좋아하는 노래 중 하나인 '미스터 보잔글스(Mr. Bojangles)'가 담겨 있는 제리 제프 워커의 앨범 작업을 함께했다. 이 사실 하나만으로도, 그렇지 않았다면 찾아보기 힘들었을 환자와 의사 사이의 소통이 형성되었다.

오스틴 박사는 아돌프 히틀러라는 인물을 탄생시킨 심리학적 폭력에 대한 책을 쓰기도 했다. 매우 좋은 평가를 받는 책이었는데, 맥스의 호기심을 돋우기에 충분했다. 또한 그는 테리타운에 있는 자신의 집이 한때 마크 트웨인의 소유였다는 사실에 자부심을 가지고 있었다. 오스틴 박사의 서재에서 마크 트웨인의 걸작 중 일부가 씌어졌다는 데는 의심의 여지가 없었다.

오스틴 박사는 과대망상증 환자를 많이 치료해보았다고 말했다. 그는 맥스가 분명 '과대망상증'이라고 알려진 병을 앓고 있다고 생각했다. 그럼에도 불구하고 맥스는 상담을 하는 내내 'A는 A이면서 A가 아니다'가 갖는 뉘앙스와 그것이 얼마나 큰 발견인지를 설명하기 위해 애썼다.

하지만 오스틴 박사는 그것을 받아들이지 않았다.

박사가 토라진의 복용량을 계속 늘린 덕분에 맥스는 대부분의 시간을 비실거리며 보내야 했다. 그리고 다른 지시가 있을 때까지 1주일에 다섯 차례 오스틴 박사를 만나야 했다.

눈에 띄는 진전을 느낀 오스틴 박사가 상담을 1주일에 세 번으로 줄인 것은 5월 말이 되어서였다.

맥스 역시 진전이 있다는 것을 느꼈다.

오스틴 박사로 하여금 맥스 자신이 '과대망상증'을 앓고 있다거나 환상에 빠져 있다는 생각을 더 이상 하지 않게끔 그의 질문에 대답하는 방식을 배운 것이다.

맥스는 절대 죽음에 대한 경험이나 열두 개의 색상과 열두 개의 이름 같은 이야기를 입에 담지 않았다. 그럴 필요가 없다고 생각했던 것이다. 자신에게는 자신만의 사고방식이 있다는 사실을 깨달았다. 그리고 다른 사람이 인정하지 않더라도 그것이 자신에게 완벽한 만족을 준다는 사실도 깨달았다.

치료를 받는 동안 맥스는 줄곧 그런 방법을 유지했다.

이처럼 주위 환경을 받아들이는 데는 분명한 진전을 보였지만, 맥스는 'A는 A이면서 A가 아니다'라는 명제가 훌륭하다는 말 이외에는 달리 표현할 수 없으며, 자신이 얻은 그런 깨달음이 세계를 변화시킬 것이라는 생각을 절대 버리지 않았다.

그는 또한 자신의 사상을 공유하려면 훨씬 더 신중해야 한다는 것도 깨달았다. 그런다고 해서 자기 생각의 논리적 타당성이 훼손되지는 않을 터였다.

9월이 되어서야 맥스는 예일 대학에 다시 등록했다. 단, 한 가지 조건이 있었다.

그는 어떤 철학 수업도 들을 수 없었다.

제5장

볼리비아에 억류되다

1970년

맥스는 예일 대학에서 오로지 주류만을 따르는 것처럼 보이면서 조심스럽게 대부분의 시간을 혼자 보냈다. 모든 교과 과정을 마치고 교내 스포츠에 참여하면서도 자기감정을 내색하지 않고 부모나 교수 그리고 그의 정신적 안정을 염려하는 사람들의 비위를 맞추었다.

그는 물론 자신이 여전히 '이해'와 그에 수반되는 모든 것을 이해하고 있다는 사실을 알고 있었다. 하지만 지시받은 대로 철학 수업은 피했다. 대신 클로드 레비 스트로스와 구조주의에 대해 강의하는 문화인류학 수업에 슬쩍 끼어들었다. 그 수업은 문화와 시대 전체에 걸쳐 인간 두뇌의 특이한 연속성을 고찰하는 우회적인 길을 제공해주었다.

1970년 봄, 맥스는 폴 헤이즐턴을 만났다. 폴은 정치과학을 전공하는 학생으로 라틴아메리카에 특별한 관심을 갖고 있었다. 페루에서 프로젝토 아미스타드(Projecto Amistad) 또는 프로젝트 프렌드십(Project Friendship)이라고 불리는 프로그램에 참가하기도 했다. 이 프로젝트는 북아메리카 학생과 라틴아메리카 사람 사이의 친밀한 접촉에만 한정된 평화봉사단(Peace Corps)보다 더욱 직접적인 프로그램을 원하는 미국 대학생들의 모임이었다.

그해에 새로 시작된 이 프로젝트의 목표는 40명의 대학생을 보내 페루 아레키파에 학교를 짓고 사회복지 사업 프로그램을 수행하는 것이었다. 그들은 보통 어떤 방식의 원조에 대해서든 아레키파의 '페루-북아메리카 문화 센터' 운영자들로부터 조언을 받았다.

파견된 학생들은 문화 교류의 일환으로 아레키파의 가정에서 숙식을 했다.

맥스는 이미 스페인어에 능숙했기 때문에 '프로젝트 프렌드십'이 자신에게 이상적인 여름 프로그램이 될 것이라고 생각했다. 새로운 모험을 경험하는 동시에 스페인어를 다시 가다듬을 수 있는 좋은 기회이기도 했다.

활동은 아주 순조롭게 시작되었다. 맥스가 배정된 아레키파의 가정은 바르셀로나에서의 가정과 비슷했다. 세뇨라 로드리게즈는 남편을 여의고 스물다섯 살과 열일곱 살인 두 아들 알베르토와 하비에르 그리고 자신의 여동생과 함께 살고 있었다. 그들은 모두 영어를 열심히 배우고, 세뇨르 로드리게즈가 살아 있는 동안 이룩한 상위 중산층의 경제적인 여유를 누리고 있었다. 당시 아레키파의 극빈층을 제외한 모든 가정이 그랬던 것처럼 그들도 하인을 몇 명 거느렸다. 집이 그리 넓지 않은데도 정원사 둘, 요리사 하나, 하녀 둘이 있었다.

맥스의 침실에서는 식민 시대의 건축물이 늘어선 아레키파의 환한 흰색 중심가가 내려다보였다. 법률에 따라 모든 건물을 흰색으로 칠해야 했기 때문에 햇빛이 비치면 도시는 말 그대로 숨이 막힐 것처럼 눈부신 빛을 발했다. 일몰 때 볼 수 있는 오렌지와 핑크색의 초저녁 하늘 역시 인상 깊었다.

구름 한 점 없는 하늘을 배경으로 우뚝 솟은 엘 미스티 화산의 모습이 장관인 아레키파는 맥스가 지금까지 본 도시 중에서 시각적인 인상이 가장 강했다. 스페인에서처럼 그는 볼리비아와 그 나라 사람들에게 깊은 친밀감과 편안함을 느꼈다.

리지를 잃은 상실감을 모두 극복한 것은 아니지만, 믿을 수 없을 만큼 강렬하고 이국적인 아름다움을 가진 캐롤리나를 만나자마자 맥스는 마침내 황폐한 감정 상태에서 벗어날 수 있었다. 스물세 살의 캐롤리나는 로드리게즈의 집에서 5분 거리에 살고 있었다. 캐롤리나는 하비에르 형제의 사촌으로, 위로 열두 명의 오빠가 있는 집안의 외동딸이었다.

캐롤리나는 스물셋이 되도록 남자와 단둘이 있어본 적이 없었다. 대학 교수인 그녀의 아버지는 수학 교과서를 집필하기도 했는데, 세뇨라 로드리게즈가 자기 집에 묵고 있는 방문객을 이웃에 소개하기 위해 연 파티에서 맥스를 만났다. 그리고 맥스가 수학에 조예가 깊다는 사

실을 알고, 인근 고등학교에서 대수를 가르칠 수 있도록 주선해주기도
했다.

맥스의 교수법에 만족한 교수는 맥스가 자신의 교과서를 영어로 번
역하는 데 적당한 인물이라 생각했고, 그렇게 해서 맥스는 마침내 캐
롤리나에게 다가갈 기회를 얻었다.

캐롤리나에 대한 맥스의 관심은 그녀 오빠들의 의심을 사기에 충분
했다. 그들은 이것이 좋은 일이 아니라고 단정했다. 하지만 아버지는
맥스의 능력에 너무나 감탄한 나머지 그들의 걱정을 무시했다. 심지어
캐롤리나가 맥스에게 관광을 시켜주겠다는 것도 흔쾌히 받아들였다.
물론 오빠 하나가 샤프롱으로 동행했지만 말이다.

그렇게 두 번의 관광을 한 뒤, 캐롤리나는 맥스에게 영화를 함께 보
러 가자고 청했다. 영화는 로버트 올트먼의 신작 '매시(M*A*S*H)'였
다. 샤프롱으로 따라 나설 오빠가 없는데도 불구하고 캐롤리나의 아버
지는 허락을 해주었다. 젊은 커플이 함께 영화를 보러 가는 것 정도는
괜찮을 거라고 생각한 듯했다. 캐롤리나의 제안으로 맥스는 콜로니얼
팰리스(Colonial Palace) 뮤직 시어터의 '부타카(butaca)' 티켓 두 매를
샀다.

맥스는 미처 몰랐지만, 부타카는 커튼이 쳐져 있어 다른 관객들의
눈에 띄지 않는 은밀한 공간이었다. 안에서는 스크린 쪽 밖을 볼 수 있
지만 밖에서는 안을 볼 수 없었다.

맥스는 영화의 한 장면도 기억나지 않았다.

캐롤리나는 그 두 시간 동안 맥스의 육체 구석구석을 빈틈없이 탐

닉하며, 23년간 보고 경험하는 것이 금지되었던 것들에 흠뻑 빠져들었다.

그 후로 맥스는 그녀의 강렬함에 압도당했다. 아레키파에 머무는 8주 동안 자신의 손과 입과 마음이 온통 그녀의 페루 사람다운 아름다움에만 집중되는 것을 막을 수 없었다. 그녀와의 정사에서 비롯된 완벽한 강렬함이 그를 황홀경으로 이끌었다. 하지만 거기에서 벗어나는 순간, 혼란과 해방감이 동시에 그를 사로잡곤 했다.

얼마 후, '프로젝트 프렌드십'의 참가자인 롤프 이네스가 볼리비아의 정글로 재규어 사냥을 떠나자고 제안했다. 스물여섯 살인 롤프는 네덜란드인으로 이미 고국에서 병역을 마쳤고, 그 프로젝트에서는 가장 나이가 많은 멤버였다. 183센티미터가 넘는 호리호리한 몸매에 안경을 끼고 옷차림은 빈틈이 없었으며 짧은 갈색 머리는 언제나 말끔하게 다듬었다. 당시에는 긴 머리가 흔했기 때문에 이 짧은 머리가 그를 더욱 두드러져 보이게 만들었다.

롤프는 테네시 주의 반더빌트 대학에서 도시공학을 공부하는 대학원생이었다. 그의 공학 지식은 1970년 여름 프로젝트 그룹이 아레키파 전역에 세운 학교나 집을 설계하는 데 특히 큰 도움이 되었다.

그해에 지진이 페루 북부를 강타했고, 롤프는 초토화된 그곳에서 구조 활동을 펴기 위해 2주간 파견을 나가기도 했다. 그는 물불을 가리지 않는 저돌적인 성격에 노는 것을 좋아했다. 이번 활동에서 그가 계획한 개인적인 목표는 '프로젝트 프렌드십'의 임무를 마친 후 재규어를 사냥하는 것이었다. 하지만 몇 주 동안 이곳 사람들과 교류를 가졌음에도 불구하고 언어 소통이 전혀 되지 않아 스페인어를 할 줄 하는 동료를 찾는 중이었다.

그는 맥스를 최상의 후보로 점찍고 이미 사냥에 적합한 장소 두 곳을 물색해둔 터였다. 한 곳은 아마존에 있는 페루 도시 이키토스였고, 다른 한 곳은 볼리비아 인근의 융가스였다.

"맥스, 페루나 볼리비아 정글에서 재규어를 사냥하는 것 생각해봤어?"

롤프가 아레키파 시내의 '페루-북아메리카 문화 센터'에 있는 바에서 피스코 사우어(Pisco Sour)를 마시며 맥스에게 물었다.

"없다고 해야겠지. 총이나 총알을 만져본 적도 없어. 하지만 진짜 정글에 가보는 건 마음에 드는 생각이야. 무슨 계획이라도 있어?"

"다 조사를 해봤지."

롤프가 열을 올렸다.

"볼리비아 영사관에 갔더니, 사람들이 정글에 있는 카라나비라는 곳을 얘기해주더라고. 그곳에서 가이드와 장비를 구해 재규어를 사냥할 수 있대. 돈이 그리 많이 드는 것도 아냐. 네가 같이 간다면 사냥 비용은 내가 댈게."

그러곤 잠시 멈추었다 말을 이었다.

"내가 스페인어를 잘 못하는 거 알지? 그래서 네가 통역도 해줄 겸 같이 가주면 정말 좋겠어. 물론 멋진 시간도 함께 보내고."

"나도 끼워줘."

맥스는 충동적으로 대답했다.

"진짜 죽여줄 것 같은데."

그들은 약속의 의미로 피스코 사우어 잔을 부딪쳤다.

"하지만 나는 100달러밖에 여유가 없어. 그걸로 남은 2주 동안 써야해. 그러니까 여러 가지로 빠듯한 여행이 될 거야."

맥스의 말에 롤프가 덧붙였다.

"재규어 사냥을 위해 떼어둔 것 말고는 나한테도 돈이 얼마 없어. 하지만 걱정 마. 모두 계획을 세워놓았으니까. 도중에 쿠즈코의 마추픽추나 다른 명소들도 들러볼 수 있어."

"근사한데."

맥스는 눈을 반짝이며 대답했다.

"나도 마추픽추나 티티카카, 티아후아나코에 가보고 싶었어."

"거기도 이번 여행에 포함돼 있어."

롤프가 남은 술을 들이켜며 말했다.

이틀 후, 두 사람은 기차를 타고 푸노로 출발했다. 그리고 다음 날에는 그곳에서 코파카바나로 향했다.

푸노에서 코파카바나로 가는 가장 값싼 교통수단은 '콜렉티보 (collectivo)'였다. 콜렉티보는 폴크스바겐 미니버스 한 대에 승객 열두 명을 몰아넣고 운행하는 사설 운송 서비스를 말한다. 하지만 롤프와 맥스가 정류장에 도착했을 때는 그나마 아홉 대의 밴이 모두 꽉 차 있었다.

운전사 중 하나가 그들의 몸집을 어림해 보더니 자신의 밴에 자리를 만들 수 있다고 소리쳤다. 그러곤 이미 자리를 잡고 있는 승객들에게 케추아 말로 빠르게 말했다. 인디언 둘이 갑자기 차에서 나오더니 지붕으로 기어 올라갔다. 아마도 운임을 깎아준 모양이었다.

도로는 비포장에 먼지와 구덩이 천지였다. 지붕에 탄 인디언들이 목숨을 부지하려면 젖 먹던 힘까지 다해 매달려야 할 만큼 정말 거친 길이었다.

밴에 탄 승객은 티티카카 호수를 둘러싸고 있는 작은 마을 사람들이었다. 그 마을들은 수세기 동안 안데스는 물론 남아메리카(전부는 아니더라도) 대부분을 통치했던 고대 잉카인들의 고향이기도 했다.

그들은 스페인어는 한마디도 못했고, 아이마라나 케추아 토착어만 할 줄 알았다. 대부분 매년 8월에 열리는 이틀간의 음악 축제에 가는 길이었다. 거기에서 그들은 자기 할아버지의 할아버지, 아니 그보다 훨씬 먼 조상들이 그랬던 것처럼 같은 스텝을 반복하고 같은 악기를 연주하며 같은 노래를 읊조릴 터였다.

인디언은 모든 생명의 신성함을 믿는다. 그들은 돌과 나무를 섬기고, 동물과 생명이 없는 물건을 차별하지 않는다. 모든 물체에 생명이 있다고 여기며 신성한 음악으로 가득 찬 의식을 통해 시간과 싸운다. 그리고 아무런 제약 없이 춤과 노래와 치카(옥수수 맥주)와 코카 잎에 취한다.

버스에 탄 사람들은 자리에 앉기 전부터 이미 취해 있었다.

맥스와 롤프 그리고 바라건대 운전사만 제외하고.

밴이 국경을 넘어 페루에서 볼리비아로 들어서자 맥스는 운전사에게 잠시 멈추어서 여권에 도장을 받을 수 있게 해달라고 청했다. 하지만 운전사는 국경 수비대가 여권 검사를 하지 않는다고 말했다.

"우리 쪽 사람 수백 명이 국경을 넘어갔다가 다음 날 축제가 끝나면 돌아온다는 것을 알거든요. 그 사람들은 우리를 알고, 모든 게 괜찮다는 것도 알지요."

맥스와 롤프는 그의 말에 공감하고 더 이상 문제 삼지 않았다.

두 시간 후, 밴이 코파카바나 시내의 티티카카 호숫가에 멈추어 섰다. 해질녘이 가까웠지만 호숫가와 광장은 악기를 지닌 사람들로 가득했고, 어디에서나 춤판이 벌어지고 있었다. 플루트와 현악기의 이국적인 멜로디가 누구나 춤을 추고 싶게 만들었다. 리오카니발의 열광적인 자유가 아닌, 한층 더 열정으로 충만한 스텝이었다. 이 자부심 가득한 그러나 정복당한 민족을 표현하듯 기쁨의 정수를 담은 신비스러운 비애가 느껴지는 춤이었다.

남자나 여자나 모두 알파카와 양에서 얻은 울로 만든 색색의 판초와 담요를 두르고 있었다. 여자들은 모두 각양각색의 모자를 썼다. 작은 마을에서 온 사람들은 각각 그 특유의 모자로 구분할 수 있었다. 모자의 양식은 나름의 지역과 용도에 따른 그들만의 유산 그리고 정체성을 나타내는 표식이었다.

음악과 사람들의 에너지에 매혹된 맥스와 롤프는 꿈속을 걷듯 고조된 분위기에 휩싸였다. 행상이 파는 로스트 콘과 기니피그 고기 등의 별미를 맛본 그들은 얼마 후 잠자리를 잡기로 했다.

호텔은 모두 만원이었다. 다행히 싹싹한 농부 하나가 알파카 염소가 있는 헛간에 짚을 깔고 두 사람을 묵게 해주었다. 농부는 다양한 색상의 담요 몇 채도 마련해주었다.

 롤프는 그 담요들이 좋은 판초가 될 거라고 생각했다. 정글로 내려가기 전에 산을 넘을 때는 더욱 따뜻한 옷이 필요할 터였다. 그래서 농부에게 얼마 안 되는 돈을 주고 담요를 사기로 했다.

 다음 날, 맥스와 롤프는 담요로 판초를 만들어 입고 시내 중심가로 돌아갔다. 그런 복장에 커다란 멕시코 솜브레로 스타일 모자를 구입해 쓰자 꽤나 우스꽝스럽게 보였다. 조화를 이루기보다는 오히려 그링고(gringo: 중남미에서 외국인, 특히 미국인을 경멸적으로 이르는 말 – 편집자)라는 게 도드라졌다.

 호숫가를 어슬렁거리던 그들은 열일곱 살의 매력적인 아가씨 둘을 만났다. 가족, 친구들과 함께 축제를 즐기기 위해 찾아온 여자들이었다. 라파즈에 사는 그들은 스쿨버스를 마련해 마을에서 축제가 열리는 이곳까지 온 터였다.

 대화를 나누는 동안, 두 아가씨는 자신들이 상상조차 할 수 없는 세계에서 온 이 두 그링고에게 매료되었다. 그들은 롤프와 맥스를 라파즈로 돌아가는 버스 여행에 초대했다. 여자와 함께하면 여행이 훨씬 즐거워진다는 것을 아는 두 사람은 망설임 없이 그 기회를 잡았다.

 농부의 알파카 염소들 곁에서 하룻밤을 더 보낸 롤프와 맥스는 해가 뜨자마자 스쿨버스에 올랐다. 라파즈까지 가는 길에는 적어도 20곳의 검문소가 있었지만 아무 일도 일어나지 않았다. 검문소를 지키는 병사들은 너나 할 것 없이 버스와 운전사를 알아보고 손을 흔들며 통과시켰다.

그들은 늦은 오후가 되어서야 라파즈에 도착했다. 두 아가씨와 그 가족에게 고맙다는 인사를 한 뒤, 맥스와 롤프는 버스 정류장 근처에 있는 노천카페에 잠시 들르기로 했다. 네덜란드 출신인 롤프는 특히 맥주를 좋아했다. 볼리비아 맥주는 양조장을 짓기 위해 볼리비아에 들어온 독일인들이 만들어 맛이 뛰어났다.

안데스 전역에서 생산되는 신선한 산악수가 이 지역 맥주의 뛰어난 맛을 배가시켰다. 맥주는 미국에서 나오는 것보다 두 배는 커 보이는 병에 담겨 있었다.

맥스가 말했다.

"내가 마셔본 맥주 중 최고야. 페루의 '아레키페뇨' 맥주보다도 더 나은데."

맥스와 롤프는 안주를 즐기기 위해 맥주를 한 잔씩 더 시켰다.

"네 말이 맞아."

롤프가 맥주잔을 내려놓으며 말했다.

그때 갑자기 맥스가 테이블에서 벌떡 일어섰다.

"세상에… 아키 벤슨이잖아."

벤슨의 주의를 끌기 위해 손을 크게 흔들며 맥스가 소리쳤다.

"아키, 아키! 여기야, 여기!"

그 친구 옆에는 매력적인 젊은 아가씨가 있었다. 이쪽 테이블로 걸어오는 친구에게 맥스가 물었다.

"맙소사, 여기서 뭐하고 있는 거야?"

서로 소개가 끝나자 아키가 말했다.

"내 아내 엘리자베스를 만난 적이 있던가? 없지? 우린 학기가 끝나자마자 6월에 결혼했어. 그리고 국제연합의 특별 진상조사 업무 때문에 이곳 남아메리카로 왔지. 우린 프로젝트를 마치기 위해 둘 다 가을 학기를 휴학했어. 그런데 너야말로 여기서 뭐하는 거야?"

"그냥 오게 됐어. 하지만 이 친구 롤프는 융가스에 가서 재규어 사냥을 하려고 해."

맥스는 그 말을 하며 미소를 지었다.

"우리도 방금 융가스에서 왔어."

벤슨이 말을 이었다.

"그곳으로 가는 가장 좋은 방법은 사람들이 '바나나 보트'라고 부르는 걸 타는 거야. 정글에서 바나나를 싣고 나오는 트럭을 말하는데, 운송을 마치고 다음 날 빈 트럭으로 돌아가거든. 원주민들은 거기에 끼어 타고 다니지. 마일당 몇 페니만 주면 종착지인 카라나비 마을까지 갈 수 있어. 거기에서 재규어 사냥에 필요한 가이드를 확실히 구할 수 있을 거야."

그러고는 놀랍게도 맥스에게 호텔 키를 건네며 말했다.

"우리가 이틀 치 방값을 미리 냈어. 머물 곳이 필요하면 그 방을 쓰는 게 어때?"

롤프와 맥스는 몹시 기뻤다. 또다시 가장 유리한 가격에, 그러니까 공짜로 숙소를 마련하게 된 것이었다.

볼리비아는 혁명이 빈번하게 일어나는 나라인지라 모든 외국인은 등록을 해야 하는 엄격한 법률을 적용했다. 그래서 모든 호텔에서는 외국인의 여권을 검사하고 각 방문객에 대한 기록을 남겨야 했다. 그래서 롤프와 맥스는 아무도 모르게 별로 크지 않은 그 호텔로 들어가 공짜로 얻은 객실에 투숙했다.

다음 날, 모든 통신 업체가 파업을 선언했다. 미디어 종사자들이 모두 파업에 동참하고, 신문사와 라디오, 텔레비전 방송국까지 폐쇄되었다.

재규어 사냥에 대한 열의로 가득 찬 맥스와 롤프는 라파즈에서 융가스로 이어진 동쪽 길을 따라 마지막 주유소까지 걸어가서 '바나나 보트'에 올랐다. 덮개가 없는 트럭 짐칸에는 아이들에게 젖을 먹이는 여자 셋을 포함해 열네 명의 원주민이 타고 있었다. 젖을 먹는 아이 중에는 불과 몇 개월밖에 안 된 갓난아기부터 거의 다섯 살은 되어 보이는 애까지 있었다. 두 사람은 그들 곁을 비집고 들어갔다. 볼리비아 여자들은 최선의 피임법이 아이들에게 가능한 한 오래 젖을 먹이는 것이라고 생각했다. 때문에 여섯 살짜리 아이가 엄마 젖을 빨고 있는 모습을 보는 것이 드문 일은 아니었다.

인디언들은 자기가 챙겨온 음식과 물을 롤프와 맥스에게 나누어주었다. 원주민을 흉내 낸 그들의 옷차림을 재미있다는 듯 뚫어지게 쳐다보기도 했다. 20킬로미터 정도 거리를 두고 검문소가 하나씩 있었지만 '바나나 보트'는 속도조차 줄이지 않았다. 검문소의 경비병들은 호세라는 이름의 운전사를 알아보고, 트럭은 검사해볼 필요도 없다고 생각하는 듯했다.

롤프와 맥스가 지금까지 경험한 것 중 가장 아슬아슬한 여행이었다. 자칫하면 마지막 여행이 될지도 몰랐다. 다행히 호세는 길에 대해 샅샅이 알고 있었다. 하지만 급경사와 구덩이, 커브가 너무 심해서 정신이 멀쩡한 사람이라면 누구도 이곳에서 운전할 엄두를 내지 않을 터였다.

여섯 시간쯤 지나자, 산자락에 있는 각자의 집과 마을에 도착한 승객들이 트럭에서 뛰어내렸다. 남은 것은 이제 맥스와 롤프뿐이었다.

호세는 맥스와 롤프를 운전석 옆에 앉게 하고 미국에 대해 이것저것 물었다. 그리고 자신의 고향 마을 카라나비에 대해 이야기해주었다. 고향에 대한 애정이 각별한 듯했다. 이윽고 카라나비로 가는 길목의 마지막 검문소에 도착했을 때, 당직 경비병은 맥스와 롤프가 평범한 승객이 아니라는 것을 눈치챘다. 의심스러운 눈으로 그들을 보고 신분증을 요구했다. 맥스는 당황스러워하는 병사에게 여권을 건넸다. 경비병은 이 외딴 변경에서 그런 외국인을, 아니 그런 여권조차 본 적이 없었다.

"이건 국제적으로 통용되는 신분증명서입니다. 여기 볼리비아에서 쓰는 것과 아주 비슷하지만 좀 나은 것이지요."

맥스가 설명했다.

경비병이 운전석을 쳐다보자 호세는 웃으면서 이렇게 말했다.

"이 청년들은 괜찮아. 오는 동안 내내 나와 함께 있었어. 아무 문제도 일으키지 않을 거야, 호르헤. 보내줘도 괜찮아."

알고 보니 경비병은 호세의 육촌 누이와 혼인할 사람이었다. 롤프와 맥스는 그렇게 마지막 서른아홉 번째 검문소를 통과했다. 볼리비아에 들어온 이후 그들은 이곳 말고 어떤 검문소에서도 제지를 당하거나 질문을 받지 않았다. 볼리비아 군정의 모든 안전 보장 조치가 완전히 무시되고 있었던 것이다.

'바나나 보트'는 계속해서 카라나비 마을을 향해 달려갔다. 호세는 아내와 아이들이 있는 자신의 집으로 돌아가는 길가에 있는 식당 앞에 맥스와 롤프를 내려주었다. 젊은 두 모험가는 맥주와 식사를 즐기며 식당 주인과 이런저런 이야기를 나누었다. 주인은 사냥총을 구해주고 재규어를 찾는 가이드 역할도 해주기로 약속했다.

그렇게 목적을 이룬 그들은 느긋하게 앉아서 주위를 둘러봤다.

남아메리카의 정글 한가운데 있었지만 마치 존 웨인의 서부 영화 속 한 장면에 들어와 있는 듯했다. 먼지가 날리는 메마른 도로 양편에는 나무로 만든 판잣집이 늘어서 있고, 도로보다 2미터는 높은 둑이 죽 이어져 있었다. 추측컨대 우기가 되면 길은 강으로 변할 터였다. 건물은 대부분 홍수에 대비해 지줏대 위에 세워져 있었다.

맥스와 롤프가 각기 세 병째 맥주를 비웠을 때, 제복을 입은 병사가 다가와 경례를 하더니 스페인어로 말했다.

"엘 다이스가 당신들을 보고 싶어 하십니다. 저와 함께 가주시겠습니까?"

맥스는 엘 다이스가 누구인지 전혀 짐작조차 할 수 없었다. 제복을 입은 병사에게 물으니, 엘 다이스가 그 지역의 사령관 또는 시장, 지도

자를 모두 겸한 사람이라고 알려주었다. 맥스는 누구도 엘 다이스의 신경을 건드려서는 안 된다는 인상을 받았다. 그래서 맥주를 마저 마시고 롤프와 함께 그 남자를 따라 길 건너편에 있는 작은 집으로 들어갔다. 그곳은 관청이자 교도소 역할을 하는 판잣집이었다.

엘 다이스는 몸집이 크고 인상적인 분위기를 풍기는 사람이었다. 그가 대뜸 여권을 보자고 했다. 여권을 자세히 살펴보더니, 맥스에게 감정이 실리지 않은 조용한 목소리로 이곳에는 왜 왔는지 물었다. 재규어 사냥을 하러 왔다는 얘기를 듣자, 미소를 지으며 자신의 호위병을 시켜 그들을 시내에 하나밖에 없는 호텔로 데려다주겠노라고 말했다. 그리고 자기 관할 지역에 있는 동안은 그들의 여권을 보관하겠다고 했다.

여비가 부족하다는 데 생각이 미친 롤프가 맥스에게 시내 구경을 먼저 해야 해서 호텔에는 아직 갈 생각이 없다고 말하라고 언질을 주었다. 사실 그들은 강가에서 밤을 지내며 호텔비를 아낄 요량이었다.

밖으로 나온 맥스와 롤프는 밤이 되자 불행히도 개미총 위에 담요를 깔고 잠을 청했다. 이윽고 아침이 되어 개미들이 활동을 시작하자 그들도 일어날 수밖에 없었다. 개미에 물린 상처가 몸 곳곳에 생겼다.

아침은 지독하게 더웠다. 점심을 먹은 뒤 가이드를 맡아주기로 한 식당 주인을 만나기 위해 시내로 돌아가는 길에 롤프는 더위와 개미에 물린 상처 때문에 사냥을 하기 싫어졌다고 털어놓았다.

"이 색다른 정글과 희귀한 새와 동물들을 이미 구경했잖아. 그게 내 진짜 목적이었어. 실제로 재규어를 잡는 것은 그리 중요하지 않아.

그리고 예산이 굉장히 빠듯해. 라파즈로 돌아가서 쿠즈코하고 마추픽추를 둘러보는 게 좋겠어."

"뭐 나는 상관없어."

두 사람은 솜브레로를 머리에 얹고, 무겁고 화려한 판초를 겨드랑이에 낀 채 시내로 돌아가 식당에 자리를 잡았다.

그들은 '플라토스 아메리카노'를 두 개 시켰다. 밥 위에 얹은 얇은 스테이크와 튀긴 바나나, 달걀, 볼리비아가 원산인 일종의 콩이 나오는 요리였다. 물론 여기에 맥주 몇 잔을 곁들였다. 느긋하게 식사를 즐긴 다음 감칠맛 나는 볼리비아 커피를 주문했다. 그들이 커피 첫잔을 모두 마실 즈음, 지프 한 대가 달려오더니 식당 앞에 서며 커다란 먼지 구름을 일으켰다.

제복을 입은 경비병 하나가 식당으로 들어와 그들이 앉은 테이블 쪽으로 다가왔다.

"당신들 서류에 몇 가지 불법 사항이 있는 것으로 보입니다."

경비병이 무뚝뚝하게 말했다.

"중위님께서 막사에서 당신들과 이야기를 하고 싶어 하십니다."

맥스는 무슨 말을 어떻게 해야 할지 몰라 롤프를 쳐다보았다. 롤프는 미소를 지으며 웨이터를 부르더니 커피를 더 달라고 했다.

맥스는 두 번째 커피를 주문하고 경비병에게 몸을 돌렸다.

"식사만 끝내고 바로 가겠습니다."

경비병이 말없이 자리를 떠났다.

10분 후, 롤프는 세 잔째 커피를 주문했다. 맥스도 그렇게 했다.

"롤프, 이제 어떻게 해야 하지?"

맥스는 안절부절못하며 물었다.

"커피 네 잔은 도저히 못 마시겠다. 지프를 타고 온 경비병도 기다리다 지쳤을 것 같아."

"걱정 마."

롤프가 자신 있게 대답했다.

"기다려야 할 때까지 기다리는 게 군인이야. 난 네덜란드에서 군대에 다녀왔잖아. 이건 그저 시간을 때우는 심심풀이 장난에 불과해. 중위는 지난밤에 우리가 호텔에 나타나지 않아서 어떤 다른 계획을 가지고 있는 건 아닌지 확인해보고 싶은 것뿐일 거야."

두 사람은 여유 있게 식대를 지불하고, 경비병들이 무거운 소총을 옆에 낀 채 지프에 앉아 끈기 있게 기다리고 있는 식당 앞으로 향했다.

해는 아직 높고 날씨는 더웠다. 롤프는 울퉁불퉁하고 먼지 나는 길을 쳐다보더니 맥스를 향해 돌아서며 말했다.

"맥스, 식사를 거하게 했더니 산책을 좀 하고 싶다고 말해. 그들은 지프를 타고 우리를 쫓아오면 되니까. 우리가 막사까지 걸어가면 덜컹거리는 지프 안에 끼어 앉는 것보다 서로 좋지 않겠느냐고 말이야."

맥스는 참을성 있게 기다리던 경비병 중 가장 계급이 높아 보이는 남자에게 이 말을 전했다. 순간, 맥스는 이것이 더 이상 장난이 아니라는 것을 깨달았다.

지휘관이 고함을 지르며 명령을 내리자 경비병 네 명이 모두 지프에서 뛰어나와 롤프와 맥스에게 소총을 겨누었다.

"지프 안으로 들어가! 어서!"

지휘관이 크고 단호한 목소리로 소리쳤다. 맥스는 겁을 먹었지만, 롤프는 여전히 아무 일도 아닌 것처럼 생각하는 듯했다.

"안심해. 그들은 훈련받은 대로 하는 것뿐이야. 아무도 실제로 우리를 쏘지는 않는다고."

그러곤 미소를 지으며 차에 올랐다.

군 막사까지는 5분밖에 걸리지 않았다. 융가스를 통틀어 가장 큰 군사 기지였다. 400명 이상의 군인이 그곳에 주둔하고 있었다. 하지만 그때는 그보다 훨씬 적은 것처럼 보였다.

젊은 중위가 그들을 맞았다. 맥스는 다른 군인들은 어디에 있느냐고 물어보았다. 중위는 체 게바라 반군의 잔당이 남긴 흔적을 쫓고 있는 중이라고 설명해주었다. 그와 롤프가 '바나나 보트'에 탄 바로 그날, 전 지역이 폐쇄되어 외국인의 진입이 금지되었다고 했다. 미디어 파업 때문에 전혀 모르고 있던 사실이었다. 그 소식을 들은 맥스와 롤프는 걱정스러운 눈빛을 주고받았지만 입을 열지는 않았다.

중위는 부드러운 분위기를 풍기는 단정한 젊은이였다. 그는 상관들이 모두 장군과 함께 '폭도'의 잔당을 검거하기 위해 원정에 나선 터라 자신이 이곳을 지키고 있다고 말했다. 그리고 마지막 생포 작전이 결국은 성공할 것이라고 덧붙였다.

중위는 그곳에 정식 구치소가 없기 때문에 맥스와 롤프가 경비병의 감시 하에 장교 숙소에서 밤을 지내게 될 것이라고 설명했다. 그리고 그날 저녁 두 사람이 자신과 함께 장군의 부인과 식사를 하게 될 거라는 사실도 알려주었다. 그것이 두 사람에 대한 정보를 얻는 가장 손쉬운 방법이라고 생각하는 듯했다.

두 사람의 솜브레로와 화려한 담요를 보건대, 장교는 그들이 스스로 말하는 것처럼 관광객으로서 인적이 드문 곳을 돌아다니며 겨우 서른 아홉 개의 검문소를 피하긴 했으나 그건 전혀 고의가 아닌 것 같다고 생각한다고 말했다.

하지만 그것은 믿기 힘든 말이었다. 상급자가 모두 자리를 비웠기 때문에 그에게는 제5소대(라파즈 볼리비아 중앙군 사령부의 최상급 보안 부대)에 전신을 보내고 명령을 기다리는 것 외에는 달리 선택의 여지가 없을 터였다.

장교는 저녁 식사 때 그들의 운명이 어떻게 될지 알려주겠다고 넌지시 말했다.

차를 타고 가는 길에 롤프는 아름다운 클레이 테니스 코트가 있는 것을 발견했다. 분명 장교들이 사용하는 것이었다. 그는 맥스에게 오후에 테니스를 좀 쳐도 괜찮은지 물어보라고 했다. 반대할 이유가 없는 중위는 이내 허락해주었다.

얼마 후, 경비병 두 명이 테니스공을 쫓아 다니는 광경이 연출되었다. 테니스 클럽에서처럼 볼 보이의 역할을 하는 것이었다. 그러는 동안 다른 두 경비병은 탈출 시도를 하지 못하도록 맥스와 롤프에게 기관총을 겨누고 있었다.

그날 저녁, 맥스가 장군의 부인과 즐거운 대화를 나누며 지금까지 먹어본 중에서 가장 맛있는 식사를 하는 동안, 중위가 그들이 지금 어떤 처지에 있는지를 설명해주었다.

"5소대에서는 당신들 이야기의 진실성을 의심하고 있습니다. 내일 아침 당신들을 라파즈로 보내 적절한 심문을 받게 하라는 명령을 하달했습니다. 물론 당신들 이야기가 사실로 확인된다면, 걱정할 것은 없습니다."

"우리는 절대 스파이가 아닙니다."

맥스가 걱정스레 말했다.

"저도 압니다."

중위가 머리를 끄덕이며 말을 이었다.

"경비병으로 라울을 딸려 보내겠습니다. 라파즈로 가는 06시 버스입니다. 버스는 무료이지만, 가는 길에 먹을 음식은 직접 사야 합니다."

그러곤 자리에서 일어서며 덧붙였다.

"즐거운 저녁이었습니다. 라파즈에서 일이 잘되기를 바랍니다."

장교와 부인이 떠나자 롤프가 맥스에게 비아냥거리는 표정을 지어 보였다.

"여기에서 2달러가 들었는데, 그것보다 싸긴 싸네. 무료 승차라니, 당해낼 수가 없군!"

맥스는 내일의 여행이 정말 자유로 이어질지 확신할 수 없었다. 하지만 그는 미소를 지었다. 기분은 그럭저럭 괜찮았다.

그래도 잠을 이루기는 힘들었다.

버스 여행은 '바나나 보트'보다 훨씬 편안했다. 도중에 작은 마을에 들러 차를 멈추고 점심을 먹기로 했다. 강가에는 어린 송어들이 돌덩이로 막은 천연 수조 속에서 헤엄을 치고 있었다. 사람들은 그중에서 식사거리를 골랐다. 물고기를 고르자 곧바로 바비큐가 되어 나왔다. 맛이 절묘했다. 경비병 라울은 이번 임무가 라파즈로 3일간 휴가를 떠날 수 있는 좋은 기회였기 때문에 아주 들떠 있었다. 라파즈에 가면 약혼녀도 만날 수 있을 터였다.

버스가 라파즈에 도착한 다음, 라울이 그들을 새 경비병인 후안에게 인계할 때까지는 모든 게 순조로웠다. 후안이 5소대가 있는 곳으로 그들을 인도하기로 했다. 후안은 예의 바른 사람이었지만 멕시코 솜브레로에 알록달록한 담요를 걸친 '길 잃은 그링고'를 맡는 일이 그리 내키지 않는 게 분명했다. 그는 맥스와 롤프를 군용 지프 쪽으로 데려갔다. 차에는 운전사와 무장 경비병이 타고 있었다.

오후 4시 무렵, 두 '그링고'는 5소대에 도착했다. 롤프는 자신의 미놀타 미니카메라를 꺼내 스냅 사진을 찍기 시작했다. 경비병이 카메라를 빼앗았다. 그가 저항하기도 전에 경비병이 커다란 방으로 그들을 데려갔다. 거기서 그들은 아나홀라 장군이 가능한 한 빨리 그들을 만나게 될 것이라는 이야기를 들었다.

오후 9시가 되자 배가 고팠다. 식사를 할 수 있는지 묻자 후안이 경비병에게 그들을 데리고 장교 클럽으로 가라고 지시했다. 생각지도 못한 반응이었다. 클럽에서는 음식을 주문할 수 있지만, 돈은 직접 지불해야 한다는 말도 덧붙였다.

간혀 있던 곳에서 조금 걸어간 그들은 용도를 알 수 없는 건물 앞에서 걸음을 멈추었다. 안으로 들어가자, 장교 클럽의 멋진 모습이 눈에 들어왔다. 짙은 색 나무 테이블에 세련된 장식으로 꾸민 그곳은 영국의 시골 선술집 비슷했다. 테이블은 여덟 개뿐이지만 웨이터 네 명이 흠잡을 데 없는 서비스를 제공했다. 세 테이블에 손님이 있었지만 모두가 당면한 상황에서는 어떤 대화를 하는 것 자체가 분별 있는 일이 아니라고 생각하는 듯했다.

식사를 하는 동안, 후안은 호르헤라는 새 경비병으로 교체되었다. 식사가 끝날 때까지도 롤프는 이것을 가소로운 군대의 훈련쯤으로 생각하는 것 같았다. 롤프는 맥스에게 그들이 아나훌라 장군의 '손님'이므로 장군이 계산서를 처리해줄 거라고 말하라고 시켰다. 맥스는 좋은 생각이 아니라고 판단했지만 어쩔 수 없이 그렇게 전달했다. 웨이터는 그들이 공짜 식사를 즐기고 호르헤에게 이끌려 식당을 나갈 때까지 미소를 지어 보였다.

오후 11시가 가까워졌지만 장군은 여전히 나타날 기미를 보이지 않았다.

밤이 깊어지고 피로가 몰려오자 롤프의 변함없는 세라비(c'est la vie: 인생은 그런 것 - 편집자)식의 유쾌한 태도도 동요와 걱정에 휩싸이기 시작했다. 네덜란드 악센트가 점점 심해져 그의 말을 이해하기조차 힘들었다.

"맥스, 호르헤한테 네덜란드와 미국 영사관에 전화해서 도움을 줄 수 있는지 물어보겠다고 해봐."

그의 목소리에는 긴장한 기색이 역력했다.

"구치소에서 밤을 보낼 수는 없어. 분명히 나갈 방법이 있을 거야."

"전화를 좀 할 수 있을까요?"

맥스가 호르헤에게 물었다. 경비병은 지난 몇 시간 동안 그들이 갇혀 있는 대기실 책상 앞에 앉아 있었다. 책상 위, 눈에 잘 띄는 곳에 전화기가 있었다.

호르헤가 대답했다.

"모랄레스 대위님께 괜찮은지 확인해보겠습니다."

5분 뒤 허락이 떨어졌고, 맥스는 미국 영사관 직원과 통화를 할 수 있었다.

"영사님은 몇 시간 전에 퇴근하셨습니다. 아침이 되면 제일 먼저 당신이 처한 상황을 영사님께 알리도록 하겠습니다. 하지만 이런 밤 시간에는 달리 해드릴 수 있는 일이 없군요."

그 말과 함께 직원은 전화를 끊었다.

하지만 롤프가 네덜란드 영사관에 전화를 걸자 곧바로 퇴근해서 집에 있던 영사와 연결이 되었다. 네덜란드 영사는 구치소의 당직 장교인 모랄레스 대위와 통화한 뒤, 롤프와 맥스의 신병이 네덜란드 영사관으로 이관될 수 있도록 조처했다. 그는 두 사람 문제가 해결될 때까지 볼리비아를 떠나지 않을 것이라는 점에 대해서도 보장하겠다고 말했다.

40분 후, 자정이 되기 직전, 5소대에 도착한 네덜란드 영사가 필요한 서류에 서명을 했다. 롤프와 맥스는 한 아담한 호텔까지 경비병들의 호위를 받았다. 호텔 문 밖에는 탈출 시도를 막기 위해 볼리비아 경비병들이 지키고 섰다.

다음 날 아침, 그들은 6시에 일어나 다시 5소대로 향했다. 그리고 한 시간 반을 기다린 끝에 아나홀라 장군이 맥스를 불렀다.

천장에 전구 하나가 늘어져 있는 작은 방이었다. 맥스가 좋아하는 옛날 영화에서 봤던 장면과 똑같았다. 고문과 같은 최악의 상황까지 각오했지만 책상 위에 있는 고문 도구라고는 누를 때마다 귀청이 찢어질 듯한 소리를 내는 오래된 수동식 타자기뿐이었다.

타자기 앞에 앉아 있던 장군이 맥스가 들어서자 즉시 질문을 시작했다.

"NLF(민족해방전선)의 멤버가 된 지는 얼마나 되나?"

"NLF가 뭡니까?"

맥스는 진지하게 대답했다.

"그 폭도들."

장군이 말했다.

"체 게바라와 그 일당을 지원하는 자들 말이네."

"저는 그런 단체의 일원이 아닙니다. 지금 이 순간까지 그게 뭔지도 몰랐습니다."

"그렇다면 CIA가 분명하군."

장군이 퉁명스럽게 받아쳤다.

"아닙니다."

맥스는 목소리가 떨리지 않도록 애쓰며 대답했다.

"CIA에 들어갈 정도의 나이가 되지도 않았을뿐더러, 그렇다 해도 CIA에 들어갈 생각은 없습니다."

"어느 정당에 속해 있나?"

"미국 법률상 저는 아직 투표권을 가질 나이가 아닙니다. 하지만 나이가 찬다면 민주당 쪽이 되지 않을까 싶습니다."

질문은 일곱 시간 동안 계속되었다. 맥스와 롤프의 동선(動線) 하나하나가 질문의 대상이 되었고, 가능한 모든 동기가 거론되었다. 아레키파 영사관에서 처음 만난 볼리비아 관리에서부터 카나발리의 바텐더에 이르기까지 모든 사람들에 대한 보고가 기록되었다.

일곱 시간의 심문이 끝난 뒤, 아나홀라 장군은 4 - 4 포인트 활자로 뒤덮인 2쪽짜리 보고서를 완성했다. 맥스는 그 서류를 읽은 후, 모든 것이 사실이고 확실한 '자술서'임을 확인하는 서명을 했다.

보고서에는 맥스와 롤프가 어떻게 보안망을 빠져나왔는지, '프로젝트 프렌드십'에서 무슨 활동을 했는지, 푸노에서 어떻게 콜렉티보를 타기로 결정했는지, 어떻게 라파즈에서 아치볼드 벤슨과 '우연히' 마주쳤는지, 두 사람의 기발하고 사실 같지 않은 여정의 모든 상세한 내용이 정확하게 적혀 있었다.

문서화된 그 글을 읽고 있자니, 맥스 자신조차 그것이 믿기 어려운 일이란 생각이 들 정도였다. 그는 그 서류에 서명하고 녹초가 된 채 롤프가 미놀타 카메라를 쥐고 걱정스럽게 서성대고 있는 대기실로 돌아갔다. 그는 굉장히 상심한 것 같았다. 정글에서 찍은 동물과 마을 풍경을 담은 필름이 모두 못 쓰게 됐기 때문이었다.

맥스는 그를 동정할 여유가 없었다. 일곱 시간 동안 계속된 질문 공세를 견디느라 몹시 피곤한 상태였다. 이번에는 롤프 차례였다. 놀랍게도 그에 대한 조사는 5분밖에 걸리지 않았다. 돌아온 그의 얼굴에는 미소가 번져 있었다.

"어떻게 된 거야?"

맥스는 믿을 수 없는 표정으로 물었다.

"너도 내 스페인어 실력이 형편없다는 것 알잖아. 네가 말한 게 전부 사실인지만 묻더라고. 그래서 '맥스는 절대 거짓말을 안 해요.'라고 말한 다음, 너랑 똑같이 자술서에 서명을 했지."

'자술서'에 서명을 했음에도 불구하고 맥스와 롤프는 7일 동안 군의 감시를 받았다. 밤에는 호텔에서 지낼 수 있었지만, 아침 6시가 되면 경비병들이 어김없이 그들을 깨워 추가 심문을 해야 한다며 5소대로 데려갔다.

롤프도 함께 취조실에 들어갔지만, 실제로 심문을 받은 것은 맥스뿐이었다.

그들이 이야기한 모든 사항에 대한 조사와 재확인이 이루어졌다. 심문관이 라파즈의 호텔에 전화를 걸었지만, 그들이 그곳에 묵었다는 기록은 어디에도 없었다. 그는 조사관을 아레키파와 코파카바나, 카라나비로 파견해 모든 세부 사항과 모든 이름과 모든 '우연의 일치'를 조사하게 했다.

밤에는 어디든 돌아다닐 수 있었다. 네덜란드와 미국의 영사가 두 사람에 대한 보증을 서주었기 때문이다. 하지만 언제나 경비병의 감시를 받았다. 어느 날 저녁, 축구 경기를 보러 가겠다고 하자 경비병들이 반색을 했다. 그러곤 교대 순번과 상관없이 아홉 명이 동시에 나타났다. 물론 맥스와 롤프의 탈출 시도를 막기 위해서라는 구실을 달았다.

마침 이웃 나라 페루와의 빅 매치라서 경기를 재미있게 구경할 수 있었다.

1주일이 지나도록 볼리비아군은 사실이라고는 믿기지 않는 놀라운 이 외국인들의 진술에서 어떤 트집도 잡을 수 없었다. 마침내 맥스와 롤프는 다음 날 아침에 풀려날 것이라는 소식을 들었다. 그들은 버스를 타고 고대의 성지 티아후아나코로 간 다음, 거기에서 배를 타고 페루의 푸노로 이송될 예정이었다.

푸노에서 배를 내리면 여권을 돌려받기로 되어 있었다. 장교 두 명이 볼리비아 모험의 마지막 여정을 그들과 함께했다.

손쉬운 임무를 맡아 즐거워하던 두 장교는 맥스와 롤프가 티아후아나코에서 고대 잉카 유적을 돌아볼 수 있도록 시간을 내주었다. 그들의 '모험' 중 최악의 시간을 끝낸 맥스는 유적지에서 경탄과 함께 편안함을 느꼈다. 그는 인근에 있는 티티카카 호수에서 발현해 처음으로 토착민의 문화를 만들었다고 믿어지는 고대 태양신 비라코차에 대해 읽은 적이 있었다.

티아후아나코의 유적은 이 위대한 스승이자 지도자를 기리는 기념비였으며, 그가 왔다 갔음을 말해주는 전설이었다. 폐허가 된 그 유적지에는 어떤 신비한 능력이 있는 듯했다. 돌 자체가 여전히 숨을 쉬며 신화 속 비라코차가 남긴 고대의 가르침을 전해주는 것 같았다.

장교들은 고대 신화에 대한 자신들의 믿음을 확신했다. 그리고 끊임없이 샘솟는 티티카카 호수가 인류의 발원지라는 그 지역 사람들의 믿음을 확신했다. 그들은 때가 되면 그 호수가 다시금 온 지구를 위한 영적 힘의 중심이 되어 인류의 새로운 시대를 알리게 될 것이라고 믿었다.

맥스와 롤프가 페루 이민국에 도착하자 그들의 여권을 가진 관리 두 명이 미소를 지으며 반갑게 맞이했다.

"당신들을 기다리고 있었습니다. 페루로 돌아오신 것을 환영합니다."

그리고 그들의 여권을 건네주었다.

볼리비아 스탬프가 찍힌 페이지에는 'PERSONA NON GRATA(기피 인물)'라는 붉은 글씨가 커다랗게 쓰여 있었다. 그 아래에는 어떤 상황에서도 볼리비아 입국이 허용되지 않는 의심 인물이라는 것을 명확하게 밝히는 다른 말이 스페인어로 적혀 있었다.

제6장

기피 인물

1973년 4월

스물두 살이 된 맥스는 예일 대학을 졸업하고 아버지의 출판사에서 근무했다. 볼리비아에서의 모험은 그저 재미있는 추억으로만 남았다.

그는 출판사 일을 함으로써 독립해서 살아갈 수 있는 능력을 얻었고 출판업에 대해서도 많은 것을 배웠다. 얼마 전 아버지가 심장마비를 겪은 터라 맥스는 아버지를 가까이에서 보필해야 했다.

9개월 동안 출판 일을 하던 그는《의과 대학 입학시험의 고득점 비법》이라는 시험 준비 서적을 고쳐 쓰고 업데이트하는 새 업무를 맡아 아버지의 전통을 잇게 되었다. 맥스는 의학에 대해서는 문외한일뿐더러 고등학교에서 과학 수업을 들어본 적도 없었다. 하지만 리서치 방법은 물론 시험 문제를 만드는 것에 관해서도 잘 알고 있었다.

코네티컷 주 웨스트포트에 살고 있던 그는 매일 아침 공공 도서관으로 가 그날의 작업을 시작했다. 그리고 정오가 되면 잠깐 휴식 시간을 가졌다.

마침 도서관 바로 옆에 있는 YMCA의 패들볼(paddle ball) 리그에서 새 선수를 찾고 있었다. 맥스는 그 팀에 들어갔다. 그곳에서 그는 독립 영화 제작자이자 작가인 조지 하디를 만났다. 조지는 그보다 스무 살이 많았지만 매우 뛰어난 선수였다. 그와 맥스는 더블 경기에서 맞수 또는 파트너가 되곤 했다.

맥스는 언제나 YMCA에서 조지와 운동하는 시간을 기다렸다. 게임이 끝나면 두 사람은 함께 많은 이야기를 나누었다. 맥스는 라틴아메리카와 그곳의 문화, 사람들, 언어에 대한 자신의 열정에 대해 거침없이 이야기했다. 그가 열띤 표정으로 자신의 경험을 이야기하면 여간해서는 감동을 받지 않는 조지도 맥스의 젊은 열의에 휩쓸리곤 했다.

조지는 랄프 코헨 프로덕션과 '고대의 미스터리를 찾아서'라는 영화를 제작하기로 합의한 상태였기 때문에 남아메리카에서 촬영 장소를 물색할 사람을 찾고 있는 중이었다. 그는 맥스가 마음에 들었다. 젊은 사람으로서 직업의식이 투철하다고 생각했다. 또한 맥스가 스페인어를 잘하고 라틴아메리카 문화에 정통한 데 깊은 인상을 받았다.

"뭐 그렇게 어려운 일은 아니야."

유난히 힘들었던 경기를 마치고 탈의실로 들어온 조지가 맥스에게 그 일을 제안했다.

"에리히 폰 대니켄이나 그 사람의 책《고대의 우주인을 찾아서》에 대해 들어본 적 있어?"

커피를 마시며 그가 말했다.

"아니오."

맥스는 솔직하게 대답했다.

"그 사람은 수천 년 전 외계의 우주인들이 지구를 식민지로 개척해서 우리에게 고대 문명이라고 알려진 설명할 수 없는 미스터리들을 만들었다고 믿고 있어. 방송 작가인 로드 설링이 그의 책을 기초로 NBC 텔레비전 스페셜을 맡았었지. 그게 큰 성공을 거두어서 그 사람들이 시리즈물을 만들려 하고 있어. 대니켄이 언급한 장소는 대부분 남아메리카에 있는데, 내 생각엔 자네가 그 영화의 로케이션 리스트를 만드는 데 도움을 주면 딱일 것 같아. 관심 있어?"

맥스는 주저 없이 그 기회를 잡았다.

"당연하죠. 재미있을 것 같아요."

다음 날, 조지는 맥스에게 14쪽짜리 영화 개요와 함께 볼리비아의 티아후아나코, 페루의 쿠즈코를 비롯한 촬영지 리스트 초안을 건네주었다. 모두 고대 우주인의 존재를 암시하는 불가사의한 미스터리를 간직한 곳이었다.

조지는 영화의 콘셉트가 불안정하다고 불평했다.

"모든 게 사실의 왜곡일 수도 있어. 폰 대니켄이 옳은지, 그조차 자신을 믿고 있는지 의심이 간다니까."

그러자 맥스가 말했다.

"저한테 그의 이론에 대해 말씀하신 걸 듣고 도서관에서 그 사람 책을 확인해봤는데, 대부분 억지처럼 보이더라고요. 완전한 조작이라고는 할 수 없더라도 말이죠."

"그렇다면 이 프로젝트에 별로 관심이 없겠네."

조지가 실망스러운 목소리로 말했다.

"아뇨, 정반대예요. 정말 흥미 있는 프로젝트고, 아저씨를 돕는 것도 재미있을 것 같아요. 전 고대의 신화와 문명을 탐험하는 게 정말 좋거든요. 아저씨랑 일하면 진짜 근사할 거예요."

"좋았어!"

조지가 대답했다.

"자네 첫 봉급은 주당 125달러가 될 거야. 분명히 잘해낼 거라고 믿어. 로케이션 리스트를 조정하고 추가하는 것 외에도 인력이나 장비를 어떻게 촬영이 예정된 나라로 들여보낼지도 파악해줘야 해. 할 수 있겠어?"

"물론이죠."

맥스는 자신 있게 대답했다.

그는 아버지의 출판사에 휴가를 내고 전심전력으로 그 프로젝트에 뛰어들었다. 먼저 기본적인 리서치를 시작했다. 그리고 4주 만에 그때까지 발간된 모든 〈내셔널 지오그래픽〉을 읽고 볼리비아를 비롯해 영국, 시리아, 이스라엘, 그리스, 인도, 일본의 미스터리와 고대 유적지를 아우르는 로케이션 리스트를 만들었다.

다음에 만난 자리에서 조지는 맥스가 해놓은 일에 깊은 인상을 받았다. 그래서 그에게 그 프로젝트의 프로덕션 코디네이터 자리를 제안했다. 그것은 모든 나라에서 이루어지는 모든 촬영에 맥스가 참여한다는 것을 의미했다. 조지는 맥스의 주급도 150달러로 올렸다.

그런데 갑자기 '고대의 미스터리를 찾아서' 촬영 날짜가 조정되었다는 공문이 내려왔다. 새로운 일정에 맞춰 직원들이 도착하기 전까지 준비를 끝내기 위해서는 급히 서둘러야 했다.

"다음 두 주일 동안 페루에 내려가 있을 수 있겠어?"

조지가 맥스에게 물었다.

사실 맥스는 모든 준비가 되었지만 한 가지 문제가 남아 있었다. 각국에서의 촬영을 허용하는 전 세계 대사관의 허가증이 도착하지 않았던 것이다.

놀랍게도 조지는 그다지 걱정하지 않는 것 같았다. 모든 것이 제대로 진행될 것이라는 자신감에 충만했다. 맥스는 약간 찜찜한 가운데 페루 리마로 가는 여정에 올랐다. 그리고 리마에서 가장 화려하고 높은 쉐라톤 호텔에 체크인을 했다.

조지는 항상 호사스러운 여행을 즐기는 사람이었다. 가는 곳이 어디든 5성 호텔에 묵고 가장 좋은 레스토랑에서 식사를 했다. 물론 자신의 직원도 같은 대접을 받기를 원했다. 수년간 엔터테인먼트 비즈니스에 몸담으면서, 영화를 찍는 사람들이 편안하고 만족스러워야 좋은 영화가 나온다는 것을 배웠다고 했다.

맥스도 이제 영화 스텝이 되었기 때문에 호화로운 숙소라는 혜택을 누릴 수 있었다. 하지만 그에겐 아주 어려운 과제가 눈앞에 있었다. 5

일 안에 도착할 예정인 나머지 스텝들이 필요로 하는 모든 것을 충족시켜야만 했던 것이다.

첫 단계는 페루 문화부 차관인 세뇨르 알타몬타나와의 미팅이었지만 잘 진행되지가 않았다. 안경을 쓴 작달막한 체구의 알타몬타나는 고집스러운 분위기를 풍기는 사람으로 맥스와 인사를 나누자마자 그 영화 제작에 대해서는 아는 것이 없다고 말했다.

맥스는 깜짝 놀랐지만 곧 안정을 찾았다.

"그렇다면 제가 보낸 편지를 받지 못하셨군요. 2주도 더 전에 편지를 띄웠는데요."

차관은 편지를 받은 적이 없으며, 받았다 해도 장비가 세관을 통과하고 국내에서의 영화 제작 신청에 대한 승인을 받으려면 적어도 12주의 시간이 걸린다고 대답했다.

맥스의 걱정은 점점 더 깊어졌다. 차관은 페루의 영화 산업을 보호하기 위한 법이 그해에 제정되었다고 설명했다. 그 법에 따라 그보다 빨리 승인이 나는 것은 불가능하다고 했다.

"예외는 있을 수 없습니다."

차관이 단호한 어조로 맥스에게 말했다.

맥스는 난처했다.

이제 어떻게 하지?

맥스의 마음속에 무수한 생각들이 스쳐갔다.

그때 차관의 보좌관이 봉투 뭉치를 은쟁반에 받쳐 들고 방으로 들어왔다. 그날의 우편물이었다. 그 맨 위에서 맥스는 눈에 익은 것을 발견했다. 자신이 직접 추가 우편 요금을 내고 속달로 보낸 편지였다.

맥스는 너무 반가워서 소리쳤다.

"저기, 제가 보낸 편지가 있네요. 그걸 좀 읽어보십시오. 필요한 모든 게 그 안에 있을 겁니다."

차관은 의심스러운 표정으로 봉투를 열고 '퓨처 필름'이라는 문양이 그려진 편지를 읽었다.

편지가 절묘한 타이밍에 맞춰 도착한 덕분에 그 프로젝트의 적법성을 확인하기는 했지만 차관의 태도는 강경했다. 아무리 그래도 허가를 하기에는 시일이 촉박하다는 게 그 이유였다. 차관은 문화 업무에 대한 특별 회의를 열어 촬영 대본과 신청서를 검토해야 한다고 말했다. 그리고 그 청원이 처리된다 해도 가장 빠른 시한은 9월이 될 것이라는 말만 계속 반복했다.

지금은 6월이었다.

"하지만 5일 후면 스텝들이 도착합니다."

"그렇다면 그들이나 장비의 반입이 허용되지 않을 것입니다."

차관이 단호하게 말했다.

"그러니 오지 말라고 얘기하는 편이 나을 겁니다."

회의는 그렇게 끝났다. 맥스는 완전히 낙담했다. 영화 비즈니스계에서의 경력이 시작도 하기 전에 끝날 것 같았다.

조지는 리마에서 그와 합류하기로 되어 있었다. 하지만 맥스는 그가 도착할 때까지 기다릴 수 없었다. 그는 즉시 자신의 직속 상사이자 프로듀서인 댄 브랜든에게 전화를 걸었다. 그리고 로스앤젤레스에 있는 그에게 문제가 발생했다고 보고했다.

"걱정 마."

댄의 밝은 목소리가 돌아왔다. 맥스는 어리둥절했다.

"스케줄이 당겨지면 페루 당국하고 문제가 있을 거라고 예상했어. 다행히 랄프 코헨의 USC 동창이 줄리앙 재스퍼야."

맥스가 그 이름을 알아듣지 못하자 댄이 말을 이었다.

"줄리앙은 수영 대표로 올림픽에도 나갔었어. 정말 좋은 사람인데, 페루에서 영화사를 경영해. 리마에 큰 버스 회사를 갖고 있고, 다른 회사도 몇 개 소유하고 있지. 그 사람이 자네를 만나주기로 했어. 미라플로레스에 사는데, 자네랑 점심 약속을 해뒀어."

모든 일을 낙관적으로 생각하는 댄의 전화를 끊고 나서도 맥스는 의심스러운 마음을 거둘 수 없었다. 줄리앙이 '좋은 사람'일 수도 있고 힘 있는 영화 제작자일 수도 있겠지만 차관의 태도는 더할 수 없이 분명했다. 그는 승인이 필요하고, 스크립트 샘플을 제출해야 하며, 최소한 12주가 소요될 것이라고 했다.

하지만 미라플로레스가 리마의 비버리힐즈 정도 되니 적어도 근사한 점심은 먹을 수 있을 터였다.

재스퍼의 사유지에 도착하자 깔끔한 옷차림을 한 집사가 그를 정원으로 안내했다. 줄리앙과 그의 아내 그리고 딸이 우아한 점심 식탁을 앞에 두고 앉아 있었다. 테이블 위에는 꽃과 고급 식기가 놓여 있고, 정원에는 이국적인 꽃과 과일나무가 가득했다.

줄리앙은 덩치가 크고 활기찬 사람이었다. 그는 일어나서 맥스와 포옹한 뒤 가족에게 손님을 소개했다.

음식은 훌륭했고, 대화는 리마에 있는 동안 맥스가 가봐야 할 관광 명소에 대한 이야기로 즐겁게 이어졌다. 곧 도착할 스텝들에 대한 걱정에도 불구하고 맥스는 긴장이 풀리기 시작했다.

점심 식사 후, 정원의 다른 쪽에 있는 전망대로 옮기고서야 맥스는 본론을 꺼낼 수 있었다.

"걱정할 필요 없네. 내가 다 처리해두었어. 스텝과 장비가 도착하는 대로 촬영 허가를 받는 데 아무 문제도 없을 걸세."

맥스는 어이가 없었다.

"어떻게 하신 겁니까? 몇 시간 전 차관 사무실에서 새 법률 때문에 어떤 예외도 허용되지 않는다는 말을 듣고 나왔는데요."

줄리앙은 영화 관련 법규를 쓴 것이 바로 자신이며, 그 법들은 기본적으로 자신과 자신의 친구들을 위해 만들어진 것이라고 말했다. 그리고 자신의 친구인 랄프 코헨과 재스퍼 프로덕션이 '고대의 미스터리를 찾아서'를 공동 제작하기로 합의했다고 했다.

이로써 영화는 페루의 제작물로서 새 법의 적용을 받지 않게 되었다. 하지만 각종 장비는 밀수와 관련된 국제법에 따라 최소 1주일간 묶여 있어야 하기 때문에 세관에서 작은 문제가 있을 수 있다는 단서가 붙었다.

다행히 줄리앙은 최근 공공사업의 일환으로 버스 서비스를 제공한 공로를 인정받아 명예 리마 시장 메달을 수여받았다. 이 메달로 그는 시 공무원이 통제하는 모든 법에서 면제되는 특권을 얻었다. 따라서 그는 세관의 관리들에게 영향력을 발휘해 장비를 통과시킬 수 있을 것이라고 확신했다.

줄리앙의 말은 모두 맞아떨어졌다.

페루에서의 상황은 잘 진행되었지만 로케이션 스케줄의 다음 관문은 볼리비아였다. 조지에게 자신이 볼리비아에 입국할 수 없는 기피 인물이 되었기 때문에 티아후아나코와 티티카카 호수의 촬영을 준비해야 하는 라파즈로 갈 수 없다는 말을 해야 할 때가 온 것이다.

조지가 리마에 도착했다. 두 사람은 쉐라톤 호텔 로비에서 만났다. 그곳에서 조지는 페루산 독주인 피스코 사우어를 주문했다. 그리고 문제는 맥스의 예상보다 쉽게 풀렸다.

"그곳에 우리가 만날 사람들을 정해두고 스케줄만 정확히 마련해주면 별문제는 없을 것 같은데."

조지가 술을 홀짝거리며 말을 이었다.

"그렇게 되면 자넨 페루에서 하루 이틀 정도 여유가 생기니까, 트루히요로 가서 피라미드를 조사하고 촬영할 만한 것이나 인터뷰할 사람이 있는지 알아보는 게 어때?"

제7장

영겁의 사랑

1973년 6월

맥스는 비행기 편으로 트루히요에 도착해 택시를 타고 호텔로 향했다. 트루히요는 페루 북부에서 가장 큰 도시이지만 아직 지진의 피해를 복구하지 못해 규모가 큰 고급 호텔은 단 하나뿐이었다.

맥스는 체크인을 하며 호세라는 이름의 호텔 직원에게 자신이 하는 일을 알려주면서 고대 피라미드와 그 유적지까지 거리가 얼마나 되는지 물었다. 호세는 도움을 줄 수 있다는 사실에 기뻐하며 곧바로 '후아카 델 라 루나(Huaca de la Luna: 달의 신전)'로 가는 택시를 대기시켰다.

시내에서 불과 4킬로미터 떨어진 곳에 있는 이 거대하고 신비스러운 구조물을 구경하는 맥스에게 '아마추어 지질학자' 몇 명이 다가와 고대 유물과 조각을 판매하겠다고 제안했다. 정교한 벽화는 인상적이었지만, 피라미드 자체에는 폰 대니켄의 스토리라인에서 어떤 의미를 가질 만한 비밀이 담겨 있지 않았다.

호텔로 돌아오자 활기 넘치는 검은 머리 남자가 맥스를 기다리고 있었다. 그 사람은 지역 텔레비전 방송국에서 일하고 있는 에두아르도라고 자신을 소개했다.

"지진을 보도할 때 말고는 트루히요에 미국의 영화 스텝이 들어온 적이 없거든요. 그래서 당신을 인터뷰하고 싶습니다."

맥스는 에두아르도에게 트루히요에서 촬영을 하게 될지는 확실하지 않다고 솔직히 말했다. 하지만 이 젊은 TV 리포터는 그런 문제는 크게 개의치 않는 것 같았다. 이윽고 그는 자신의 촬영 스텝을 데리러 떠났다.

맥스는 어지간히 뉴스거리가 없는 주일인가보다고 생각했다.

몇 분 뒤, 에두아르도가 카메라맨인 레지날도와 맥스가 지금까지 본 적이 없을 만큼 아름답고 매력적인 여자를 데리고 나타났다.

그녀의 이름은 마리아였다. 스무 살인 그녀는 날씬한 몸매에 머리카락이 검고 갈색 눈동자가 무척이나 돋보였다. 부드러우면서도 활기 넘치는 미소와 거의 당혹스러울 만큼 관심을 끄는 힘을 가진 여자였다.

마리아는 수수한 은색 블라우스에 바지 차림이었다. 에두아르도는 그녀가 자기 뉴스 프로그램의 프로덕션 어시스턴트로서 모든 일에 조금씩은 관여한다고 설명해주었다. 그녀가 맥스에게 미소를 지었다. 그녀도 맥스와 마찬가지로 그에게 흥미를 느낀 것 같았다.

인터뷰가 끝난 뒤, 그녀는 일행과 함께 떠났다. 그런데 잠시 후 되돌아온 그녀가 맥스에게 그의 이름과 프로덕션 회사의 이름, 인터뷰 동안 그가 언급했던 다른 사항들을 상세히 메모해달라고 청했다. 필요한 정보를 얻은 후 돌아가던 그녀가 갑자기 걸음을 멈추더니 맥스를 돌아보며 말했다.

"여기 혼자 묵나요?"

순간, 맥스의 심장이 고동쳤다.

"저녁을 함께 먹을 친구가 필요하진 않으세요? 제가 트루히요에서 가장 좋은 식당을 알고 있는데⋯."

맥스는 재빨리 평정을 되찾고, 그녀와 저녁을 함께한다면 기쁘겠다고 말했다.

얼마 뒤, 그들은 작은 식당으로 향하는 택시에 앉아 있었다. 그 식당에서 맥스는 전통 음식인 안테추초스(송아지 심장으로 매콤하게 맛을 낸 꼬치 요리 – 옮긴이)와 이름은 알 수 없지만 맛있는 이국적인 채소들과 함께 기니피그 구이를 맛보았다.

저녁 식사 내내 맥스는 자신도 모르게 자꾸만 마리아의 눈을 바라보았다. 그녀의 눈동자는 끝없이 깊어 보였다. 무슨 이야기를 하든 생각이 이어지지 않았다.

마리아 역시 맥스에게 비슷한 호감을 느끼는 듯했다. 그녀는 그가 자신이 처음 만난 미국 관광객이라고 말했다.

"그링고들은 전부 당신처럼 재미있나요?"

그녀가 농담을 던졌다.

"카스티야 말을 어쩌면 그렇게 완벽하게 구사하죠? 스페인 국왕과 이야기하는 것 같은 생각이 들 정도예요. 나보다 스페인어를 잘해서 부끄러울 지경인걸요."

그녀는 이렇게 말하며 웃었다.

마리아의 아름다움에 마음을 빼앗긴 맥스는 더듬거리며 간신히 대답을 찾았다.

"운 좋게도 어릴 때 유럽과 미국을 두루 여행할 기회가 있었어요. 그리고 난 그렇게 재미있는 사람이 아닙니다. 당신네 세계가 우리에게 주는 매력은 당신들이 우리 세계에 대해 느끼는 것보다 훨씬 크고 강력합니다. 당신이 말하는 방식이 참 좋네요. 당신 목소리에는 부드러움과 자연스러운 멜로디가 담겨 있어서 내 귀에는 완전히 음악처럼 들려요."

마리아가 이야기를 하면 할수록 맥스는 갈수록 이성적인 자아를 잃어가는 듯한 느낌이 들었다.

그들은 자정이 되어 식당이 문을 닫을 때까지 그곳에 있었다. 두 사람 모두 그것으로 그날 밤을 끝내고 싶지는 않았다. 맥스는 택시 기사에게 자신이 묵고 있는 호텔 옆 공원으로 가달라고 했다. 별이 빛나는 하늘 아래에서 손을 잡고 나무 사이를 걷다보니 둘 사이에 어떤 유대감이 싹텄다.

맥스는 몇 십 몇 백 번의 전생이 이어지는 동안, 두 사람이 서로를 알게 된 것 같은 느낌이 들었다. 마리아는 자신의 가족과 잉카족의 뿌리에 대해 말했다. 인간의 지식을 넘어서는 영적 힘에 대한 자신의 믿음을 이야기해주었고, 모든 물체에 생명이 깃들어 있다는 것을 어떻게 알 수 있는지에 대해서도 말해주었다.

"돌이나 나무에도 의식이 있어요."

그녀는 언젠가 고대 잉카의 신이 돌아올 것이고, 순수한 잉카 민족이 본래의 땅을 다시 다스리게 될 것이라는 자신의 믿음에 대해서도 터놓고 이야기했다. 혼인을 통한 섹스만을 인정하는 가톨릭의 관행에 대해서도 이야기했다.

문득, 그녀 옆 나무 벤치에 앉은 맥스의 입에서 자신도 예기치 못한 말들이 걷잡을 수 없이 흘러나왔다.

"미친 소리처럼 들릴 거라는 건 압니다만, 난 당신에게 완전히 빠졌어요. 내 생애에서 어떤 여자보다 당신을 원합니다. 한 번도 경험해본 적이 없는 성스럽고 완전한 사랑, 그 자체로 당신을 사랑합니다. 정말 미친 짓이라는 건 알지만…."

갑자기 마리아가 그의 입술에 열렬히 입을 맞추었다. 길고 긴 키스였다. 그들은 서로의 눈을 응시했다. 그는 불과 30초밖에 되지 않는 섬광 속에서 그들이 함께 보낸 생애 전체를 보았다. 마리아의 표정이 그녀 역시 같은 경험을 했다는 것을 말해주고 있었다.

그들은 막 태어난 듯한 아기의 울음소리를 들었다.

그들은 함께 늙어가면서 조부모가 되는 것을 경험했다.

그들은 똑같은 미래를 보고 말문이 막혔다.

그 경험은 어떤 말보다도 명확했다. 말로는 표현할 수 없는 공유된 감정이었다. 그들은 거기에 완전히 압도되었다.

마침내 마리아가 입을 열었다.

"저도 마찬가지로 당신을 사랑해요. 저도 마찬가지로 미쳤어요. 이 것은 결코 말로 표현할 수 없는 사랑이에요. 하지만 충만한 시간 속에 서 우리의 입맞춤으로 완성되었어요. 이 사랑은 내 기억 속에서 영원 히 살아 있을 거예요."

맥스는 침묵을 지켰다. 이 사랑 고백에 충격을 받기도 했거니와 혼 란스럽고 얼떨떨하기도 했다. 그는 이 여자와 함께하는 인생을 보았 다. 그는 그녀에 대해 알았고, 언제나 그녀와 함께하기를 원했다.

마찬가지로 그는 마리아가 옳고 그들의 상황이 마리아가 따르도록 교육받은 대로 평생의 헌신을 허락하지 않는다는 것도 알고 있었다.

몇 시간 뒤, 그는 라파즈에 있는 조지에게 전화를 걸어 트루히요에 서 알아낸 것에 대해(거의 없기는 했지만) 보고했다. 그날 오전 리마에서 에콰도르의 키토로, 그 뒤에는 런던으로 가는 비행기가 예약되어 있었 다. 그러려면 샤워를 할 시간조차 없이 트루히요 공항으로 가서 리마 행 비행기에 올라야 했다.

이런저런 생각들이 그의 머릿속을 지나갔다. 맥스는 마리아를 바라 보았다. 그리고 즐거움과 슬픔과 체념의 감정이 뒤엉킨 채 그녀의 두 손을 자신의 가슴으로 가져왔다.

"마법과 같은 밤이었어요. 당신을 영원히 잊지 못할 거예요."

그는 펜과 종이를 꺼내 마리아에게 연락 가능한 이름과 주소를 써 달라고 했다.

마리아는 그에게 자신의 정식 이름과 주소가 적인 종이를 건넸다.

마리아 마그달레나 라미레즈

222 칼레 데 라스 프로레즈

트루히요 9490 페루

순간, 맥스는 깜짝 놀랐다.

그것은 오래전 자신이 본, 결코 잊을 수 없는 이름이었다. 바로 그 이름이 지금 그가 손에 쥔 한 장의 종이 위에서 그의 시선을 뺏고 있었다. 그때의 기억이 또렷하게 떠올랐다.

마리아는 임사 체험(near death experience) 때 맥스가 본 열두 개의 이름 중 첫 번째였다.

그는 은색 블라우스를 입은 그녀를 쳐다본 뒤 다시 종이를 보았다.

은색은 8년 전 맥스가 본 색상 중 하나이기도 했다. 이것은 결코 우연의 일치일 리가 없었다. 여기에는 더 깊은 의미가 있는 것이 분명했다. 그들의 인생을 바꾸어놓을 어떤 관계 말이다. 마리아는 그의 진정한 반려자이고 그래서 그가 그녀의 이름을 본 것일 수도 있다.

그는 마리아에게 이 새로운 유대감을 설명하기 위해 애썼다.

"아마도 내가 페루에 온 이유는 당신을 만나기 위해서였던 것 같아요. 우린 정말로 함께해야 하는 사람들이거나 우리를 연결하는 중요한 운명이 있는지도 몰라요."

다행히 그녀는 맥스를 정신 나간 사람으로 보지 않았다. 그녀는 차분한 태도를 유지하며 그들을 사로잡은 묘한 적시성(synchronicity)을 받아들였다.

"세상은 넓고 광활하고 이상한 곳이에요. 그곳에서 일어나는 모든 일을 이해할 수는 없죠. 우리가 함께해야 할 사람이라면 어떻게든 그렇게 될 거예요. 하지만 당신은 지금 떠나지 않으면 비행기를 놓쳐요. 그리고 나는 부모님께 잔소리를 듣겠죠."

그리고 말을 이었다.

"사랑해요. 나는 항상 당신을 사랑해왔어요. 그리고 항상 당신을 사랑할 거예요. 나는 제가 알고 있는 그 누구보다 당신에게 깊은 친밀감을 느꼈어요. 어떤 남자 친구보다 깊은, 내 친오빠보다 깊은, 엄마나 아빠보다 깊은 친밀감을 말이에요. 그리고 나는 우리의 인생이 스쳐가게 된 데에는 어떤 이유가 있다는 것을 의심하지 않아요. 하지만 지금 우리가 처한 숙명을 어떻게 바꿔야 할지는 모르겠어요."

그 말과 함께 마리아는 맥스에게 마지막 입맞춤을 했다. 그리고 천천히 걸어갔다. 홀로 남겨진 그는 호텔 앞에 서서, 그녀가 말한 것이 임사 체험 후 어머니가 했던 말과 어쩌면 그렇게 똑같을 수 있는지 생각했다.

제8장

끝없는 탐색
1973년 6월

이스터 섬.

스톤헨지.

글래스턴베리.

런던의 인류 박물관, 프랑스의 라스코 동굴, 아테네 그리고 그리스의 산토리니 섬.

맥스는 이들 촬영지에서 과학자와 고고학자, 기이한 인물들과의 만남에 착수했다. 모두가 계속 진행 중인 고대 미스터리에 대한 탐색 작업에 필요한 정보를 가진 사람들이었다.

그렇지만 자동차나 보트, 비행기를 비롯해 제작팀에게 가장 필요한 기계 장치를 준비하지 않는 하루에 얼마 안 되는 시간이 허락될 때면 마리아 마그달레나 라미레즈에 대한 생각이 떠오르는 것을 막을 수 없었다.

일을 해나가면서 어떤 패턴이 생겼다. 맥스는 각각의 도시에 먼저 도착해 정부 관리, 박물관 관리자, 기타 승인을 얻는 데 필요한 사람들과 접촉하고 촬영지를 찾아다니며 조사한 다음 각국의 국제공항으로 입국하는 스텝들을 맞이했다.

스텝 중에는 유리 율릭이라는 카메라맨이 있었다. 거친 지형을 촬영하는 데는 당대 최고의 카메라맨으로 손꼽히는 사람이었다. 노르웨이 출신인 그는 마르고 전문 운동선수 같은 다부진 체격을 갖고 있었다. 그리고 스팀 목욕과 사우나를 비롯해 긴장 완화에 도움이 되는 피트니스와 건강 요법을 즐겼다.

유리는 촬영에 관한 한 집요하고 자부심이 강했다. 촬영을 위해서라면 어디든 가고 두려움을 몰랐다. 대단히 날렵하고 민첩해 빌딩 꼭대기에 기어오르거나 난간 위에 앉아서도 촬영을 해냈다. 헬리콥터나 비행기에서의 촬영은 모두 그가 소화했다. 그에게 높이는 아무런 문제가 되지 않았다. 페루 사막의 신비한 나스카 라인이나 인적이 드문 유적지를 촬영하기 위해 빌린 경비행기에서 몸을 내밀거나 때로는 몸을 묶고 비행기 밖에 매달리기도 했다.

유리는 친화력이 좋은 사람이었다. 모두가 그를 존경하고 인기를 한몸에 받았다. 로스앤젤레스의 집에는 아내와 아이 둘이 있었지만 1년에 8개월 이상을 촬영지에서 보냈다.

세컨드 카메라맨인 러스 아널드는 20대로 몸집이 크고 건장했다. '고대의 미스터리를 찾아서'는 러스에게 대단히 중요한 일이었다. 젊은 그의 경력에 아주 중요한 프로젝트였던 것이다. 그는 맥주를 좋아하고 유리에게는 못 미치지만 충분히 유능하고 전문적이고 강한 직업의식을 보여주었다.

러스는 카메라와 조명 전문가로서 빈틈없이 일했지만 평소에는 음식과 농담을 즐겼다. 유리와 달리 체력이나 건강에는 그다지 관심을 기울이지 않아 일이 끝나면 진탕 먹고 마시기 일쑤였다.

라인 프로듀서로서 예산에 대한 책임을 맡고 있는 올랜도 서머즈는 스물아홉 살이었다. 그는 맥스에게 일일 경비를 지급하고 장비와 지출 등의 내역을 일일이 관리했다. 올랜도는 모든 일을 자신을 전적으로 신임하는 조지에게 직접 보고했다. 제작자, 감독이 되는 게 그의 꿈이었다. 맥스는 스텝 중 다른 누구보다 그와 많은 대화를 나누었다.

그들은 장비와 스텝의 이동을 조정하기 위해 긴밀히 협조했다. 올랜도는 특히 촬영의 우선순위를 정하는 중요한 일이나 비용과 관련된 일이 일어나면 맥스의 판단에 의지했다.

스텝의 마지막 멤버는 앤디 뮤니츠였다. 그는 스물일곱 살에 뼈가 앙상한 마른 몸을 갖고 있었다. 음향 기사 겸 무대 담당으로서 올랜도와 유리에게 직접 보고하고, 촬영을 준비하거나 어떤 상황에서든 그들을 보좌하는 게 그의 역할이었다.

군 복무 경험이 없는 맥스에게 '고대의 미스터리를 찾아서'는 남자끼리의 유대감을 익히는 군대와 비슷했다. 이 작은 팀은 거의 쉴 새 없이 일하고 모든 면에서 서로에게 의지했다.

모두가 결사적인 각오로 일에 임했다. 이 프로젝트가 그들의 경력을 높이는 데 상당한 기여를 할 수 있기 때문이었다. 그들은 외국 정부와 협상하거나 가본 사람이 거의 없는 이국의 외딴 촬영지에서 고대의 미스터리를 찾으며 모든 힘든 일을 잘 이겨냈다.

그 일에는 항상 규칙적으로 9시에 출근하고 5시에 퇴근하던 맥스로서는 생각조차 못했던 긴박감과 절박감이 있었다. 또한 엄청난 활기를 북돋워주었다.

그들의 장비는 수십만 달러에 달해 가는 곳마다 호기심과 감시의 대상이 되었다. 리마, 아테네, 산토리니, 런던, 심지어 라스코 동굴, 스톤헨지, 쿠즈코 유적 주변의 작은 마을들에서도 사정은 마찬가지였다.

그들은 함께 일하고 식사하고, 자는 시간 외에는 떨어지는 법이 없었다. 그들 사이에서만 통하는 은어도 생겼다. 하루 일과를 마치고 그들은 '오전 6시, 완료'라는 말을 썼다. 이는 다음 날 오전 6시에 아침 식사를 모두 마치고 만나자는 뜻이었다. '일출 때 아크로폴리스, 1번 완성'은 아크로폴리스에서 일출 단독 촬영이 있다는 뜻이고 '깨끗이 털어냈다'는 촬영을 완료했다는 말이었다.

매일 밤낮의 매 순간이 모험이었다. 모든 자유 시간은 낯선 도시를 방문하고 특별한 장소를 물색하는 일에 투입되었다. 작업이 중지되어 짬이 나면, 스파에 가거나 친구와 가족에게 줄 선물을 쇼핑하는 것이 전부였다. 12주 동안의 촬영이 계속되는 동안, 그들은 서로를 단순히 모험을 함께한 사람들이 아닌 진정한 친구로 여기게 되었다. 그리고 실제로 그러했다.

맥스는 어떤 위스키나 초콜릿이 가장 좋은지 알게 되었다. 곳곳에 있는 면세점에서 촬영팀이 좋아하는 음료나 간식거리를 부족함 없이 구입할 줄도 알았다. 그가 가진 또 다른 특별한 기술은 택시를 잡는 것이었다.

공항에 도착했을 때는 스텝과 장비를 싣는 데 필요한 택시를 잡는 것이 그리 어려운 일은 아니다. 하지만 촬영지를 조사하기 위해 도시를 돌아다닐 때는 짐과 사람들을 모두 태울 만큼 충분한 택시를 구하는 것이 거의 불가능했다. 그렇지만 맥스는 있는 그대로를 받아들이는 느긋한 태도로 팀이 필요로 하는 모든 차량을 불러들이는 마법의 능력을 가진 듯했다. 비가 올 때나 인적이 드문 촬영지처럼 택시 공급이 딸리는 경우에도 마찬가지였다. 그러나 이스라엘에서는 사정이 달라질 거라는 게 모두의 생각이었다.

안전을 위한 추가 예방 조치 차원에서 렌터카나 비행기, 기타 제작과 관련된 필수품을 공급하는 업무 전체를 맡을 현지 프로덕션 매니저를 고용해야 한다는 결론이 났다. 골칫거리를 덜어낼 수 있게 된 맥스는 무척이나 기뻤다.

예루살렘에서는 조사와 인터뷰에 더 몰두할 수 있게 된 것이다. 하루에 20시간을 일하는 일정에 비교하면 거의 휴가나 다름없었다.

아테네 호텔에 있는 맥스에게 뉴욕 사무실로부터 전화가 왔다. 마침 공항으로 떠날 준비를 하던 참이었다. 본사 직원은 목적지에서 맥스가 만나게 될 프로덕션 매니저의 이름이 유츠키 하스포라고 말해주었다.

순간, 맥스의 얼굴이 창백하게 변했다.

유츠키 하스포는 열두 명의 목록에서 두 번째 이름이었다.

세 시간의 비행 동안, 맥스는 이 열두 명이 어떤 의미를 가지고 있는지 골똘히 생각했다.

임사 체험을 한 지 8년이 흘렀고, 그는 그동안 그 열두 명에 대해 거의 생각하지 않았다. 그런데 갑자기 불과 4주 만에 열두 명 중 두 사람을 만난 것이다. 맥스는 이것이 무엇을 예시하는 것인지 전혀 알 길이 없었다.

그의 생각에는 영화 제작과 그 열두 명 사이에 어떤 연관성이 있는 것이 분명했다. 제작팀이 찾고 있는 외계인과 어떤 관련이 있는 것일까? 그들이 정말 존재한다면, 어쩌면 이것이 그것을 증명하는 그들만의 방식인지도 모른다.

최상의 교육을 받은 사람들조차 새로운 사상을 받아들이려 하지 않는 모습이 극명하게 드러났던 예일 대학에서의 경험 때문에 맥스는 유츠키를 만나더라도 그들의 관계가 갖는 특이성에 대해 언급하지 않으리라 다짐했다. 내색하지 않고, 자세히 관찰하면서, 단서가 될 만한 연관성을 찾아보기로 했다.

공항에서 유츠키는 만면에 미소를 지으며 그를 기다리고 있었다. 마치 곰 같은 사람이었다. 키는 작지만 강인해 보였다. 콧수염을 기르고 머리는 약간 벗겨졌다. 군인들이 입는 녹색 작업복 차림이었다. 벨트에 있는 고리에는 셀 수 없이 많은 열쇠가 매달려 있고 목에는 길고 흰 스카프를 두르고 있었다.

그는 잘 웃고 이야기를 잘하고 장난치는 것을 좋아했다. 그리고 다른 사람이 웃는 것을 보며 흐뭇한 표정을 짓곤 했다. 이스라엘 육군 소령으로 예편한 그는 군 생활을 성공적으로 마친 것을 무척이나 자랑스럽게 생각했다.

맥스가 아는 한 이곳에서 유츠키가 못할 일은 없었다. 그는 맥스가 만나본 사람 중 가장 조직적인 인물이었고, 이스라엘 전역에서 첫손에 꼽히는 프로덕션 코디네이터였다. 여러 장편 영화 제작에 참여하기도 해서 그 업계에서는 모르는 사람이 없었다.

유츠키는 필요한 운송 수단을 항상 준비하고, 마사다나 예리코는 더 외진 촬영지라도 쉽게 진입할 수 있도록 해주었다. 그는 노는 것을 좋아하고 음식과 술을 즐겨서 러스나 앤디하고도 잘 어울렸다. 또한 스텝들에게 가장 좋은 호텔과 레스토랑을 소개해 경치를 즐기며 식사하고 휴식 시간에는 긴장을 풀고 기분전환을 할 수 있게 해주었다.

유츠키는 맥스에게 1000년이나 된 예루살렘의 진짜 터키 목욕탕을 가르쳐주고, '통곡의 벽'과 '바위 사원', 베들레헴을 비롯해 예루살렘과 이스라엘 전역의 종교와 관련된 명소로 데려갔다. 맥스가 유츠키와 지낸 시간은 불과 5일이었지만, 그들 사이에는 전쟁 때에나 생길 법한 강한 유대감이 형성되었다.

이스라엘에서의 체류 기간이 끝나고 맥스는 인도 델리 행 비행기를 타기 위해 공항으로 향하고 있었다. 자동차 안에서 유츠키가 맥스를 돌아보며 물었다.

"그래, 맥스, 내가 여기서 5일 동안 보여준 것 중에서 어떤 것이 가장 기억에 남나?"

맥스는 대답하기에 앞서 잠깐 뜸을 들였다.

"모두가 정말 대단했어요. 한 곳만 선택하는 건 불가능한데…. 하지만 신비적인 느낌이라는 면에서 굳이 꼽는다면, 이스라엘이라는 땅 자체와 사람들이 가진 에너지라고 해야 할 것 같아요. 거리와 식당과 술집, 어디에서든 엄청난 힘과 강렬함이 느껴졌어요."

"자네가 그 에너지를 느꼈다니 정말 반갑군. 맞아, 이스라엘이 가진 진정한 마법은 사람들이야. 나같이 수세기 동안 이곳을 지켜온 집안 출신의 사람들이 있는가 하면 최근에 유럽과 러시아, 심지어 미국에서 온 사람들도 있지. 바로 이들의 손에 이 신비한 땅의 마력이 담겨 있는 셈이지."

유츠키는 미소를 지으며 말을 이었다.

"이제 이스라엘에 대해 첫 경험을 했으니 분명 다시 돌아오게 될 걸세. 그러면 내가 또 여기서 자네를 맞아주겠네."

유츠키는 환한 미소를 지으며 공항 주차장에 자동차를 세웠다.

공항의 복잡한 보안 구역 안으로 들어가기 직전, 맥스는 유츠키에게 돌아섰다.

"당신은 저한테 이곳 이스라엘에 있는 제2의 아버지 같았어요. 어떻게 감사해야 할지…. 이렇게 받은 환대를 어떻게 갚아야 할지 모르겠네요."

유츠키는 그저 미소를 지을 뿐이었다.

"걱정 말게. 나도 자네나 자네 스텝하고 일한 매 순간이 즐거웠으니까. 자넨 아직 젊어. 언젠가 도와줄 사람이 필요한 순간이 오면, 그땐 나를 기억하게. 나에겐 그게 가장 좋은 보답일세. 이제 그만 들어가. 좋은 영화 만들길 빌겠네. 여행도 무사히 마치고."

비행기에 오르면서, 맥스는 평생 갈 친구를 만들었다는 확신이 들었다. 하지만 그런 친밀한 유대감에도 불구하고 열두 명의 명단에 있던 유츠키의 존재를 설명할 만한 어떤 신비한 단서도 밝혀낼 수 없었다. 맥스가 헤어질 때까지도 그 비밀을 입 밖에 내지 않은 것은 그 때문이었다.

게다가 속속들이 군인 체질인 유츠키는 합리적으로 설명할 수 없는 신비한 경험에 공감할 유형의 사람이 아닌 것 같았다. 지금은 유츠키가 자신의 삶에 들어왔다는 것을 아는 것만으로도 충분했다.

제9장

인도에서

1973년 7월

델리 공항 터미널에 도착하자마자 맥스는 밝은 색상의 옷을 입은 짐꾼과 거지, 택시 운전사와 택시 운전사인 체하는 사람들, 소매치기, 여행객들에 둘러싸였다. 간신히 가방을 단속하고 갖은 애를 쓴 끝에 겨우 델리에 있는 세 개의 고급 호텔 중 하나인 아소카 팰리스 호텔로 가는 택시에 몸을 실을 수 있었다.

잠을 푹 잔 그는 문화 업무 책임자인 프로자브 아크바르를 만날 준비를 갖추었다. 프로자브 아크바르는 인도에서 이루어지는 모든 외국 영화 프로젝트의 촬영을 관장했다. 정부 청사에 들어서면서, 맥스는 40마리의 붉은털원숭이가 정문 밖에서 어슬렁거리는 모습에 깜짝 놀랐다.《오즈의 마법사》속 사악한 마녀가 사는 성의 한 장면 같았다. 원숭이들이 관광객들에게 달려들어 음식이나 작은 물건을 낚아채는 모습은 마녀의 앞잡이와 똑같았다.

맥스는 원숭이들의 공격을 피해 프로자브 아크바르의 사무실로 향했다. 그는 50대의 뚱뚱한 남자였다. 아크바르는 맥스의 말을 끈기 있게 들어준 다음, 그곳에서 촬영되는 모든 장면의 전체 대본 없이는 촬영팀의 입국을 허용할 수 없다고 말했다.

맥스는 그들이 다큐멘터리 영화를 찍고 있기 때문에 대본이 없다고 설명하느라 애를 썼다. 프로자브는 그저 웃기만 했다.

"그렇다면 촬영은 불가합니다. 최소한 전체적인 줄거리와 촬영지 목록, 각 부분에서 어떤 그림과 멘트가 나갈 것인지 저에게 알려주셔야 합니다. 오늘 오후 5시까지 대본을 받아보지 못한다면, 당신이 필요로 하는 허가를 내드릴 수가 없습니다."

맥스는 자리에서 벌떡 일어섰다.

"감사합니다. 대본을 가지고 오후 5시까지 돌아오겠습니다."

맥스가 아소카 펠리스로 돌아왔을 때는 시계가 벌써 정오를 가리키고 있었다. 그는 모든 촬영지에 대한 정보는 물론 서류를 만드는 데 필요한 각본도 충분히 알고 있었다. 그런데 타자기와 필요한 사본을 만들 수 있는 복사기가 없었다.

작업이 몹시 급했다.

맥스는 호텔의 접수계원 시바에게 상황을 설명했다. 그는 미소를 지으며 자신이 타이핑에 능하며 호텔의 타자기를 사용할 수 있다고 말했다.

오후 3시, 대본을 완성한 맥스는 이제 됐다고 생각했다. 하지만 복사본이 세 부 필요하다고 말하자 시바는 델리에 그리고 그가 아는 한 인도에는 복사기가 존재하지 않는다고 알려주었다. 그렇지만 방법이 있다며 맥스를 안심시켰다.

택시는 인력거와 자전거, 오토바이, 소, 마차, 트랙터, 트럭, 신형 자동차, 디젤 연기를 내뿜는 버스, 대부분 머리에 커다란 짐을 얹고 있는 셀 수 없이 많은 행인들이 쏟아내는 불협화음을 뚫고 올드델리를 요리조리 빠져나갔다.

그때 갑자기 시바가 운전사에게 정체를 알 수 없는 사진관 앞에 차를 세우라고 지시했다. 맥스는 조금 미심쩍었지만 그의 안내를 받으며 문 안으로 들어섰다. 몇 분 후, 그는 이 가게에 구형 8x10인치 카메라가 있다는 사실을 알게 되었다. 서류의 모든 페이지를 사진으로 찍은 후, 가게 뒤쪽 암실에서 화학 약품으로 인화를 했다.

40분 만에 맥스는 복사본 세 부를 손에 쥐고 문화부에 들어갈 준비를 마쳤다.

맥스가 프로자브의 사무실에 들어간 것은 정확히 오후 4시 59분이었다. 맥스를 본 관리의 얼굴에는 반가움과 놀라움이 교차했다. 맥스가 '촬영 대본' 세 부를 내밀자 그의 놀라움은 더욱 커졌다.

"서류를 검토하고 이틀 안에 스텝과 장비의 인도 입국 승인이 가능한지 알려드리도록 하죠. 승인을 받는다면 촬영 입회인이 붙게 될 겁니다."

그는 기분 좋게 말했다.

크게 안도한 맥스는 호텔로 돌아와 짐을 챙긴 뒤 파키스탄으로 날아갔다. 그곳에서는 라호르에서의 촬영을 조율해야 했다.

그는 재빨리 일을 처리하고 다음 날 델리로 돌아갈 예정이었다. 아마도 자신이 당초 배정한 이틀간의 파키스탄 로케이션을 하루로 단축시켜야 할 것만 같았다.

급박한 일정 속에서도 기쁜 마음으로 항공기 좌석에 앉아 숨을 돌렸다. 그는 마리아와 유츠키를 만난 놀라운 우연을 다시금 음미해보았다. 자신이 그들 두 사람과 깊이 연관되어 있다는 느낌을 받았지만, 두 사람을 다시 보게 될 것이라고는 생각지 않았다.

맥스의 경험이 개인적으로 중요한 발견을 하는 여정이 되고 있는 것을 보면 그가 '고대의 미스터리를 찾아서'라는 제목의 영화 작업을 하고 있는 것은 참으로 아이러니한 일이었다. 어떤 예상치 못한 곳에서 무엇이 기다리고 있을지 알 수 없었다. 그런 호기심이 맥스를 흥분시키고 힘을 북돋워주었다.

맥스는 미래가 담고 있는 가능성을 통해 생생히 살아 있다는 느낌을 받았다.

제 10장

15세기의 파수꾼

1973년 7월

　라호르에 도착한 맥스는 촬영해야 할 것들이 무엇인지 재빨리 확인하고, 나머지 시간은 도로에 자동차나 버스보다 당나귀와 인력거가 더 많이 다니는 이국적인 도시를 구경하며 보냈다.

　그렇지만 가능한 한 빨리 델리로 돌아가서 자신의 촬영 대본이 허가를 받았는지, 인력과 장비의 입국 승인이 났는지 확인하고 싶은 마음이 간절했다. 그는 가장 빠른 비행기를 타고 인도로 돌아가 기별이 오기를 기다렸다.

　다음 날, 프로자브로부터 영화위원회가 대본을 승인하고, 촬영을 하는 동안 국내법이 준수되는지 여부를 지켜볼 정부 관리를 배정했다는 소식을 듣고 맥스는 몹시 기뻤다. 다리나 거지, 기차역은 촬영할 수 없으며, 만약 이 법규를 지키지 않을 경우 모든 필름을 압수하고 스텝은 국외로 추방된다는 얘기도 들었다.

그런데 프로자브는 촬영지 중 하나인 뉴델리 인도 국립박물관에서 촬영을 하려면 박물관장의 승인이 필요하다며 그 허가증을 다음 날까지 제출하라고 했다.

"내가 아는 한 그 사람은 국립박물관에서 촬영하려는 어떤 사람에게도 허가를 내준 적이 없습니다. 성공할 것 같지 않은데요."

프로자브의 말에서 경우에 따라서는 자신이 박물관장보다 우위에 있다는 뉘앙스가 풍겼다.

맥스는 이번 작업 초기에 이미 돈이 만사를 해결한다는 것을 배운 터였다. 하지만 그런 방식을 쓰는 것이 달갑지는 않았다. 그는 모든 것을 속임수 없이 정직하게 처리하겠다고 마음먹었다. 지금까지는 상당히 성공적이었고, 문제가 될 만한 여러 가지 어려운 상황을 자신의 방식대로 해결해온 터였다.

맥스는 이번에도 다르지 않을 것이라고 생각했다.

이런 마음가짐을 갖고 그는 박물관으로 출발했다. 박물관에 도착해 경비원에게 용건을 설명하자 거지와 행상인들을 지나 박물관 관계자들이 사용하는 전용 입구로 안내해주었다.

박물관은 규모가 굉장히 크고 거대한 인도 대륙의 20세기에 걸친 문명이 전시되어 있었다. 각 구역마다 연대가 표시되어 있었는데, 맥스는 각 시대별로 '파수꾼'이라는 이름의 관리인이 배정되어 있다는 설명을 들었다. 한 사람이 한 세기 전체의 역사와 문명에 대한 책임을 지고 있다는 것이 놀랍기만 했다.

들어서는 곳마다 박물관의 전시품들이 그를 압도했다. 그는 관장의 사무실 밖에 딸린 대기실에 앉아 어떻게 박물관장을 설득해서 촬영 허가를 얻어낼지 초조하게 생각했다.

"들어오십시오."

쾌활해 보이는 한 안내인이 사리를 가다듬으며 맥스에게 말했다. 몇 초 후, 맥스는 강인한 인상을 가진 박물관장 앞에 앉았다. 60대로 보이는 이 키 큰 남자는 안경을 끼고 흰 턱수염을 길렀다.

그가 바로 V. S. 나이폴이었다. 그는 20년 이상 박물관장 자리를 지켜온 인물이었다. 사람들이 맥스에게 말해준 대로 그는 자신의 분야에서 대단한 업적을 이룬 학자였다. 또한 자신을 남들이 몹시 탐내는 그 자리에 오를 수 있게 해준 지적 호기심을 여전히 간직하고 있었다. 두 눈은 지혜와 지식으로 빛났다.

"이 박물관 안에서는 어떤 종류의 촬영도 허용하지 않는 것이 우리의 방침입니다."

그가 사무적인 어조로 설명했다.

"우리의 고대 소장품은 대단히 민감해서 복구 불가능한 훼손을 입을 수도 있기 때문에 불필요한 활동을 허용할 수는 없습니다. 우리의 임무는 학자들과 인도 대중을 위해 우리의 유물을 보존하는 것입니다. 그런데 왜 우리가 당신들의 촬영을 허용해야 하죠?"

맥스는 신중하게 말했다.

"관장님이 저희에게 촬영을 허가해야 하는지에 대해서는 저도 확신이 없습니다. 오늘 관장님을 만나뵙기 위해 박물관을 지나오면서, 많은 전시품들이 얼마나 특별하고 섬세하게 관리되는지 알게 되었습니다. 저는 예일 대학에서 문학과 인류학을 공부했고, 학교의 희귀본 도서관에서 많은 연구를 했습니다. 당신들과 마찬가지로 예일 대학 역시 어떤 종류의 사진 촬영도 허용하지 않습니다. 그렇지만 아주 드물게 예외를 허용하지요. 저는 우리 프로젝트 '고대의 미스터리를 찾아서'에 그러한 예외를 허용할 만한 가치가 있다고 믿습니다."

"정확한 이유가 뭡니까? 당신들의 영화가 왜 그렇게 특별하죠?"

V. S. 나이풀이 물었다.

"우리 영화가 추구하는 목적의 일부는 고대 문명의 발달된 기술을 보여주는 것입니다."

맥스는 아주 솔직하고 허심탄회하게 말을 이었다.

"우리는 사전 조사를 통해 이 박물관에 이미 수세기 전 하늘을 나는 기구가 존재했다는 것을 기록한 고대 산스크리트 텍스트가 있다는 것을 알아냈습니다. 우리는 그 텍스트를 필름에 담고 그러한 비행기구가 실제로 존재했는지를 확인해줄 수 있는 전문가와 인터뷰를 하고 싶습니다."

나이풀의 얼굴에 미소가 번졌다.

"나는 산스크리트 학자요. 당신이 말하는 글을 읽어본 적이 있소. 인도의 비행기구에 대한 지식은 1000년 이상을 거슬러 올라가지요. 고대 비행기구에 대해 기록한 이 박물관의 유일한 텍스트는 15세기의 것입니다. 하지만 그런 기구의 디자인과 성능에 대해 많이 언급하고 있는 다른 고대 텍스트들도 개인적으로 알고 있소."

그는 자신이 옥스퍼드에서 수학했으며, 최초의 비행기구가 미국의 키티 호크에 의해 개발된 것이 아니라 인도에서 만들어졌다고 주장할 때마다 항상 동료 학자들의 비웃음을 샀다고 말했다. 그리고 박물관의 텍스트에 도해가 실려 있다는 사실도 확인해주었다. 하지만 텍스트를 훼손하지 않고 옮겨 개방하기 위해서는 '15세기 파수꾼'의 승인이 필요하다고 말했다. 그리고 만약 그 승인을 얻게 되면 예외적으로 촬영을 허용하겠다고 했다.

중요한 돌파구를 목전에 두고 있다는 생각에 맥스의 가슴은 흥분으로 벅차오르기 시작했다. 하지만 승인 서류를 바로 내일까지 제출해야 했기 때문에 시간이 문제였다.

잠시 후, 나이풀은 '15세기의 파수꾼'을 호출했다. 그는 맥스에게 자신을 'B. N.'이라고 소개했다.

40대 중반인데도 머리는 이미 은발이었다. B. N.은 부드러운 목소리를 가진 무척 온화한 사람이었다. 미국의 보스턴 대학에서 공부했고, 고고학 박사 학위를 따는 과정에서 진보적인 수학과 인류학 수업을 들었다고 했다.

공교롭게도 그는 예일 대학의 교수들과 함께 공부한 교수들 밑에서 공부를 했다. 맥스 역시 마찬가지였다. 흡사 학문적으로 한 가족과 같은 사람을 만난 셈이었다.

박물관이 문을 닫은 뒤, B. N.은 편안하게 15세기의 전시품이 있는 홀을 두루 보여주었다. 촬영할 텍스트의 상태는 아주 좋았다. 도해를 보여주기 위해 고대의 비행기구를 언급한 페이지를 펼치는 데도 큰 문제가 없을 듯했다.

B. N.은 나이풀의 허가증을 다음 날 오후에 가져갈 수 있도록 조치하겠다고 맥스를 안심시켰다. 그리고 자신과 함께 집으로 가 저녁 식사를 하자고 청했다.

"가족들이 자네를 만나면 정말 좋아할 걸세."

그는 따뜻하게 말하며 이렇게 덧붙였다.

"기차를 타고 가야 하네."

맥스는 델리에 사는 모든 사람이 역에 모여 있는 건지도 모른다고 생각했다. B. N.은 수많은 군중 사이를 뚫고 자신이 탈 기차를 찾은 다음 여덟 개의 예약석이 있는 객실로 갔다. B. N.과 같은 브라만 계급의 다른 승객은 이미 자리에 앉아 있었다. 그는 모두에게 인사를 했다. 매번 통근하면서 서로 알고 지내는 모양이었다. 그들만큼 운이 좋지 못한 사람들은 객실 밖 바닥에 앉거나 지붕에 매달려 기차가 흔들릴 때마다 떨어지지 않으려고 안간힘을 써야 했다.

맥스는 객실 창문을 통해 들판과 길을 따라 작은 마을에 있는 집으로 가는 노동자들을 볼 수 있었다. 한 세기, 아니 그보다 더 이전으로 시간을 거슬러 가는 듯했다.

40분 후, 기차에서 내려 거리가 지저분한 작은 마을에 당도했다. 수십 명의 아이들이 자전거를 타거나 깡통을 차며 놀고 있었다. 아이들은 맥스와 그의 밝은 피부에 호기심을 느낀 듯했다. 자신들과 같은 갈색 바탕에 이상한 연분홍색을 칠한 것은 아닌지 확인하기 위해 맥스의 피부를 문질러보는 아이들도 있었다.

B. N.이 아이들과 농담을 주고받더니 맥스에게 말했다.

"뉴델리에서 30킬로미터 정도 떨어졌을 뿐인데 자네가 이 아이들이 본 최초의 외국인이라네. 아이들은 자네가 무슨 장난을 하는 줄 알아. 피부가 그렇게 흴 리 없다고 생각하는 거지. 자네 몸이 어디 아픈게 아닌지 궁금해하는 녀석들도 있네. 이 마을은 거의 발달이 되지 않아서 우리 가족과 다른 브라만 가족을 제외하면 아이들은 문명과 상당히 단절되어 있네. 다른 세계에 대한 지식이 거의 없지. 미국에 대해 들어본 적도 없는 아이들이라네."

먼지로 덮인 라일락꽃이 핀 길을 따라 15분쯤 걸은 후 B. N.과 맥스는 복합 주거지 정문을 통과했다. 넓은 안뜰에 단층집이 우뚝 서 있었다. 3면에 자리한 의자와 테이블, 해먹이 있는 넓은 옥외 포치에 스무 명 넘는 사람들이 모여 있었다.

지금 보이는 사람보다 더 많은 여성이 이 단지에 살고 있지만, 그들은 모두 부엌에서 음식 준비를 돕거나 집 안쪽 큰 응접실에서 쉬는 중이라고 B. N.이 말했다.

B. N.은 맥스에게 가족들을 모두 소개했다. 아내와 어린 딸, 그의 아버지, 많은 친척들이 있었다. 모두가 단순한 흰색 전통 의복을 입고 얼굴에는 만족스러운 미소를 띠고 있었다. 유창한 영어로 질문을 퍼붓는 모습을 보며 맥스는 겸손해 보임에도 불구하고 그들이 학식 높고 권

력을 가진 사람들이라는 사실을 깨달을 수 있었다. 그들은 모두 최상의 교육을 받은 이들로 건축가, 교수, 엔지니어 등 전문적인 직업을 갖고 있었다. 또한 공부나 일로 외국 여행을 경험한 사람들이 대부분이었다.

저녁이 되자 여자들이 정원에 앉아 있는 맥스에게 차를 내다주었다. 그곳에서 그는 B. N.의 삼촌인 굽타와 이야기를 나누었다. 그는 날씬한 체구의 50대 남자로 영국에 살면서 옥스퍼드에서 철학을 공부했다. 또한 캠브리지 대학의 건축학 박사 학위는 물론 런던 정경대에서 경제학 학위까지 받은 진짜 지식인이었다.

굽타는 서른다섯이라는 비교적 젊은 나이에 뉴델리 대학의 경영 책임자가 되었다. B. N.은 자신의 다섯 형제들과 마찬가지로 그를 대단히 존경했고 일이나 정치경제학적인 문제를 다룰 때에는 언제나 굽타 삼촌에게 조언을 구했다.

그는 예일 대학에서 철학 공부를 못하게 된 이래 스피노자와 화이트헤드를 비롯해 맥스가 좋아하는 철학자들의 복잡한 사상들에 대해 논할 수 있게 된 최초의 사람이기도 했다.

맥스는 굽타에게 얼마 전 인도 최대의 영자 신문 〈힌두스탄 타임스〉 기자와 인터뷰를 하는 동안 일어났던 일에 대해 이야기해주었다.

맥스가 인터뷰를 요청한 것은 아니었다. 그가 묵고 있던 호텔의 접수계원이 맥스의 영화 프로젝트에 대해 알고는 뉴스로 다룰 만한 가치가 있다고 생각해 그 기자에게 전화를 걸었던 것이다. 맥스는 자신이 촬영 책임자가 아니라고 설명했지만 그 접수계원은 들으려 하질 않았다.

"왜 그런 바보 같은 말씀을 하시죠? 당신한테서 풍기는 아우라로 봤을 때 책임을 맡고 있는 게 확실해요. 그 영화는 당신이 없으면 불가능하다고요."

맥스가 대꾸를 하기도 전에 그는 말을 이었다.

"저는 지금 세상에서 가장 능력 있는 사람과 함께 있다는 걸 느낄 수 있어요. 당신은 대단히 특별한 사람입니다. 제가 보장할 수 있어요. 저는 당신의 아우라에서 카르마가 전혀 없다는 것을 발견했어요. 당신은 전생의 업 때문이 아니라 어떤 특별한 사명 때문에 이곳에 있는 겁니다."

맥스의 얘기를 들은 굽타는 크게 웃었다. 하지만 그 직후 그가 한 말에 맥스는 어리둥절했다.

"그 사람이 왜 자네한테 굳이 그 모든 얘길 했는지는 모르겠네. 다만 그 말 자체는 맞는 얘기네. 나도 자네의 아우라를 읽을 수 있어. 자네가 완전히 카르마 없는 상태로 태어났고, 운명을 지배하는 사람이라는 것에는 의심의 여지가 없네. 하지만 그 말을 염두에 두진 말게. 카르마 없이 태어났다 해도 세상에 있는 동안에는 자신의 행동에 책임을 져야 하고, 그 과정에서 카르마를 만들어낼 게 틀림없거든. 나는 이 문제에 대해서는 전문가도 아니고 특별한 관심을 갖고 있지도 않네. 지금의 현생은 그 자체로 가치가 있고 흥미롭다는 사실을 발견했기 때문이지. 그런 철학적인 태도 때문에 자신을 괴롭힐 필요는 없다고 보네. 자기 일에 집중하다보면 넉넉하고 비옥한 삶을 살 수 있을 걸세."

그런 얘기가 오간 후로 맥스는 굽타에게 마리아와의 경험을 편안하게 털어놓을 수 있었다. 시간과 공간의 본성에 관해 계속 토론하면서 맥스는 그 얘기들을 자신의 경험에 적용하기 위해 노력했다.

"제가 경험했던 순간이 아직 존재하는 걸까요? 마리아와 나는 평생을 함께해야 할 운명일까요? 그렇다면 지금 우리가 말한 대로, 실제로 우린 한평생을 공유하게 되는 걸까요?"

"어떤 면에서는 그렇지."

굽타가 대답했다.

"그런 순간들은 영원히 존재하네. 하지만 자네가 지금 그녀와 있지 않다 해도 그리고 어떤 상황에 의해 앞으로 두 사람이 함께 있게 되지 못한다 해도 그 때문에 염려할 필요는 없어. 자네가 했던 경험은 이미 일어난 일의 '데자뷰(최초의 경험임에도 불구하고 이미 본 적이 있거나 경험한 적이 있다는 느낌이나 환상 – 편집자)'이네. 그건 미래의 삶을 보여주는 징조가 아니야. 그러니 그걸 쫓을 필요는 없네."

맥스는 굽타의 실질적인 접근법에 약간 충격을 받았다. 하지만 이미 그의 지혜에 깊은 인상을 받은 터라 신비로워 보이는 다른 현상들에 대해 자신이 느끼는 것을 규명해보고 싶었다.

맥스는 자신의 임사 체험과 열두 명의 이름에 대한 이야기를 할까 생각하다 대신 미국에서 인기를 얻고 있는 영적 수행자 요기(yogi)나 구루(guru)에 대해 어떻게 생각하는지 묻기로 했다.

"진짜 요기는 우주 어디든 여행할 수 있다네."

굽타가 설명했다.

"그런 요기를 몇 사람 알고 있지. 그들은 정말 비범해. 그들은 자신의 능력을 드러내려 하지 않네. 술수를 써서 돈을 벌려고도 하지 않고 말이야."

맥스는 바로 전까지만 해도 상당히 회의적이고 논리적이던 사람에게서 이런 말을 듣고는 무척 놀랐다.

"진짜 요기는 마음속으로 우주 어디든 갈 수 있다는 말씀이시죠?"

"아니."

굽타가 맥스의 말을 정정했다.

"진짜 요기는 자신의 실제 몸으로 그렇게 할 수 있네."

그때 B. N.이 와서 시계를 보며 말했다.

"오늘 밤 기차는 끊겼네. 돌아가려면 버스를 타야 할 걸세. 지금 정류장으로 가지 않으면 시내로 가는 막차를 놓칠 거야. 내가 인력거를 대기시켜놓았네."

맥스가 자리에서 일어나 떠날 준비를 하자 B. N.이 말했다.

"촬영을 하게 되면 다시 만날 수 있겠지."

그러고는 맥스에게 명함을 건넸다.

"무슨 일이 있거든 서로 연락하기로 하세."

맥스는 올드델리로 향하는 버스에 몸을 싣고 있었다. 버스에 탄 사람들은 기차 승객들만큼이나 기품을 찾아보기 힘들고 얼마간은 사악해 보이기까지 했다.

차에서 내리자 상황은 더욱 심각했다. 소매치기, 좀도둑, 포주, 창녀,

거지 그리고 죽어가는 사람들, 아픈 사람들, 집 없는 사람들이 그를 둘러쌌다. 발밑만 바라보면서 인력거 정류장을 향해 나아가는 것만이 자신을 둘러싼 공포와 심한 악취에서 빠져나갈 수 있는 유일한 방법이었다.

맥스는 몇 분 후 아소카 펠리스로 돌아와 자신의 객실로 향했다. 객실 문 발치에서 잠을 자고 있는 구두닦이를 발견한 그는 조금 당황했다. 그것이 영국인들이 인도를 지배할 때부터의 풍습이라는 것은 그도 알고 있었다. 구두를 문 밖에 두면 다음 날 아침까지 닦아서 신을 수 있게 해주는 것이다. 그는 구두가 언제 어떻게 닦여지는지에 대해서는 거의 생각해보지 않았다.

맥스는 깨워서 미안하다고 남자에게 사과했다. 하지만 남자에게서 돌아온 대답은 신발을 달라는 것뿐이었다. 맥스는 남자에게 신발을 건네주었다.

방에 들어온 맥스는 베개에 머리를 대자마자 잠에 빠져들었다.

밤중에 문득 잠에서 깨어난 맥스는 자신의 몸이 침대 위에 떠 있는 것을 발견했다. 꿈을 꾸는 것이라고 생각했지만, 손을 뻗자 아래쪽에서 매트리스가 만져졌다.

맥스는 어떤 것에도 의지하지 않은 채 침대 위에 떠 있었다. 순간, 맥스는 자신의 왼손을 잡고 있는 어떤 존재를 느꼈다. 인간의 손과 비슷했지만 더 가볍고 민첩했다. 이윽고 희미한 형체가 눈에 들어왔다. 인간의 육체를 가졌지만 안개에 싸인 듯 희미했다. 그때 한 목소리가 그에게 말을 건넸다.

"두려워하지 말아요. 나는 요기입니다. 굽타가 나를 보냈지요. 오늘 저녁 당신과의 대화가 아주 즐거웠다는군요. 나한테 당신에게 가서 자신의 말이 사실이라는 것을 보여주었으면 하더군요. 우리는 당신이 원하는 우주 어디라도 갈 수 있어요."

요기가 계속 말했다.

"어디로 가고 싶으세요?"

맥스는 거의 아무런 생각도 할 수 없었다. 그는 순전히 본능적으로 말했다.

"달이요."

순간, 자신의 가벼운 몸이 달을 향해 가는 것이 느껴졌다. 그것은 분명 맥스 자신의 육체였다. 하지만 요기와 마찬가지로 안개에 싸인 듯 밀도가 사라진 상태였다. 형체와 감각 그리고 생각하고 말하고 관찰하는 능력은 그대로였지만 무게감이 전혀 느껴지지 않았다.

회색을 띤 달에는 어떤 생명체도 살지 않았다. 일종의 먼지만 가득하고, 거의 액체에 가까운 성질을 갖고 있었다. 그리고 대체로 투명했다. 맥스는 이곳저곳 공처럼 튀어 오르며 무중력 상태를 느꼈다. 이따금 달의 중심으로 빠져 들어갈 수도 있겠다는 생각이 들기도 했다. 얼마 후 요기가 다시 입을 열었다.

"다른 곳은?"

맥스는 여전히 혼란스러운 상태에서 겨우 대답했다.

"토성으로 데려다주세요."

순간, 맥스는 엄청난 오렌지색의 장관을 연출하는 곳으로 이동했다.

지구에서는 한 번도 본 적이 없는 색상이었다. 그 빛깔이 너무나 생생해서 지금의 경험이 꿈이나 상상이 아닌 실제라는 것을 깨달을 수 있었다.

맥스는 그 행성의 오렌지 빛깔에 흠뻑 빠져들었다. 마치 몇 시간이 흐른 듯했다. 다시 요기의 목소리가 들렸다.

"다른 곳은?"

"아, 오늘 저녁은 이것으로 충분합니다. 이제 돌아가는 것이 좋겠습니다. 내일은 일정이 아주 바쁘거든요."

그들은 달과 오렌지 행성에 도착할 때처럼 한순간에 유서 깊은 그리고 한때 웅장했던 아소카 팰리스의 호텔방으로 돌아왔다.

완전한 형체를 갖춘 맥스의 몸은 여전히 침대에서 10센티미터가량 떠 있었다. 요기는 여전히 그의 손을 잡고 있었다. 맥스는 자신의 가벼운 몸이 그 완전한 형체와 합쳐지는 것을 느꼈다.

요기가 그에게 미소를 지어 보이고는 이내 사라졌다.

맥스는 자신의 몸이 천천히 침대로 내려가는 것을 느끼며 시계를 보았다.

새벽 4시 44분이었다.

그는 꿈을 꾼 게 아니라는 것을 확인하기 위해 몸을 꼬집어보았다. 그리고 서서히 잠에 빠져들었다.

맥스가 잠에서 깨어난 것은 정확히 40분 뒤였다. 자신이 여전히 아소카 팰리스에 있는지 확인하기 위해 방을 둘러보았다. 침대에서 빠져나온 다음 창밖의 푸른 잔디를 바라보며 아침 공기를 마시고, 탁자 위에 놓인 꽃과 과일을 보았다. 그리고 지난밤의 여행을 생각하며 미소를 지었다.

그는 자신의 모습을 거울에 비쳐보았다. 그리고 거울 속의 모습이 하루 전의 자신과 같은 사람인지 확인했다. 문득 지난밤의 모든 경험이 의심스러웠다. 하지만 이내 그의 얼굴에서 만족감이 번졌다. 그리고 처음으로 자신의 몸 안에 있는 가벼운 형체를 느꼈다. 이전에는 한 번도 알아차리지 못했던 그것을.

그날 오후, 국립박물관으로 돌아간 맥스는 박물관장의 사무실로 안내를 받았다. 비서가 맥스에게 서류를 전하며 미소를 지었다.

"저는 15년간 관장님 비서로 일했습니다."

그녀의 목소리는 잔뜩 들떠 있었다.

"하지만 촬영을 허락하는 문서를 타이핑하라는 지시를 받은 것은 처음이에요. 당신들의 프로젝트가 대단히 중요한 것 같네요. 축하드립니다."

맥스는 즉시 그 문서를 프로자브 아크바르의 사무실로 가져갔다. 아크바르는 그 서류를 보더니 도저히 믿을 수 없다는 표정을 지었다. 언뜻 실망한 기색도 엿보였다.

"정말 놀랍군요."

그가 솔직하게 말했다.

"하지만 관장이 당신과 당신들 스텝에게 박물관 촬영 허가를 내주었으니 일정대로 진행하십시오. 촬영 가이드를 배정해드리겠습니다.

그 친구가 목요일 오전 9시에 당신이 묵고 있는 호텔로 당신과 스텝들을 만나러 갈 겁니다."

사무실을 나온 맥스는 붉은털원숭이 떼를 지나 촬영지 목록에 있는 델리의 오래된 천문대에서 봄베이 외곽의 아잔타 동굴에 이르는 장소를 조사하기 위해 출발했다.

이 유적들은 인도의 정수라 할 수 있는 풀리지 않는 많은 미스터리 중 일부에 불과했다.

맥스는 다음 날 오전 4시에 일어나 통관을 돕고 스텝들이 사람들을 뚫고 아소카 호텔로 올 수 있도록 공항으로 마중을 나가야 했다. 일찌감치 저녁을 먹은 그는 잠자리에 들 준비를 했다.

주머니에 있는 물건을 꺼내던 그는 문득 B. N.의 명함을 발견했다.

15세기의 파수꾼
델리 국립박물관
브라마 네팔 마하르스

맥스는 뜻밖의 사실에 깜짝 놀랐다.

브라마 네팔 마하르스. 열두 명의 이름 중 세 번째 인물.

'15세기의 파수꾼'은 단순히 국립박물관에서의 촬영 허가를 내주는 것을 훨씬 뛰어넘는 방식으로 맥스와 밀접하게 관련된 인물이었다.

제11장

일본으로

1973년 8월

델리에서 복사본을 만들며 어려움을 겪은 맥스는 일본에 도착할 무렵, 도쿄에서는 첨단 기술과 효율적인 조직 사회를 만나게 되리라 생각했다.

통역은 이미 준비되었고 차량도 렌트했다. 비서도 고용했고 미국과의 커뮤니케이션도 비교적 수월했다. 하지만 그때가 8월이라는 사실이 약간 문제였다. 흡사 일본 전체가 휴가 중인 것 같았다. 맥스는 촬영 스텝을 피부색이 하얀 아이누족이 사는 것으로 알려진 일본 최북단의 섬 홋카이도로 보낼 계획이었다.

아이누족은 여느 일본인의 유전자 풀과 아무런 관련이 없었다. 그들이 누구이며 어디에서 왔는지에 대한 추측이 난무하는 가운데 외계 문명의 후예일 것이라고 주장하는 이들도 있었다.

그것이 지나친 확대 해석이라고 판단한 맥스는 그들을 추적할 필요성을 느끼지 못했다. 게다가 스텝들이 이용할 비행기 편을 예약할 수 없어서 로케이션 촬영을 취소하고, 그 대신 국립박물관을 촬영하기로 했다.

그때쯤 맥스는 폰 대니켄의 고대 우주인 이론을 완전히 믿을 수 없는 것이라고 확신했다. 지금까지 그는 계약대로 연구의 실마리가 있는 곳이면 어디에서든지 고대의 미스터리를 추적해왔다. 세계 전역에 있는 1000만 개 이상의 박물관 소장품을 조사했다. 하지만 그중에서 고대의 우주인이나 우주선과 관련되었다고 볼 수 있는 것은 단 여섯 개뿐이었다.

'무엇이 되었든' 그 1000만 개 중에서 여섯 개를 찾았다는 것은 상당히 기쁜 일이었다. 하지만 탐색을 거듭할수록 맥스는 점점 더 실망을 느꼈다. 자신이 '밝혀낸' 믿기 힘든 미스터리에 대한 텔레비전 다큐멘터리에 집중할 수가 없었다.

스톤헨지와 600년 전 페루에서 이루어진 뇌수술의 미스터리, 놀라운 기술을 가지고 있던 고대 문명이 어떤 이유에선지 사라졌다는 증거는 분명 존재했다. 고대 사람들은 건축이나 기술, 사회 조직, 예술적인 측면에서 뛰어난 능력을 지니고 있었다. 그들이 이룰 수 있는 것에는 한계가 없는 듯했다. 하지만 매력적인 스토리라인을 만들기 위해 반드시 우주인이라는 존재를 도입할 필요는 없다는 생각이 들었다.

자신의 유체 이탈 경험도 이질적이고 비현실적인 요소를 갖고 있었다. 하지만 이상하게도 그 본성이 외계의 것이라는 생각은 들지 않았다. 사실 맥스에게는 그것이 비정상적인 것으로 느껴지지 않았다. 그 짧은 여행에서 그는 평화를 느꼈고 일체감을 유지할 수 있었다.

그것이 맥스가 외계 문명에서 온 사람이라는 의미일까? 요기는 지구를 떠났다가 다시 돌아왔다. 그렇다면 그도 외계인인가?

맥스는 그렇게 생각하지 않았다. 그는 지금까지 살면서 이상한 사람들을 많이 만나보았다. 다른 행성에서 왔을지도 모른다는 생각이 드는 사람들을 말이다. 아마도 그중에서 가장 대표적인 예는 루이스일 것이다. 그런 생각은 재미있기도 하고, 모든 종류의 외계 생명체가 지구라는 행성에 존재한다는 것도 가능할 법은 하다. 하지만 만약 그렇다면 그 증거를 찾아야 한다.

맥스는 촬영 준비를 위해 박물관으로 가는 택시를 잡으면서 이런 생각에 빠져 있었다. 이미 허가를 받았기 때문에 이번 일은 비교적 쉬웠다. 팸플릿을 통해 보아야 할 전시품도 확인해둔 상태였다.

박물관에 들어서다 맥스는 팸플릿을 바닥에 떨어뜨렸다. 그것을 주우려고 몸을 숙이는데, 무언가가 찢어지는 소리가 크게 들렸다.

문득 아래를 내려다보니 바지의 엉덩이 부분 솔기가 20센티미터는 족히 뜯어져 그 사이로 속옷이 훤히 드러났다. 맥스는 어떻게 해야 좋을지 몰라 당황했다.

박물관 입구를 지키는 경비원에게 상황을 설명하고 실과 바늘이 있는지 물어보았다. 경비원은 겨우 상황을 이해했지만 실과 바늘을 빌려

줄 입장이 아니었다. 남자 경비원이 반짇고리를 갖고 있을 리 없으니 당연했다.

맥스가 다른 방법이 없을까 생각하고 있는데, 밝은 노란색 드레스를 입은 젊은 일본 여성 하나가 다가왔다. 그녀는 자신을 요코라고 소개했다. 노란 옷이 검은 머리카락이나 티 없는 용모와 완벽하게 어울렸다. 그녀는 영어로 더듬더듬 말을 이었다.

"저를 따라오세요. 도와드릴게요."

요코는 맥스를 남자 화장실 문 앞으로 데려갔다.

"들어가서 바지를 저한테 주세요."

당황스럽기는 했지만 맥스는 그녀의 말대로 했다. 그녀는 경비원 옆에 놓인 의자에 앉아 바지를 꿰맸다. 몇 분 후 그녀가 완벽하게 수선한 바지를 맥스에게 건네주었다.

"정말 고맙습니다."

감사의 인사를 한 후 맥스는 덧붙였다.

"박물관 구경을 함께하시겠습니까? 저는 미국 텔레비전에서 방영될 다큐멘터리 영화를 찍는 데 필요한 자료를 고르는 중입니다."

요코는 수줍게 웃었다.

"그러죠."

두 사람은 두 시간 동안 박물관을 돌아보았다. 그러는 동안 맥스는 촬영에 필요한 전시품 목록을 계속 메모했다.

"무척 재미있는 일을 하시네요."

요코가 그를 바라보며 말했다.

"저도 일본에 있는 이런 미스터리에 대해 배우는 걸 정말 좋아해요."

"그동안 정말 즐거웠습니다. 저녁이나 함께하실까요?"

요코는 또다시 수줍은 미소를 지었다.

"정말요?"

"물론이죠. 여기는 저 혼자 왔습니다. 일본이 마지막 촬영지라 자축을 하고 싶네요. 제 자축 자리를 빛내주시지 않겠습니까?"

"네, 그러시다면."

그녀가 짧은 영어로 대답했다.

"재미있을 것 같네요."

맥스는 재빨리 택시를 잡았다. 그들은 맥스가 묵고 있는 임페리얼 팰리스 호텔로 향했다. 그곳에 있는 5성급 레스토랑에서 맥스는 요코에게 거듭 고마움을 표하며 7코스로 이루어진 화려한 세트 메뉴를 골랐다.

저녁 식사를 하는 동안, 요코의 수줍음은 다소 누그러졌다. 그리고 자신에 대해 이야기해주었다. 여행 에이전트이자 재봉사인 그녀는 중산층 공장 노동자 가정의 막내 외동딸로 오빠가 다섯에 조카가 일곱이나 된다고 했다. 나이 든 부모가 사는 건물의 작업실에서 혼자 지내며 그들을 돌본다고도 했다.

요코는 어머니가 마흔셋에 낳은 늦둥이였다. 그녀는 아직도 어린 시절에 겪은 제2차 세계대전의 공포와 원자폭탄의 영향을 직접 체험하고 있었다.

그런 가운데서도 그녀는 여행 에이전트 일을 좋아했다. 그녀의 삶에서 가장 큰 호사는 매년 2주 동안 하와이나 파리 등 여행사 직원 디스카운트를 이용할 수 있는 이국적인 곳으로 휴가를 떠나는 것이었다. 그녀는 아직 결혼에 대해서는 생각해본 적이 없고, 자기 인생에서 필요한 아이는 조카들로도 충분하다는 느낌이 든다고 했다.

그녀의 이야기가 끝나자 맥스는 12주 동안의 쉼 없는 격심한 업무를 마무리 지은 것을 축하하기 위해 샴페인을 주문했다. 그리고 자신이 겪은 재미있는 모험 몇 가지를 이야기해주었다. 요코는 샴페인을 마시며 내내 즐거워했다. 하지만 그녀는 술을 잘 마시지 못했다. 이윽고 술에 취한 그녀는 혼자서는 집으로 갈 수 없을 것 같다고 말했다. 그러곤 죄송한 일이지만 맥스의 방에서 잠깐 눈을 붙여도 되겠느냐고 수줍게 물었다. 그는 흔쾌히 승낙했다.

얼마 후, 그들은 침대에 등을 맞대고 누웠다. 그러나 오래지 않아 그동안 쌓인 친밀함과 샴페인의 취기 때문에 저항하기 힘든 상태가 되고 말았다.

맥스는 이번 여행을 시작한 이래 한 번도 여자와 자본 적이 없었다. 요코도 지난 몇 년 동안 남자와 함께 밤을 보낸 적이 없는 듯했다. 부드러운 애무로 시작한 그들의 행위는 곧 격렬한 섹스로 이어졌다. 맥스는 요코를 통해 자신의 몸과 마음과 정신이 균형을 찾는 것 같은 느낌을 받았다. 지금까지 요코처럼 부드럽고 섬세한 피부를 경험해본 적이 없었다. 그녀는 도자기 인형처럼 가냘프고 연약했다.

다음 날 아침 눈을 떴을 때, 요코는 이미 가고 없었다.

침대 옆 탁자에 그녀의 정식 이름과 주소가 적힌 명함이 있었다. 그리고 간단한 메모도 보였다.

당신과 함께한 시간이 정말 즐거웠어요. 미국으로 안녕히 돌아가시길 빌게요. 일본에 다시 오게 되면 편지 주세요. 사랑을 담아, 요코.

명함에 있는 이름은… 미야코 미쓰이였다.

요코는 애칭이 분명했다. 머리가 맑아지는 느낌에도 이제는 익숙했다. 그렇다고 놀라움이 줄어든 것은 아니었지만. 미야코 미쓰이는 열두 명의 리스트 중 네 번째 이름이었다.

문득, 적시성이 일상화되기 시작했다는 것을 깨달았다. 스스로도 모르게 자신을 이끄는 듯한 어떤 힘에 놀라지 않을 수 없었다. 그 힘이 무엇이든 그 효과가 점점 속도를 내고 있는 게 분명했다.

아직은 그러한 힘이 자신을 어디로 데려갈지 전혀 짐작조차 할 수 없었다. 이 열두 명이 가진 미스터리는 무엇일까?

어쨌든 그것이 더 이상은 단순히 무작위적인 이름의 조합이 아닌 것만은 확실해 보였다. 하지만 도대체 왜 이 사람들을 만나게 되는 것일까?

트루히요는 볼리비아로 갔을 때 발생할 수 있는 일을 염려해서 우연히 일정에 들어갔을 뿐이다. 하지만 마리아를 만난 것은 트루히요에서였다.

그리고 유츠키를 만난 것은 업무와의 연관성으로 설명할 수 있지만, B. N.과의 만남은 순전히 맥스가 V. S. 네이풀이 관심을 갖고 있던 주제를 꺼냈기 때문에 성사된 일이었다.

또한 도쿄의 박물관에 들른 것은 아이누족을 취재하지 않게 되어서였지만, 거기서 맥스의 바지가 찢어진 것은 정말 우연이었다.

이 모든 일에서 가장 확실한 것은 네 사람 사이에 어떤 연관성도 없다는 점이었다.

제12장

영적인 탐구

1973~1976년

미국으로 돌아간 맥스는 한층 평범한 일상으로 돌아왔다.

맥스는 항상 본분을 지키는 아들이었다. 그가 아버지의 출판사에서 일하게 된 가장 큰 이유는 심장마비를 겪은 아버지를 도와주기 위해서였다. 하지만 이제 아버지가 건강을 회복한 것 같아 교단에 서보기로 마음을 정했다.

그는 1년을 기한으로 스페인어를 가르치기 위해 매사추세츠 주 앤도버의 필립스 아카데미로 돌아갔다. 그리고 수년 전 세뇨르 이글레시아스로부터 얻었던 열정을 학생들에게 불러일으키기 위해 노력했다.

하지만 앤도버에서의 일은 임시직일 뿐이었다. 한 해가 끝날 무렵,

그는 국립정신보건원으로부터 하버드 대학에서 문화인류학을 공부해도 좋다는 승인을 받았다. 하지만 하버드에서 6개월을 보낸 맥스는 자신이 실수했다는 사실을 깨달았다.

그는 인류학이 더 이상 원주민에 대한 학문이 아님을 발견했다. 사실, 원주민 집단은 거의 남아 있지 않았다. 오늘날 원주민은 소수에 불과했고, 그나마 남아 있는 부족조차 현대 서구 문명과의 접촉만으로도 서서히 혹은 즉각적으로 파멸의 운명에 처하는 것처럼 보였다.

맥스는 현대의 인간이 실상 상당히 심각한 수준에서 이른바 '비인간적 존재'로 진화하고 있다는 깨달음에 이르렀다. 그래서 그 주제와 관련된 논문을 쓰기도 했지만 교수들은 그 가치를 인정하지 않았다. 그는 논문에서 인간을 '인간답게' 만드는 필수적인 속성이 소멸되고 있다고 주장했다.

하버드 교수들은 맥스가 원시 문명을 지나치게 공상적으로 표현한다고 판단했다. 그렇지만 무모한 기술과 육체적 안락, 풍요를 추구함으로써 인간이 어떤 근본적인 요소를 잃어가고 있다는 맥스의 신념은 확고했다.

그는 '북극의 나누크(Nanook of the North)' 같은 초기 민족지학적 영화를 관람한 뒤, 자신이 영화를 만들면서 인류학적 연구를 병행했던 이국적인 장소, 즉 아마존과 인도, 안데스 등에서 고립된 채 살고 있는 사람들을 통해 얻은 경험과 그것을 연관시켜보았다. 그리고 자연과 조화를 이루는 삶의 기술이 소멸되고 있다는 결론에 다다랐다.

그 원시 종족 중 일부는 농경지를 단순한 영양의 공급원이 아니라 예술 작품으로 가꾸는 방법을 개발했다. 그들은 계절의 변화와 함께 색깔이 변하는 기하학적 디자인을 창출했다. 이런 디자인은 들판 위 산등성이에 올라가야만 볼 수 있는 경우가 많다. 그로서는 단순히 미적 경험이라는 부산물을 얻기 위해 농사일에 그토록 많은 부수적인 노력을 기울였다는 것이 믿을 수 없었다.

또 다른 문화로는 춤과 음악이 밀접하게 결합된 의식을 들 수 있다. 이런 의식을 통해 그들은 실제로 치유를 행하고, 인간적 유대감을 배양했다. 맥스는 이른바 원시 미술이라고 불리는 것들 사이의 패턴을 연구했다.

그리고 그 속에서 풍부한 창의력과 즐거움을 발견했다. 아주 사소한 것에서조차 말이다. 특별한 조각이 새겨진 뒤지개(땅을 파거나 뒤집는 데 사용한 막대 - 편집자), 점토 조각, 그릇의 장식들은 그것이 비롯된 땅에 대한 감사를 표현하는 색상과 모양을 보여주고 있다.

맥스는 현대 사회가 주는 혜택과 자신이 개인적으로 누리는 풍요를 무시하지는 않았다. 하지만 거기에는 그만한 대가가 따른다고 생각했다. 바로 인간이라는 순수한 존재로서 필요한 요소가 희생되는 것이다. 그는 오늘날의 인간이 일개 소비자로 변화됨으로써 진정한 필요가 부차적인 요소로 변질되고 있다는 느낌을 받았다. 현대 세계의 경제적, 기술적 필요가 순수한 인간적 필요를 대체한 것이다. 한 개인이 지위를 얻어 권력을 가진 사람이 되고 심리적으로 완전한 상태를 유지하는 것은 오로지 소비자의 필요를 충족시킴으로써 가능해졌다.

이와 같은 심리적 안정을 얻는 데는 큰 대가가 따른다. 한층 자동화

되고 진정성이 덜한, 즉 맥스가 비인간적이라고 생각하는 존재로의 진화라는 대가가 바로 그것이다.

물론 이런 불길한 가설을 주장하는 맥스 역시 비인간적인 존재가 되어가고 있었다. 그는 자신이 느끼는 무력감이 싫었다. 무엇인가를 '하고', '간직하는' 일 자체를 신용하지 않았다. 그런 일들이 마치 자신의 인생을 지배하는 것같이 느껴졌기 때문이다.

그는 마리아와 트루히요에 그냥 남았더라면 자신의 인생이 어떻게 되었을지 궁금했다. 그는 약속한 대로 그녀에게 편지를 썼다. 하지만 그녀는 약혼자와 결혼을 했고, 이미 첫 아이를 임신하고 있었다.

그는 자신과 마리아가 다른 생을 함께했었다고 확신했다. 하지만 '이번' 생에서는 함께할 수 없는 운명인 게 확실한 것 같았다.

맥스는 하버드에서 공부하는 동안에도 색다른 다큐멘터리 영화를 제작하기 위해 촬영지를 섭외하고 조사하는 일을 계속했다. 이 때문에 전 세계의 나라를 두루 여행할 수 있었다. 그는 더 많은 문화를 탐구할 수 있는 기회를 가지는 것이 더없이 즐거워 가능한 한 그 일을 맡았다. 그리고 오래지 않아 할리우드의 여러 영화사들이 그를 필요로 하게 되었다. 해당 관청의 관료적 형식주의를 극복하고 다큐멘터리 제작의 세부 계획을 조정할 수 있는 사람은 극히 드물었다.

때문에 그런 작업을 터무니없는 일이라고 여기며 하버드 경영 대학원에 진학해 뭔가 실질적인 것을 배워야 한다는 아버지의 주장에도 불구하고 맥스는 '역사 속의 예수를 찾아서'라는 다큐멘터리 작업에 기꺼이 참여하기로 했다.

그는 '고대의 미스터리를 찾아서'를 촬영할 당시 카메라맨이었던 러스 아널드가 그 프로젝트에 합류한다는 것을 알고 몹시 기뻤다. 맥스는 또 다른 좋은 영화를 찍을 수 있게 되길 학수고대했다. 적어도 라인 프로듀서를 만날 때까지는 그랬다.

아만다 하딩은 도저히 견딜 수 없는 상사였다. 눈이 번쩍 뜨일 만큼 화려한 용모를 가진 그녀는 모델로 쇼 비즈니스계에 처음 발을 들였고 나중에는 배우가 되었다.

하지만 두 분야 모두에서 그다지 두각을 나타내지는 못했다. 그래도 우여곡절 끝에 프로듀서의 자리에 올랐다. 아마도 불굴의 정신 혹은 그 밖의 다른 수단이 동원된 결과였을 것이다.

그녀는 폭군이나 다름없었다. 그야말로 남자의 기를 죽이는 위협적인 여자였다. 따라서 아무도 그녀를 존경하지 않았다. 하지만 그녀는 책임자였다. 적어도 이론적으로는 그랬다.

그 무엇도 그녀를 만족시키지 못했다. 그녀는 '모든' 것을 걱정했다. 하지만 그것은 주로 자신이 어떻게 보이는지, 무엇을 먹을지, 옷은 얼마나 깨끗한지 등 8주 안에 5대륙 12개 나라를 가로질러야 하는 영화 프로젝트와는 전혀 상관없는 일들이었다.

그녀는 오직 싱싱한 참치만을 먹었다. 때문에 그녀가 가지고 있는 참치를 다 먹을 때마다 새로운 제품을 공수해야 했다. 얼마나 많은 비용이 들고 불편한지는 관심 밖이었다. 그런 쓸 데 없는 일에 시간을 허비해야 한다는 것이 프로젝트에 필요한 모든 세부 사항에 집중하려고 애쓰는 맥스를 미치게 만들었다.

'역사 속의 예수를 찾아서'는 그리스도가 십자가 위에서 죽은 것이 아니라, 그 시련을 견디고 살아남아 오랫동안 인도를 비롯한 각지에서 살았으며 자녀와 사랑하는 가족을 거느린 노인으로서 평화로운 죽음을 맞았다고 믿는 고대 아흐마디야(Ahmadiyya)를 비롯한 종교 분파들의 이야기에 집중했다.

아흐마디야는 이슬람 복음주의파로 '무함마드 자프룰라 칸(Muhammad Zafrulla Khan)'이 가장 유명한 추종자이다. 1960년대에 국제연합의 사무차관을 역임한 그는 자신의 주장을 입증하는 책을 집필하기도 했다. 그는 자신의 저서에서 십자가 위의 예수에게 일어난 일을 묘사하는 데 쓰인 문장, 즉 '숨을 거두었다'라는 어구의 의미에 초점을 맞추었다.

무함마드 자프룰라 칸은 예수가 숨을 멈추긴 했지만 이는 그가 실제로 죽었다는 것을 의미하지는 않는다고 설명했다. 또한 요기들은 호흡을 얼마든지 조절할 수 있고 며칠씩 숨을 멈춘 채 지낼 수도 있다고 주장하며, 예수가 요기와 같은 능력을 가지고 있었던 게 분명하다는 이론을 제기했다.

그는 자신의 책에서 '이사 연고(Issa Ointment)'에 대해서도 언급했다. 칸에 따르면, 이 약은 오늘날에도 인도와 파키스탄에서 자상이나 타박상을 치료하는 데 쓰인다고 한다. 이사 연고는 힌두 말로 '예수의 연고'라는 뜻이다. 그런 이름이 붙은 것은 바로 그 약이 십자가에서 내려진 그리스도를 소생시키는 데 사용된 연고이기 때문이라고 그는 주장했다.

아흐마디야들은 더 나아가 그리스도가 십자가에 못 박힐 때 몸에 생긴 것과 똑같은 위치의 손과 발에 구멍이 뚫린 모습이 조각된 무덤을 그 증거로 제시했다. 그들은 그리스도가 잠을 자다 평화롭게 숨이 멎었으며, 그 무덤이 바로 그리스도의 것이라고 주장한다.

오늘날의 아흐마디야들은 그리스도가 1835년 인도 펀자브 지방의 암리차르 외곽 카디안이라고 불리는 외딴 마을에서 다시 환생했다고 믿는다. 암리차르는 힌두교도와 이슬람교도의 숫자를 크게 앞지르는 시크교도들의 가장 신성한 성지인 '황금 사원'이 있는 곳으로 잘 알려진 곳이다.

맥스가 이번 영화에서 맡은 일 중에는 지구상에 있는 거의 모든 주요 영적 지도자와 종교 지도자들을 사전 인터뷰하는 것도 포함되어 있었다. 그중에는 달라이 라마와 인도 리쉬케시의 수행자, 예루살렘 외곽 황무지에 위치한 마르사바 수도원의 그리스정교 수도원장, 예루살렘의 랍비, 영국 성공회의 수장, 일본의 몇몇 승려, 다마스쿠스의 이슬람교 성인 그리고 그들보다는 덜 알려졌지만 수없이 많은 자칭 종교와 영적 지도자들이 망라되어 있었다.

맥스는 또한 심령술사에서 이례적인 재능을 가진 천재에 이르기까지 지구상에서 가장 독특한 사람들을 인터뷰했다.

하지만 깊은 인상을 남긴 사람들은 거의 없었다. 그들 대부분은 권력에 굶주린 극단적인 종파주의자였다. 진정한 영적 지혜보다는 권력이나 자신들의 전통을 보존하는 데 훨씬 더 관심이 많았다.

오직 달라이 라마와의 인터뷰만이 감동을 주었다. 인터뷰는 인도 다람살라에 있는 달라이 라마의 집에서 이루어졌다. 달라이 라마는 진정한 카리스마의 소유자였다. 그는 세계정세와 그 자신의 한계에 대해서도 솔직하게 이야기했다.

"중국인들은 티베트 사람들이 곤경에 빠진 것에 아무런 책임이 없습니다. 티베트 사회는 부패했고 포악합니다. 노예를 가진 불공정한 사회입니다. 중국인들이 그런 것들을 정리하기 위해 손을 댔죠. 하지만 그게 너무 지나쳤습니다. 그들은 티베트 문화를 파괴하고 있습니다. 우리는 그들과 함께 국민들의 운명을 구할 좀 더 나은 해법을 찾아야 합니다."

그는 계속해서 말했다.

"나는 내 국민에게 도움을 주기 위해 존재합니다. 나는 그들의 정신적 지도자에 그치는 존재가 아닙니다. 나는 그들의 정치적 지도자이기도 합니다. 내가 마지막 달라이 라마일지도 모릅니다. 미래에는 달라이 라마가 필요하지 않을 수도 있기 때문입니다. 만약 티베트가 그 자율성을 유지하면서 중국 사회에 통합될 수 있다면 나의 목적도 끝날 것입니다. 불교는 허용되어야 합니다. 모든 종교의 본질은 같습니다. 꼭 티베트 불교일 필요는 없습니다. 당신들이 믿는 그리스도의 가르침은 부처의 가르침과 비슷합니다. 빛은 빛이고 진리는 진리입니다. 자비와 사랑은 모든 진정한 종교의 보편적인 법칙입니다. 그것 이외에는 무슨 옷을 입느냐는 문제에 불과합니다. 티베트의 전통에 따라 우리 고승들은 아주 우스운 모자를 쓰지요. 그 모자는 스스로를 너무 진지하게 받아들이지 말라는 뜻을 일깨우기 위해 쓰는 것입니다."

맥스는 이 인터뷰가 대단히 즐거웠다. 하지만 여행 내내 온통 아만다의 신경과민적인 욕구와 인터뷰 상대인 자만심 강한 그리고 권력에 목마른 종교 지도자들을 다루느라 약이 오를 대로 오르고 욕구 불만에 휩싸인 채 지냈다.

그러다 문득 아만다의 부정적인 에너지가 이 프로젝트에 포함된 많은 사람들과 관련되어 있을지도 모른다는 느낌이 들었다. 어쩌면 이것이 적시성의 또 다른 증거일지도 모른다. 하지만 어떻게 부정적이거나 혹은 긍정적인 에너지가 자신만의 독특한 진동 에너지와 연관되는 것처럼 보이는지 궁금하기만 했다.

맥스는 열두 명의 사람에 대해서 그리고 자신만의 영적인 탐구에 대해서 자주 생각했다. 왜 자신이 이 모든 영적 지도자들과 종교 지도자들을 만나도록 선택된 것일까? 그들 중 어떤 사람도 열두 명의 이름과는 관련이 없었다. 달라이 라마를 제외하고는 흥미 있는 대화조차 가져본 적이 없었다. 사람들은 기본적인 양심의 가책도 없는 자들을 너무도 쉽게 신뢰하는 경향이 있다.

하지만 왜 그들을 만나야 했던 것일까?

자신이 '예수에게 오도록' 예정된 것일까?

맥스는 그렇게 생각하지 않았다. 오히려 시간이 갈수록 종교라는 인류의 드라마나 영적 추구에 대한 회의가 짙어졌다. 자신이 영적 사절(使節)로 간주될수록 그가 만난 사람들에 대한 존경심은 점점 옅어져만 갔다.

그것은 사막에서 피어나 아흐마디야교를 창시한 환생 그리스도의 열두 가지 예언 중 하나로 충만해 있다는 카디안의 작은 인도 마을에서 최고조를 이루었다.

그보다 앞서 맥스는 라호르로 가서 아흐마디야 지도자를 인터뷰했다. 비록 정통으로 받아들여지지는 않지만 아흐마디야는 이슬람교로 간주된다. 아니, 최소 2000만 명에 이르는 그 추종자들은 거의 전부가 본래는 이슬람교도였다. 하지만 다른 이슬람교도들은 그들을 이교도라 여기고 피할 뿐 아니라 걸핏하면 맹렬히 공격하곤 했다.

머리에 터번을 쓴 아흐마디야의 지도자는 술탄 같은 옷을 입었고 또한 그런 지위에 있는 것처럼 행동했다. 그가 영화 프로젝트를 아흐마디야의 이름을 높이고 자신의 입지를 넓히는 수단으로 생각한다는 것이 처음부터 확연하게 드러났다. 그는 아흐마디야를 간구하는 수만 명의 사람들로 가득 찬 라호르 외곽의 신전을 촬영할 수 있느냐고 맥스에게 물었다. 맥스는 그것이 좋은 시각적 효과를 줄 거라고 재빨리 깨달았다.

그러던 중 암리차르 인근 카디안의 작은 마을이 이번 프로젝트에서 가장 중요하다는 얘기를 들었다. 그는 즉시 그곳으로 가서 노인들을 만나고 그 종교의 발원지를 직접 돌아보는 것이 좋겠다고 판단했다.

맥스는 암리차르로 날아갔다. 비행기가 착륙하자, 그는 다른 승객들이 모두 내릴 때까지 기다리라는 얘기를 들었다. 이윽고 내릴 차례가 되어 비행기 밖으로 나온 그는 계단에서부터 포장도로까지 10미터나 되는 붉은 카펫이 깔려 있는 것을 발견했다. 카펫 양 옆에는 커다란 화환을 든 검은 피부의 남자들이 서 있었다.

맥스가 계단을 내려와 땅에 발을 딛자 사람들이 화환을 목에 걸어 주었다. 어떤 것은 무릎까지 닿을 정도였다. 카펫 끝에는 차와 쿠키가 놓인 테이블이 준비되어 있었다. 물론 맥스를 위한 것이었다.

그 도시의 시장을 비롯해 다양한 종교 지도자들과 인사를 마친 후, 맥스는 필수 코스로 차 두 잔과 쿠키 두 개를 먹고 근처에 세워져 있는 흰색 구식 롤스로이스로 안내를 받았다.

그는 주요 인사 세 명과 함께 뒷자리에 앉았다. 세 사람 모두 흰 양복과 예복에 직사각형으로 된 전통 이슬람 스타일의 모자를 쓰고 있었다.

롤스로이스이긴 해도 뒷자리에 네 명이 앉는 것은 너무 심했다. 맥스는 이 사막의 도시에서 매일 목욕을 못할 게 분명한 사람들의 체취에 숨이 막혔다.

롤스로이스는 먼지가 흩날리는 비포장 도로로 들어섰다. 여행은 더욱 힘들어졌다. 롤스로이스의 정교한 설계도 길에 난 바퀴 자국을 이겨내지 못하고 덜컹거렸다. 맥스는 토하지 않으려고 갖은 애를 다 썼다. 40분 후, 자동차는 갈림길에서 속도를 늦추었다. 저쪽에 모터사이클을 탄 젊은 남자가 보였다.

롤스로이스를 보자 그 남자는 안쪽 도로를 똑바로 달려 시내로 향했다. 자동차는 교외의 공동묘지를 지나는 순환도로를 따라갔다.

10분 후, 롤스로이스는 시내에 도착했다. 하지만 마을에서 '가장 중요한 손님'을 맞을 준비를 하느라 몇 분이 더 지체되었다. 이윽고 자동차가 좌우로 심하게 흔들리며 멈추었다. 밴드가 음악을 연주했다. 한쪽에는 커다란 배너가 걸려 있었다. 거기에는 커다랗고 붉은 영어 글씨로 이렇게 쓰여 있었다.

할리우드를 환영합니다!

맥스는 차에서 내렸다. 곧이어 시장이 연설을 했다. 문득 도로시의 집에 깔려 서쪽에서 온 마녀가 죽었을 때 그녀를 맞이하던 먼치킨 마을의 시장이 생각났다.

악단은 연주를 계속했고, 맥스는 시내 중심가로 안내를 받았다. 도로 양편에는 맥스의 축복을 받기 위해 모든 주민이 영적 서열에 따라 줄지어 서 있었다. 사람들은 모두 맥스의 몸에 손을 대고 그를 안으려 했다. 맥스가 듣기에 이곳 주민은 2000명이었다. 그런 경험이 몹시 고단하기만 했다.

도시 전체의 환영 인사를 받은 후, 맥스는 특별 게스트 하우스로 갔다. 그곳에서 벌어진 잔치에는 이 지역에서 가장 신성하고 맛있는 음식들이 차려져 있었다. 대추야자 열매와 방금 간 신선한 코코넛, 청량음료, 특별한 애피타이저에 이어 고기와 생선, 가금 요리, 다양한 채소 앙트레(서양 요리의 정찬에서 식단의 중심이 되는 요리 - 편집자)도 순서대로 등장했다.

끝도 없을 듯한, 종류와 양이 엄청난, 일종의 추수감사절 잔치 음식이었다.

두 시간 후, 정말 달콤하게 눈을 붙이고 일어난 맥스는 시내를 돌아볼 채비를 갖추었다. 그리고 자신이 그토록 환대를 받은 이유를 깨달았다.

이 도시와 아흐마디야 종교를 세운 예언자들이 19세기에 만든 열두 가지 예언이 모두 이루어졌던 것이다.

그중 열한 개의 예언에는 다음과 같은 믿기 어려운 주장이 포함되어 있었다.

사막이 피어날 것이다.

기초를 세운 열두 집안이 1200만 명이 넘는 아흐마디야 신자가 될 것이다.

위대한 신전, 10만 명 이상이 모여 기도할 수 있는 위대한 신전이 건설될 것이다.

이것들을 비롯해 여덟 개의 숭고한 예언이 모두 실현되었고, 마지막 예언은 할리우드 영화사 스텝을 대표하는 맥스의 도착을 통해 완성되었다고 믿는 것이었다.

세상이 우리를 찾아낼 것이다.

이렇게 자신이 환대받은 이유를 깨달은 맥스는 도시 사람들이 권하는 성지를 확인하는 일에 착수했다.

하지만 이내 영화에 시각적인 흥미를 부여할 만한 것이 전혀 없다는 사실을 확인할 수 있었다. 물론 아흐마디야의 믿음에 대한 어떤 세부적인 얘기도 포함시킬 생각이 없었다. 대부분의 경우가 그렇듯이, 예언의 실현이란 결국 그것을 믿는 사람들 혹은 믿지 않기로 결정한 사람들의 주관적인 경험에 달려 있는 것이다.

제13장

루이스

1976~1977년

맥스가 세상을 여행하는 동안 루이스는 노스캐롤라이나 주 더럼에 있는 듀크 대학 법학 대학원을 졸업했다. 그는 듀크의 동급생 중 꼴찌였지만 그것은 공부를 할 수 없어서가 아니라 하고 싶지 않았기 때문이었다. 그는 동생 맥스보다도 더 싫어하는 자기 아버지에게 자신을 부양해야 할 의무가 있다고 생각했다.

루이스는 맥스에게 자신이 법학 대학원에 간 유일한 이유는 그것이 자기가 찾을 수 있는 가장 길고 가장 값비싼 대학원 프로그램이기 때문이라고 털어놓은 적이 있었다. 그는 교육을 최우선으로 생각하는 어머니가 아버지에게 대학원 학비를 대주라고 할 것이라는 사실을 잘 알고 있었다.

루이스가 대학원을 졸업한 그해 여름, 허버트는 그를 뉴욕의 한 법률 회사에서 일하게 했다. 동시에 루이스는 변호사 자격시험 준비를 시작했다. 아버지의 회사가 가장 유명한 시험 준비서를 출판하는 바로 그 시험이었다.

아이러니하게도 그는 처음 두 번의 시험에서 실패했고 세 번째에야 겨우 합격했다. 시험에 합격하기까지 1년 이상의 시간이 걸렸고, 그 기간 동안 그는 고트리브 해리스의 유명한 법률 회사에서 말단 사무원으로 일했다.

고트리브는 뉴욕 시에서 가장 악명 높은 마피아 보스들의 사건을 다루는 형사 범죄 전문 번호사였다. 허버트와 고트리브는 '유대인 옹호 연맹(Jewish Defense League)' 기부 행사에서 만나 이내 격의 없는 친구 사이가 되었다. 허버트는 아들에게 그렇게 유명한 법률 회사에 일자리를 얻어준 것은 큰 혜택이라고 강조했다. 하지만 루이스는 그 자리를 받아들임으로써 아버지에게 엄청난 호의를 베푼 것이라고 생각했다.

루이스는 고트리브를 위해 일하는 것이 싫었다. 고트리브가 자신이 변호하는 고객들만큼이나 악랄한 사람이라고 생각했기 때문이다. 어머니에게 고트리브와 어울리는 것을 보면 아버지 역시 범죄자일 것이라고 불평하기도 했다. 대학 생활을 하는 동안, 루이스는 윤리적인 행동과 비윤리적인 행동에 대한 완고한 사상을 가진 자칭 도덕주의자가 되었다. 때문에 그는 '쉽게 돈을 버는' 모든 행동을 비윤리적인 것이라고 생각했다.

누군가가 당신은 평생을 경제적으로 아버지한테 의존해오지 않았느냐는 사실을 들이대면, 루이스는 그것은 완전히 다른 얘기며 장남으로서의 권리이므로 '쉽게 번 돈'이라고 생각하지 않는다고 목소리를 높였다.

루이스가 그동안 억누르고 있던 불만과 미움과 분노를 아버지 앞에서 폭발시킨 것은 추수감사절 저녁이었다. 맥스가 여행 중이라 그린위치의 집에는 세 사람뿐이었다. 그는 아버지에게 소득세를 내지 않으면 법적 조치를 취할 것이라고 위협하는 국세청의 서류를 내밀었다. 고트리브 해리스 밑에서 자신이 번 변변치 않은 수입을 생각하면 이것 역시 루이스에겐 불공정한 것이었다.

"내가 세금을 내야 한다니, 이건 말도 안 돼요. 아버지는 돈이 많으니까 제 대신 내주세요."

허버트는 루이스에게 서류를 돌려주며 웃을 뿐이었다.

"그것참 우습구나. 모두들 세금을 낸다. 그건 너도 마찬가지야."

"그렇다면 제가 집에서 지내는 시간에 대해 아버지와 어머니께 대가를 청구하죠. 시간당 50달러의 특별 요금으로요. 벌써 24시간이 지났으니, 아버지는 저한테 1000달러 이상을 빚지셨어요."

허버트는 더 크게 웃었다. 하지만 그 웃음에는 아들에 대한 매몰찬 감정이 담겨 있었다. 그는 자리에서 일어나 온실로 향했다. 그리고 온갖 식물들로 둘러싸인 벽난로 옆, 그가 가장 좋아하는 의자에 앉아 신문을 읽기 시작했다.

허버트는 얼마 전 두 번째 심장마비를 일으켰다. 따라서 큰아들과 감정적으로 대립하는 것을 의식적으로 피했다.

하지만 루이스는 온실까지 따라와서 자신의 '법률 서비스'에 대해 보수를 받아야 하는 이유를 계속 떠들어댔다. 허버트가 루이스 앞으로 나오는 청구서나 세금을 대신 갚아주는 일은 절대 없을 것이라 못 박고, 이제 변호사 시험을 통과했으니 '진짜' 일자리를 구했으면 좋겠다고 말하자 루이스는 아버지를 사기꾼에 협잡꾼이라고 부르며 소리를 지르기 시작했다.

참다못한 허버트는 의자에서 일어나 아들을 때리려 했다. 루이스가 열두 살이 되던 해 이후로는 한 번도 그런 적이 없었다.

루이스는 기다렸다는 듯이 아버지의 목덜미를 잡고 딱딱한 대리석 바닥에 엎어뜨린 뒤 머리를 세게 부딪쳤다.

그러고는 심한 욕설을 퍼부으며 평생 쌓아온 분노를 표출했다.

"개새끼, 너는 나를 원하지 않았어! 나를 사랑하지 않았다고!"

소동이 일자 제인이 온실로 달려왔다. 그녀는 두 사람을 떼어놓으려 했지만, 루이스를 밀어내기에는 힘이 부쳤다.

제인은 전화로 황급히 경찰을 불렀고, 경찰은 몇 분 지나지 않아 도착했다.

경찰은 의식을 잃은 채 피를 흘리며 대리석 바닥에 쓰러진 허버트와 타월로 넋이 나간 듯 남편의 머리를 감싸고 있는 제인을 발견했다.

경찰 두 명이 총을 뽑아들고 조심스럽게 집을 수색했다. 그들이 차고에 있는 루이스를 찾는 데는 그리 오랜 시간이 걸리지 않았다. 루이스는 그곳에서 도끼를 들고 허버트의 롤스로이스를 부수고 있었다.

구급차가 도착해 허버트를 병원으로 이송하는 동안, 경찰은 루이스를 완력으로 제압한 다음 구치소로 끌고 갔다.

허버트는 뇌진탕을 일으켜 퇴원하기까지 며칠이 걸렸지만 영구적인 손상은 없는 것 같았다.

지금까지 맥스에게만 향했던 분노를 처음으로 직접 경험한 허버트는 루이스가 단순히 게으르고 성질이 난폭할 뿐 아니라 위험하기까지 하다는 사실을 깨달았다.

그럼에도 불구하고 루이스에 대한 공판에서 아들에게 불리한 증언을 할 수는 없었다. 루이스를 감옥에 보내는 대신 정신 치료 시설에서 30일을 보내는 것으로 검사와 합의를 보았다. 그 기간이 지난 후, 정신병원의 의사들이 루이스가 스스로를 통제할 능력이 있다고 판단하면 풀려날 터였다.

단, 풀려날 경우에도 부모가 살고 있는 코네티컷 주 그린위치 전역에 대한 접근 금지 명령에 따라야 한다는 단서 조항이 붙었다. 지금까지는 맥스 이외의 다른 사람에게 폭력을 행사한 적이 없기 때문에 허버트와 제인은 루이스가 다른 사람에게 위해를 가할 것이라고는 전혀 생각하지 않았었다.

아들과 떨어져 있는 동안, 허버트와 제인은 루이스가 나름의 인생을 찾게 되길 기대했다.

놀랍게도 루이스는 정신 병원에 있는 동안 모범적으로 생활했고, 30일이 지나자 이내 석방되었다.

제인은 루이스가 법학 학위를 이용하지 않고서는 제대로 된 일을 구할 수 없을 거라고 생각했다. 그녀는 아들의 정신 상태에 대해 엄청난 자책감을 느꼈다. 그래서 무지막지한 폭행에도 불구하고 남편에게 루이스를 위한 신탁 자금을 마련해서 생활할 수 있게 해달라고 졸랐다. 제인은 이것으로 아들이 재정적인 부담을 덜고, 안정된 일자리를 찾고, 가족과의 문제에서도 벗어나길 소망했다.

여행에서 돌아와 이 소식을 들은 맥스의 솔직한 심정은 안도에 가까웠다. 마침내 아버지와 어머니가 루이스의 폭력적인 성격을 알게 되었고, 가족을 보호하기 위한 조치를 취한 것이었다.

맥스는 루이스를 딱하게 생각했다. 또한 그를 사랑했기 때문에 도움을 주고 싶었지만, 한편으로는 더 이상 가까이하고 싶지 않은 마음도 있었다.

맥스는 아직도 루이스가 난폭하게 달려들지 모른다는 생각을 하면 섬뜩했다.

제14장

환멸
1978년

　맥스는 안도감을 느끼며 하버드로 돌아왔다. 그는 교수와 동료들이 다큐멘터리 영화에 참여해 인류학을 활용한 것을 칭찬해줄 것이라고 생각했다.

　하지만 자신이 쌓은 전공 외의 경력이 대학 동료들에게 그리 잘 받아들여지지 않는다는 것을 알고 무척 실망했다. 그들의 눈에는 이러한 과학의 대중화가 진지한 학문으로 비쳐지지 않았던 것이다. 그들은 맥스가 받고 있는 인정이 대학원생으로서는 부적절하고 거의 꼴사나운 것이라고 생각했다.

　하지만 맥스의 교수들이 실망을 느낀 것과 마찬가지로 그 역시 하버드에 환멸을 느끼고 있었다.

그는 지루했다. 그래서 좀 더 위대한 도전의 기회를 모색하기 시작했다.

도전할 기회는 오래지 않아 찾아왔다. 아버지가 전화를 걸어 출판사에서 맥스가 필요하다고 한 것이다. 허버트는 퍼펙트 필름에 회사를 매각하려던 일을 포기하고, 그때까지의 모든 제안을 거절했다. 그리고 맥스가 뉴욕으로 이주해 편집 부문을 맡아준다면 파트너에게 손을 떼게 하고 회사를 맥스에게 물려주겠다고 약속했다.

하지만 자신이 결정적인 조치를 취하기 전에 우선 맥스가 뉴욕의 사무실에서 경험을 더 쌓아야 한다고 했다.

맥스는 아버지의 제안을 받아들이고 뉴욕으로 이사했다. 하지만 이내 흥미를 잃었다. 새로운 연애가 곧 진지한 국면으로 접어들었지만, 그것과는 별개로 도시 생활에 매력을 느낄 수 없었고 그 일이 특별히 도전해볼 만한 것이라는 생각도 들지 않았다.

1년이 좀 못 되는 시간 동안 편집 일을 하던 맥스에게 또 다른 다큐멘터리 작품을 구상한 프로덕션에서 함께 작업을 하자는 제안이 들어왔다. 촬영은 12주가 소요되고, 조건도 맥스가 제시할 수 있다고 했다.

맥스는 그 일의 일정에 맞춰 휴가를 냈다.

별것 아니야. 돌아와서 다시 여기 일을 하면 되잖아.

맥스는 이렇게 생각했다.

맥스는 알지 못했지만, 허버트는 맥스가 인도를 비롯한 미지의 장소를 향해 떠나던 날 세 번째로 심장마비를 일으켰다. 이전의 두 번에 비해 좀 더 심각한 발작이었다. 허버트는 가족을 지켜야 한다는 생각에 가장 높은 가격을 제시하는 곳에 회사를 팔아야겠다고 마음을 먹었다. 맥스가 돌아왔을 때는 이미 매각이 끝난 뒤였다.

이로써 난생처음 맥스는 자신의 운명을 스스로 결정할 수 있게 되었다. 그것은 해방이나 마찬가지였다.

그는 아버지가 제안한 3년간의 계약을 파기하고 유명 다큐멘터리 영화 제작사에서 어소시에이트 프로듀서로 일하기 위해 할리우드로 이사했다. 하지만 2주 후, 자신이 또 다른 실수를 저질렀다는 것을 깨달았다.

맥스는 그 일이 싫었다.

어소시에이트 프로듀서는 제작팀의 생산성을 높이고 그들을 만족시키는 역할을 해야 했다. 이는 그들이 코카인을 원한다면 그것조차 구할 수 있게 주선해줘야 한다는 뜻이었다.

맥스는 당장 그 자리를 그만두고 다시 뉴욕으로 돌아왔다. 하지만 자유롭기는커녕 일자리도, 목표도 없는 처지였다.

그는 자신이 가진 옵션을 생각해보았다. 그리고 지금 당장 가장 좋은 대안은 토요일 밤 소호의 허름한 술집에서 포커를 하는 것이라는 결정을 내렸다. 루이스는 아주 어렸을 때 맥스에게 포커를 가르쳤다. 맥스는 이후 다양한 영화 촬영 스텝들과 어울리면서 포커 경험을 쌓았다. 맥스에게는 필요한 모든 카드를 예상하는 재능이 있었다. 필요한 카드를 마음속으로 생각하면 그 카드가 나타나는 것 같았다.

행운인지 그 이상의 무엇인지는 몰라도 맥스는 항상 숫자와 친했다. 어린 시절 말을 할 수 없을 때부터 그의 내면에서는 숫자들이 살아 숨을 쉬었다. 숫자는 그의 게임 상대이자 친구였다.

그런 그가 포커를 잘하는 것은 당연했다.

맥스는 주말 게임을 하기 위해 토요일 자정이 되면 포커 판에 모습을 드러냈다. 판돈은 그리 크지 않았지만 항상 저녁 시간을 즐기러 나온 인근 주민들로 붐볐다. 그들은 맥스의 만만한 상대가 되어주었다. 술을 많이 마신 데다 게임까지 엉성하니 당연했다.

사람들은 즐기기 위해 그 자리에 있었지만 맥스는 돈을 벌기 위해 거기에 있었다.

이른바 '선수'라고 불리는 정규 멤버는 극히 드물었다. 그들은 종종 편을 짜서 교묘한 속임수를 쓰기도 했다. 하지만 맥스는 절대 '선수'들의 게임에는 끼어들지 않았다.

관광객들도 많아서 매 주말 밤마다 200~300달러는 쉽게 벌 수 있었다. 그 정도면 집세와 체육관비, 식비를 해결하는 데 충분했다.

하지만 어떤 충족감을 주는 일도 아니었다. 물론 경력에 도움이 되는 것도 아니었다.

맥스는 갈림길에 서 있었다. 하버드도 그만두었고, 아버지의 출판사도 그만두었고, 심지어 할리우드의 일자리도 그만두었다. 다시금 시작한 연애도 좋지 않게 끝나버렸다.

맥스는 12주간의 영화 프로젝트를 위해 떠나기 직전 티나와 결혼을 약속했었다. 떠나 있는 동안 그는 다마스쿠스에서 아름다운 약혼반지와 웨딩드레스를 만들 수 있는 이국적인 실크 옷감을 사기도 했다.

날짜를 정하거나 정식으로 발표한 것은 아니지만 둘 사이에는 맥스가 돌아오는 즉시 가족들에게 알리자는 합의가 이루어져 있었다.

하지만 불행히도 맥스가 그 프로젝트를 마치고 돌아왔을 때는 결혼에 대한 티나의 마음이 완전히 바뀐 뒤였다. 티나는 어린 시절 받은 성적 학대와 관련된 트라우마에 시달리고 있었는데, 그걸 치료하기 위해 치료사를 만나기 시작했다.

그런데 이 일이 맥스를 큰 충격에 빠뜨렸다.

치료 과정에서, 그 치료사는 티나가 감정을 좀 더 잘 정리할 수 있게 될 때까지 섹스를 금해야 한다고 제안했다. 티나는 그것을 좋은 생각이라고 판단했다. 그러곤 맥스에게 약혼을 하는 것이나 심지어 관계를 계속 갖는 것에서 아무런 의미도 느끼지 못한다고 선언했다.

맥스는 무슨 일이 일어난 것인지 전혀 이해할 수 없었다. 그들은 함께 행복한 시간을 가졌다. 그런데 갑자기 여자가 쌀쌀해졌고, 예전의 모습을 찾아볼 수 없게 된 것이다.

그의 인생에서 마법은 사라졌다. 그것을 어떻게 되돌려야 할지도 알 수 없었다.

맥스는 또다시 심각한 우울증에 빠졌다. 먹는 것도, 면도하는 것도, 심지어 목욕하는 것도 그만두었다. 며칠 동안 내내 잠을 자기도 했다. 그는 완전히 기진맥진했고, 자신이 누구인지 인생에서 무엇을 원하는

지조차 잊어버렸다.

자신이 보기에도 어린 시절 동경했던 기대에 미칠 가능성이 전혀 없는 것 같았다. 그는 아버지에게 실망했고, 그 자신에게도 실망했다.

실의에 빠져 있던 그는 자신의 현재 상황을 반영하는 소설을 쓰기로 마음먹었다. 소설의 제목은 '자살 그 이상(Suicide Plus)'으로 정했다. 그는 공들여서 첫 문장을 썼다.

윈스턴 경은 억제된 비명 소리에 깨어났다…. 그건 자신의 비명 소리였다.

그 소설에서 맥스는 자살에 대한 자신의 생각과 싸우는 일상을 기록했다. 아버지가 물려준 구식 타자기 앞에 앉아 자신의 변덕스러운 감정을 적어나가기 시작했다.

나는 절망의 검은 귀퉁이에 이르렀다. …나는 내가 누구인지, 무엇을 원하는지, 무엇을 할 수 있는지, 어디로 가야 하는지 모른다. …나 자신에게 넌더리가 난다. …희망은 없다. …이 삶을 끝내야 한다. …버리고 싶다.

맥스는 죽음 자체가 전혀 두렵지 않다는 것을 알고 있었다. 1965년 그레이 박사의 병원에서 경험했던 흰빛과 지극히 행복한 상태로 돌아갈 수 있기를 간절히 원했다.

동시에 맥스는 자신이 살아야만 하는 어떤 종류의 숙명을 가지고 있다는 것을 믿었다. 그는 좀 더 수준 높은 힘을 향해 자신의 운명을 되돌리기로 결심하고 이렇게 썼다.

뜻대로 이루어지소서.

그는 자신의 자살 충동에 맞서 싸우며 글을 써나갔다. 맥스가 소설을 끝낸 날, 그의 아파트에서 두 층 위에 사는 이웃이 몸을 던져 목숨을 끊었다. 그것은 맥스가 수도 없이 생각하고 수주일 동안 상상해온 행동이었다. 그런 현실이 그를 아연하게 했다. 자기 소설이 자신의 운명이나 다른 사람의 운명을 붙잡고 있는 것은 아닌지 궁금했다.

루이스가 맥스의 인생에 다시 등장했다.

그가 앞문에 나타났을 때, 맥스는 거의 알아보지 못했다. 냄새나고 더럽고 텁수룩한 수염에 올챙이배를 가진 뚱뚱한 남자가 서 있었기 때문이다.

우스꽝스러웠다.

루이스는 모든 사람, 특히 아버지와 고트리브 해리스가 어떻게 법을 어기고 있는지에 대해 두서없이 지껄였다.

"그들이 얼마나 썩었는지 넌 모를 거야. 그들뿐이 아니야. '모든 사람'이 법을 어기고 있어. '모든' 법을 말이야. 그들은 아마 중력의 법칙까지도 어기려 시작할 거야. 그렇게 되는 날엔 우리 모두 지옥에 가게 되겠지."

루이스는 맥스가 자기를 두둔해주길 바라며 이렇게 단언했다.

하지만 맥스는 형에게서 보이는 지성과 광기의 조합에 미소를 짓는 것 말고는 할 수 있는 일이 없었다. 그리고 그런 형보다 자신의 존재가 그다지 나을 것도 없다는 사실을 깨닫고 몸을 떨었다.

맥스는 루이스에게 근사한 식사를 대접했다. 루이스로서는 아주 오랜만에 먹어본 좋은 음식이었을 것이다. 그러는 동안 맥스는 형의 광기가 폭력으로 분출되지 않기를 바랐다. 그리고 그 바람이 이루어진 것에 크게 안도했다.

식사를 마친 후, 맥스는 형과 포옹을 한 다음 뉴욕 시 외곽에서 중력의 법칙을 어기는 사람들이 좀 더 적고 안전을 지킬 수 있는 조용한 장소를 찾는 것이 좋겠다고 말해주었다.

루이스는 그렇게 떠났다.

맥스는 앞으로 무슨 일이 일어날지 초조했다.

제15장

캘리포니아

1979~1982년

포커를 하며 지내던 나날은 갑작스럽게 종말을 맞았다. 그것은 맥스가 그때까지 경험해보지 못한 심각한 치통과 함께 시작되었다.

고통이 그를 괴롭혔다. 참아보려 했지만 치료를 받아야 한다는 사실을 피할 수 없었다.

치과에 들어선 그는 우연히 고교 동창인 피터 보어와 마주쳤다. 피터는 마침 치과를 나서는 길이었다.

"반갑다, 맥스! 이렇게 만나게 되다니!"

피터는 그의 손을 잡으며 물었다.

"지금도 아버지 회사에서 일해?"

"오랜만이네."

맥스는 고통을 참으며 대답했다.

"아버지는 몇 달 전에 회사를 매각했고, 난 아직 뭘 해야 할지 잘 모르겠어. 해클리 시절에 항상 널 부러워했었는데. 명함 하나 줘. 한 번 만나자."

맥스는 이야기를 하면서 얼굴을 찌푸렸다.

피터는 맥스와 함께 해클리에 입학했지만, 그보다 한 해 먼저 졸업을 했다. 그는 맥스의 첫 학기 자습 시간을 맡은 반장이었고, 그 학년 회장에 졸업생 대표를 맡기도 했다. 또한 학교에서 제일가는 운동선수 중 한 명이기도 했다.

"그럼, 그럼, 여기 내 명함."

피터는 열정적으로 말했다.

"내가 최근에 CRM 필름의 영업 부문을 맡았거든. 전화 한 번 줘. 점심도 하고 밀린 얘기도 해야지."

맥스는 2주 후에 전화를 했다. 그리고 트라이베카의 우아한 레스토랑에서 피터를 만났다.

맥스는 피터에게 자신이 참여했던 영화에 대해 이야기했고, 식사가 끝나기 전에 피터는 CRM 필름의 웨스트코스트 지부를 책임지는 어소시에이트 프로듀서 자리를 제안했다.

"아버지가 CEO셔. 우리는 다큐멘터리 영화에 정통하고 경영 재능을 가진 사람을 찾고 있었어."

피터가 말했다.

"믿기지가 않는다. 우리 만남이 서로에게 이렇게 큰 행운으로 연결되다니."

"다큐멘터리 영화에 대해서라면 잘 알지. 내 전문 분야야."

"아무렴."

피터가 말했다.

남은 몇 가지 일을 마무리한 맥스는 곧 캘리포니아 델마로 거처를 옮겨 CRM에서 자신이 맡은 지부를 경영하며 완전한 자유를 누릴 수 있었다. 날씨마저 거의 완벽에 가까웠다. 델마는 빙 크로스비(Bing Crosby: 미국의 가수이자 영화배우 – 편집자) 같은 사람들을 통해 유명해진 경마의 본거지로 샌디에이고 북쪽에 있는 작은 자치구였다.

매년 경마 시즌이 되면 마을이 두 배는 붐볐다.

그곳에 있는 집들은 가격이 비싼 편이었지만, 맥스의 수입으로도 충분히 감당할 수 있었다.

더욱 중요한 것은 새 일자리가 재미있고, 아주 오랜만에 처음으로 생산적이라는 느낌을 받았다는 사실이었다. 지부에는 맥스와 관리 비서를 함께 쓰는 영업부장이 따로 있었다. 매일 아침, 20~30개의 새 영화 대본이 그를 기다렸다. 그것을 다 읽는 데는 한 시간이면 충분했다. 그리고 창의적이거나 상업적 잠재력이 있다고 판단되는 10~12개의 대본을 선택하면 되었다.

맥스는 자신이 선택한 대본을 들고 복도를 가로질러 영업부장의 방으로 갔다. CRM의 분위기는 대단히 느슨해서 회의 계획이 따로 정해져 있지 않았다.

"프랭크, 시간 좀 있어요?"

맥스는 우선 자신이 고른 대본에 대해 설명하고 기본적인 질문을 하곤 했다.

"만약 이게 이 주제를 다루는 최선의 영화라면 첫 배급으로 얼마나 나갈 수 있을까요?"

창의적인 일을 하는 분야에 몸담고 있기는 했지만, 그렇다 해도 판매는 가장 중요한 고려 사항이었다.

대부분의 경우 대답은 이랬다.

"많지는 않을 것 같아요."

이따금 "안 팔리겠는데요."라는 대답이 나올 때도 있었다. 이런 경우 그 대본들은 두 번 다시 주목을 받지 못했다.

가끔, 그러니까 1주일에 한두 번은 다른 대답이 나왔다.

"만 장 정도 배포할 수 있겠는데요."

그런 경우, 그 프로젝트에 적절한 배역과 스텝을 투입하고 콘셉트가 아주 좋다면, 아니 적어도 좋은 편집을 통해 어지간한 작품이 될 수 있다고 판단되면 저작권을 구입했다.

이런 과정은 길어야 정오면 끝나는 것이 보통이었다. 때문에 맥스는 하루 중 대부분을 해변을 거닐고 목욕을 즐기거나 남부 캘리포니아의 다른 명소를 찾아다니며 보낼 수 있었다.

그리고 얼마 지나지 않아 완전히 넋을 잃게 만드는 여자를 만나게 되었다. 몇 주는 몇 달이 되었다. 결혼을 허락할 때까지 열성적으로 그녀를 쫓아다녔다. 이로써 맥스는 그의 삶 속에서 자신이 그릴 수 있는 모든 것을 얻었다.

맥스는 능력 있고 성공한 남자였다. 언론으로부터도 주목을 받기 시작했다. 〈샌디에이고 트리뷴〉과 〈샌디에이고 매거진〉에 사진과 함께 두 페이지에 걸친 기사가 실리기도 했다.

헤드라인은 '유망한 젊은 프로듀서, 샌디에이고에 오다'였다. 샌디에이고는 군사기지와 약간의 농경지가 있는 조용한 도시였다. 때문에 주민들은 북쪽의 대도시 사람들을 싫어했다. 사정이 이렇다보니 사람들은 흠잡을 거리가 생기면 그 기회를 놓치지 않았다. 맥스의 명성에도 대가가 따랐다.

동료들이 그가 받는 관심을 시기하게 된 것이다.

CRM에는 여러 부서가 있었다. 그중 총무부의 책임자인 빌 배틀리는 경쟁심이 강한 사람이었다. 맥스가 OPEC와 원유 파동에 대한 영화를 만드는 과정에서 우연히 자기 상사의 영역을 침범하는 일이 생기자 배틀리는 유난히 화를 냈다.

배틀리는 피터의 아버지가 은퇴하면 CEO 자리에 오르기를 내심 바라고 있었다. 그런데 갑자기 굴러온 이 맥스라는 애송이가 언론의 관심을 지나치게 많이 받고, 올드 보어라고도 알려진 '회장'과 사적으로 저녁 식사를 했다.

그러던 중 신문에 맥스가 관례를 깨고 명망 있는 경제학자 밀턴 프리드먼을 설득해 CRM에서 가장 높은 수익을 내는 작품 '선택에 따른 자유'를 출시했다는 기사가 났다.

기자는 맥스의 환심을 사려는 생각에서 이 기사를 냈지만, CRM이 그 영화를 제작할 수 있었던 것은 오로지 올드 보어와 프리드먼 박사의 개인적인 친분 때문이었다.

배틀리는 그 기회를 놓치지 않았다. 그는 회장에게 맥스에 대한 너덧 가지 다른 기사와 함께 그 기사를 보내며 짤막한 메모를 덧붙였다.

이 자료를 검토해보시면 좋을 듯합니다.

맥스는 해고되었다. 윌리엄 보어가 전화로 메시지를 남겼다.

옛날 같았으면 자네를 사자 우리에라도 집어넣겠지만 문명사회에 살고 있으니 자네 계급장을 떼는 것밖에는 할 수가 없네. 연말까지 봉급은 지급될 걸세. 하지만 자네는 오늘 근무 시간이 끝나기 전에 짐을 꾸려 나가도록 하게.

맥스는 충격에 빠졌다.

그는 잘못한 것이 없었다. 회사를 위해 일한 18개월 동안 30개 이상의 작품에 참여했다.

업계의 동료들은 부당 해고로 CRM을 고발하라고 조언했지만 그것은 맥스의 스타일이 아니었다.

일이 꼬이려다보니 해고를 당하기 전날, 약혼녀가 파혼을 선언했다. 맥스는 만신창이가 되었다. 갑작스러운 파혼 통보로 망연자실한 나머지 해고를 당한다는 것이 자신에게 어떤 의미인지조차 생각할 여유가 없었다.

며칠 후, 이번 일에 대해 곰곰이 생각하던 맥스는 자신이 누군가 다른 사람을 위해 일하는 것을 원치 않는다는 사실을 깨달았다. CRM에서와 같이 좋은 조건일 때조차 그랬다.

그는 온전히 자신만의 결정에 따라 사는 삶을 원했다.

맥스의 생각대로라면, 이제 다시 자신의 운명을 개척할 자유를 얻은 것이었다.

맥스는 돈이 없었기 때문에 소규모로 시작해야 했다.

그는 제인 폰다 에어로빅 스타일의 '실용' 비디오를 제작하기 위해 지역의 케이블 텔레비전 장비를 사용하기로 결정했다. 이로써 맥스의 '맥시멈(MAXimum) 프로덕션'이 탄생되었다.

곧이어 그 지역 헬스클럽인 '델마 워크아웃'의 창설자와 제휴하기로 계약을 맺었다. 그는 '델마 워크아웃'이 기억하기 좋고 부르기 쉬운 이름이라고 생각했다. 게다가 제인 폰다식의 스타일이 소비되는 시장에 꼭 맞는 이름이기도 했다.

가장 큰 문제는 자신에게 제인 폰다나 그에 준하는 유명 인사를 섭외할 여력이 없다는 것이었다. '델마 워크아웃'과 손을 잡게 된 이유도 바로 그 때문이었다. 한 배급 업체에 편집되기 전의 필름을 보여주자

비관적인 반응을 보이며 시험 삼아 500장을 받겠다고 했다

맥스로서는 최소 5000장은 주문을 받아야 간신히 적자를 면할 수 있었다. 500장이면 테이프 하나당 2달러를 손해 보고, 다른 작품을 만들 수 있는 자금도 확보하지 못할 상황이었다. 맥시멈 프로덕션은 시작도 해보지 못하고 문을 닫을 처지였다.

어떻게 해야 할지 고민하고 있는데 평소 알고 지내던 앤디 케이에게서 전화가 왔다. 그가 맥스의 흥미를 돋우는 새로운 아이디어를 제안했다.

"맥스, 언젠가 저녁을 먹다 아버지의 출판사에서 일한 경험 덕분에 입시 준비 코스에 대해서 좀 안다고 말한 적이 있었지?"

맥스는 그가 무슨 말을 하려는 건지 몰랐지만 귀가 솔깃했다.

"그래, 맞아. 왜 무슨 일이라도 있어?"

"내가 여기 '논리니어 시스템'에서 진행하는 프로젝트가 '가정교사 컴퓨터'라는 장치를 개발하는 것이잖아. 학생들의 어휘 실력을 배양하기 위해 고안된 장치 말이야. 난 오래전부터 존슨 오코너(비즈니스 세계에서 성공하는 키워드는 풍부한 어휘력이라고 주장한 인간공학의 권위자 – 편집자)의 팬이야. 어휘 실력을 향상시키는 게 누구에게나 가장 중요한 교육 목표라고 믿는다고. 자네가 비상근 사외 컨설턴트로 이 프로젝트를 좀 도와줄 수 있겠어?"

앤디는 간절한 어투로 부탁했다.

"물론이지."

맥스는 흔쾌히 대답하고 이렇게 덧붙였다.

"당장이라도 시작할 수 있어."

또다시 어떤 적시성이 자신에게 이상적인 기회를 제공하는 듯했다. 그 어느 때보다 가장 일이 필요한 바로 그 순간에 말이다.

맥스는 프로젝트 디렉터와 마케팅 매니저 역할을 맡기로 하고, 그 대가로 향후 판매액에서 일정 부분의 인센티브를 받기로 했다. 그들은 즉시 작업에 착수했고, 일은 빠른 속도로 진행되었다.

'가정교사 컴퓨터' 프로젝트에 착수한 지 2개월이 지날 무렵, '논리니어 시스템'의 한 엔지니어가 '케이프로'라고 알려진 컴퓨터를 개발했다.

이 제품은 출시되자마자 오스본에 이어 두 번째로 인기 있는 컴퓨터가 되었고, 곧이어 그것을 능가하는 매출을 올리게 되었다.

'가정교사 컴퓨터' 프로젝트는 계속되었지만 더 이상 우선적인 일은 아니었다. 케이프로가 약진하면서 앤디의 작은 회사는 연매출이 200만 달러에서 2억 5000만 달러로 치솟았다.

갑자기 10여 명의 테크니컬 라이터(컴퓨터와 관련된 기술적인 글을 쓰는 전문 작가-편집자)가 직원으로 채용되었다. 작가들은 맥스의 배경과 인맥에 대해 알고는 그에게 '실용적인' 교육 비디오를 만드는 데 도움을 달라고 청했다.

하루아침에 신생 맥시멈 프로덕션은 세상에서 가장 뛰어난 재능을 가진 사람들이 출연하는 컴퓨터 교육 비디오를 통해 비약적인 발전을 이루었다. 맥스는 기술과 첨단 분야의 발전에 호기심을 느꼈다. 그 자신은 기술 지향적인 사람이 아니었지만, 곧 어떤 제품이 대중에게 사랑을 받는지 터득했다. CMP나 DOS, 워드퍼펙트(WordPerfect)나 로터스(Lotus)조차 모르는 컴퓨터 교육 분야에서 맥스는 이내 기술 전문가로 통하게 되었다.

골프를 하거나 예쁜 여자를 만나고, 캘리포니아식 라이프스타일을 즐기는 것 외에 다른 무언가를 하겠다는 야망이나 '진짜 영화'를 제작하겠다는 야심은 이내 사라졌다.

열두 명의 이름이 더 이상 나타나지 않은 채 몇 년이 흘러갔다. 마리아와 유츠키, B. N. 마하르스, 요코라는 이름이 꿈결같이 느껴졌다.

있을 것 같지 않은 이름, '달리는 곰'을 빼면 나머지 이름은 임사 체험에서 나온 환영에 불과하다고 쉽게 무시할 수 있는 것들이었다.

하지만 그 이름들은 하나씩 맥스 앞에 나타났고, 더 이상 그들을 무시할 수는 없었다. 그렇다고 설명할 수 있는 것도 아니었지만 말이다.

그런데… '달리는 곰'이란 뭘까?

이상하긴 하지만, 분명 뭔가를 뜻하는 이름일 텐데.

맥스는 몇 달에 한 번씩 루이스의 소식을 들었다. 보통은 부모님이 전해준 것으로, 루이스가 사고를 저질러 정신 병원에 감호되었다가 규정된 30일을 채우고 석방되었다는 이야기였다.

형은 병원에 있을 때는 의사들이 처방한 약을 먹다가 석방되자마자 복용을 그만두는 게 분명했다.

한 번은 형이 짧은 감호로 이어진 사건을 일으킨 후 캘리포니아에 나타난 적이 있었다. 그는 여전히 냄새나고, 더럽고, 두서없이 큰 소리로 지껄였다. 맥스는 안쓰러워서 메리어트 호텔에 방을 잡아 하룻밤 잘 쉬고 씻을 수 있게 해주었다.

다음 날, 점심을 먹기 위해 그곳에서 형을 만난 맥스는 하룻밤을 더 묵을 수 있게 해주겠노라고 했다.

"아냐, 호텔은 너무 비싸."

루이스는 극구 반대했다.

"호텔에는 있고 싶지 않아. 주차장에 차를 대고 거기서 자면 돈을 절약할 수 있다고."

맥스는 어이가 없었다.

"하지만 내 돈이야. 그 정도는 해줄 수 있어."

맥스가 말을 잇기 전에 루이스가 가로막았다.

"아냐! 난 내 돈을 절약하고 싶어. 차에서 자도 돼."

두 사람은 이튿날 저녁을 함께 먹기로 하고 헤어졌다.

하지만 다음 날 오후 메리어트 호텔 주차장에서 루이스를 찾았지만 보이지 않았다. 물론 호텔방에도 없었다.

몇 시간 후 저녁을 먹기 위해 만난 자리에서 맥스는 루이스에게 어디서 잠을 잤느냐고 물었다.

"저 아래쪽에 '모텔 6(미국의 모텔 체인 업체 – 편집자)'가 하나 있더라고. 그래서 거기다 차를 주차하고 잤지. 메리어트는 너무 비싸."

"하지만 메리어트 주차장은 무료야. 다를 게 없잖아."

"넌 돈에 대해서 아무것도 몰라."

루이스는 고집을 부렸다. 목소리에서 맥스가 좋아하지 않는 분위기가 느껴졌다.

"메리어트는 너무 비싸. 내가 절약한 돈이면 우린 좋은 저녁을 먹을 수 있다고."

맥스는 더 이상 따지지 않기로 하고 조용히 식사를 했다.

얻어맞고 지냈던 어린 시절의 기억에도 불구하고 슬픔이 복받치는 것은 어쩔 수 없었다. 식사를 하면서, 맥스는 한 가지 해결책을 생각해냈다. 그는 루이스를 치료해줄 정신과 의사를 찾아보겠다고 했다. 그리고 의사가 형이 약을 먹고 있는지 매주 확인하는 것을 조건으로 루이스가 부모님에게서 받고 있는 이상의 생활비를 매달 지급하겠다고 제안했다.

루이스는 그 제안에 동의했고, 이내 치료가 시작되었다. 얼마 후 지독한 도박에 빠진 그는 델마 경마장의 단골 고객이 되었다. 루이스 역시 도박에 소질이 있었다. 항상 돈을 따게 되자 맥스로부터 돈을 받을 필요도 없었다.

2개월 후, 루이스는 정신과 치료를 끝냈다. 하지만 계속해서 먹어야 할 약을 복용하는 것도 그만두었다. 도프 가문의 다른 사람들처럼 그 또한 먹는 것이 가장 큰 낙이었는데, 약물이 위를 상하게 해서 음식 맛을 느낄 수 없다고 했다. 덧붙여 무력감 때문에 활기도 떨어진다고 둘러댔다.

맥스는 약을 다시 먹지 않으면 생활비를 끊겠다고 경고했다. 하지만 루이스가 이미 새로운 소득원을 발견한 터라 그런 위협은 별다른 효과를 보지 못했다.

　루이스는 오히려 맥스의 불법 행위를 지적하는 긴 편지를 쓰는 것으로 응수했다. 그러곤 맥스를 국세청과 FBI에 고발하겠다고 했다.

　그런 일이 있은 직후, 루이스는 감쪽같이 사라졌다. 한동안 맥스는 형의 행방을 알지 못했다. 그리고 여기저기 알아본 끝에 루이스가 여름은 미시간에서 보내고 겨울은 테네시와 플로리다에서 보내는 방랑 생활을 하고 있다는 풍문을 들었다. 루이스는 샤워를 해야 할 때나 침대가 필요할 때만 방을 빌렸다. 하지만 대부분은 '모텔 6'의 주차장이나 경마장을 야영지 삼아 자기 차에서 지냈다.

　맥스의 어머니가 암 진단을 받은 것은 맥스와 루이스가 다시 만난 직후였다. 암세포는 왼쪽 뇌에 자리 잡고 있었다. 자동차 사고를 당했을 때 외상이 가장 심각했던 바로 그 부위였다.

　제인은 거의 2년 동안 방사선 치료와 화학 요법을 견뎌냈다. 하지만 이내 말도 못하고 움직일 수도 없게 되었다. 마지막으로 그린위치를 찾은 맥스에게 어머니는 짧은 메모를 건넸다.

　나는 빛 속으로 들어갈 준비가 되었단다.

　그리고 이틀 만에 숨을 거두었다.

　맥스는 아버지를 도와 어머니의 장례식과 추도회를 준비했다. 루이스는 초대를 받지도, 그렇다고 참석이 금지되지도 않았다. 하지만 허버트는 아내가 큰아들의 기이한 행동 때문에 생긴 지속적인 두통으로 인해 암에 걸린 것이라고 생각했다.

어찌되었든 맥스나 허버트 모두 루이스와 연락할 방법이 없어 그를 장례식에 초대할 수 없었다. 그들이 원했다 해도 말이다. 심지어 어머니의 부음조차 알릴 수 없었다.

제16장

그레이스

1979~1984년

영화계에서 맥스의 경력이 롤러코스터와 같은 양상으로 펼쳐지는 가운데 연애사 역시 비슷하게 극적이고 예측할 수 없게 펼쳐졌다.

그레이스 브래들리는 샌디에이고로 이주한 후 맥스가 처음으로 만난 여자였다. 두 사람은 델마의 '시포인트 빌리지' 콘도미니엄에 있는 '입주자 전용' 수영장에서 만났다. 수영장을 오가며 몸을 부딪치기도 했던 그녀가 풀 밖으로 나오는 순간 맥스는 자신이 사랑에 빠졌다는 것을 깨달았다. 금발인 그녀는 그가 본 중 여자 중에서 각선미가 가장 아름다웠다. 그야말로 완벽의 극치로 보였다.

맥스는 그녀 뒤를 따라 자쿠지로 들어갔다.

그녀가 세상에 걱정거리 하나 없는 듯한 눈웃음을 지으며 말했다.

"내가 당신이 만난 여자 중에서 수영 실력이 가장 엉망인가요? 아니면 고의로 나한테 부딪친 건가요?"

맥스는 그 목소리가 어떤 음악보다도 달콤했다.

"모르긴 해도 자극을 받은 거겠죠."

맥스는 미소를 지으며 대답했다.

"어쨌든 당신과 부딪친 게 저로선 퍽 행운입니다. 내가 지금까지 만나본 여자 중에서 가장 아름답거든요."

이 말에 그녀가 더욱 활짝 웃자, 그는 완전히 넋을 잃었다.

"손에 반지가 없네요. 그렇다면 싱글이란 뜻으로 받아들여도 될까요?"

"네, 싱글이에요. 하지만 너무 멀리 가진 마세요. 얼마 전에 이혼을 했고, 최소한 6개월 동안은 남자하고 데이트하지 않겠다고 다짐했거든요."

그녀의 눈이 태양 아래에서 보석처럼 빛났다.

"데이트는 필요 없습니다. 친구가 되었으면 좋겠다고 생각하고 있었거든요. 어제 이쪽으로 이사를 와서 시포인트에 아는 사람이 전혀 없습니다."

"전 친구가 굉장히 많아요. 제가 기꺼이 당신의 환영위원회 회장이 되어드리죠."

그녀가 유쾌하게 대답했다.

"아이오와에 계신 엄마가 어렸을 때 저를 여성청년연맹에 가입시키

섰거든요. 이곳 캘리포니아 사람들은 모두 그쪽으로는 신경을 별로 쓰지 않는 것 같지만, 저는 아직 사회적 책임을 중요하게 생각해요. 사람들한테 당신을 소개시켜줄게요. 한두 주일이면 제가 여기 시포인트에 사는 수많은 미인 중 한 명에 불과하다는 걸 알게 될 거예요."

서른세 살의 맥스는 당시 대부분의 20대 여자들이 첫 데이트 때 상대방과 섹스하는 것을 아무렇지도 않게 생각하던 시대에 샌디에이고에서 독신으로 살아가는 자유를 즐기고 있었다. 이렇게 그레이스를 만나기 전에도 그는 영화 축제나 캘리포니아의 새로운 친구들을 통해 만난 많은 매력적인 아가씨들과 사귀었다.

하지만 그레이스의 말은 옳지 않았다. 적어도 맥스에게는 그랬다. 6개월이 지난 후에도 그레이스는 수많은 미인을 훨씬 능가하는 여자였다. 그녀는 맥스와 결혼할 운명의 여자였다.

9개월의 데이트를 한 끝에 맥스는 프러포즈를 했고, 그레이스는 그 프러포즈를 받아들였다.

그녀는 여전히 맥스의 이상형이었다. 그녀와 함께 있을 때 그의 얼굴은 행복으로 빛났다. 이 완벽한 짝을 맞게 된 것이 현실인지를 확인하기 위해 볼을 꼬집어볼 정도였다.

그레이스는 해럴드 헨더슨이라는 남자가 캘리포니아에서 시작한 뉴에이지 명상법, 즉 '겟 리얼(Get Real)'에 큰 관심을 가지고 있었다. 맥스에게는 그것이 이상해 보였지만 그레이스가 너무 행복해해서 그리 문제 삼지 않았다.

그럼에도 맥스는 해럴드의 능력에 감탄하지 않을 수 없었다. 비록 그에게 호감을 깃지는 않았지만, 명상을 가르침으로써 사람들로 하여금 자기 자신을 동경하게끔 하는 재주가 있는 것 같았다.

사람들은 명상 강좌에 큰돈을 지불했고, 해럴드는 자신이 원하는 많은 여자와 잠자리를 같이했다. 얼핏 60대로 보였지만 그는 자신이 백살이 넘었으며, 명상 기법이 자신에게 영원한 젊음을 주었다는 소문을 퍼뜨렸다. 그리고 자신의 '기'를 유지하기 위해 젊은 여자와 잠자리를 같이해야 한다고 주장했다.

대부분의 젊은 제자들은 그가 젊음을 유지하도록 돕는 데 선택받는 것을 영광으로 여겼다.

아이오와 출신인 그레이스는 보수적인 편이었다. 때문에 명상을 공부하기는 했지만 해럴드와 잠자리를 하지 않았고 그렇게 할 생각도 없다고 했다. 결혼을 통한 섹스만이 옳다고 단호하게 말했다. 하지만 그녀가 '겟 리얼' 명상에 강한 믿음을 갖고 있다는 것만은 부정할 수 없는 사실이었다.

그레이스는 해럴드가 놓은 마법의 덫에 걸린 것이 분명했다.

해럴드는 그레이스가 맥스와 결혼을 약속했다는 사실을 알고 그녀에게 '겟 리얼' 수행자 한 사람을 만나보라고 권유했다.

해럴드는 그레이스에게 '3단계' 학생인 스티븐을 소개했다. 9년 동안 명상을 해온 그레이스는 '4단계'에 있었다. 때문에 스티븐에게 많은 것을 가르칠 수 있고, 그렇게 함으로써 그녀 자신도 더 높은 경지에 올라설 수 있다고 해럴드는 말했다.

스티븐은 백만장자인 부동산 개발업자였다. 당시 맥스는 어소시에이트 프로듀서로 1년에 4만 달러를 벌고 있었으니 그와 경쟁이 되지 않았다.

그레이스는 맥스에게 반지를 돌려주었다. 그리고 3개월 후, 스티븐과 약혼했다. 맥스가 할 수 있는 일은 아무것도 없었다.

그는 좌절했다. 그리고 그레이스가 파혼을 선언한 다음 날, CRM에서도 해고를 당했다.

그레이스를 잃은 그는 제정신이 아니었다. 되돌릴 수 없는 상황이었음에도 불구하고 오랫동안 그녀와 재결합할 수 있다는 희망을 포기하지 못했다.

하지만 오래지 않아 '맥시멈 프로덕션'을 설립했고, 일 이외는 다른 것을 생각할 시간이 없었다. 그리고 일을 하면서 지적, 감정적 적시성이 나타난 것이 얼핏 불행처럼 보였지만 실은 행운이었다. 그러나 극적인 드라마의 한가운데 있는 맥스 자신은 그것을 깨닫지 못했다.

그가 전체적인 상황을 파악하기 시작한 것은 무려 10년이 흐른 뒤였다.

제17장

다시 그레이스에게

1994년

맥스는 그레이스의 친한 친구 중 한 명인 메그 퍼킨스로부터 전화를 받았다.

맥스는 그동안 그레이스나 '겟 리얼' 그룹과는 아무런 연락도 하지 않고 지냈다. 하지만 시간이 많이 흘렀기 때문에 만나자는 메그의 청을 받아들였다. 메그는 영화배우였다.

그녀가 로스앤젤레스에서 그를 찾아온 것은 영화에 대한 맥스의 조언을 듣고, 자신이 구상 중인 일에 대해 이야기를 나누기 위해서였다. 맥스는 그녀의 구상이 좋기는 하지만 자신이 다루는 분야는 아니라고 정중하게 말했다.

그때 문득 어떤 생각이 떠올랐다.

"그레이스는 별일 없이 잘 지내고 있습니까?"

무심한 듯 물었지만, 순간 맥스는 상처가 아직 다 치유되지 않았다는 것을 깨달았다.

"다른 곳으로 이사했다는 얘기는 들었습니다만, 아직 스티븐과 함께 사나요?"

"아뇨"

메그는 크게 고개를 저으며 대답했다.

"그 결혼은 3개월밖에 가지 않았어요. 지금 포틀랜드에서 부동산 사업을 하고 있죠. 다음 주에 사업 관계로 이곳에 올 거예요. 당신이 시간만 내준다면 만나고 싶어 할 게 분명해요."

맥스는 메그의 말에 자신이 어떤 느낌을 받았는지 확신할 수 없었다. 하지만 호기심이 이성을 눌렀다. 그녀를 만나보고 싶다고 했다. 메그는 둘의 만남을 주선하겠다고 약속했다.

이틀 후, 맥스는 맥시멈 빌딩의 2층 사무실에서 바다를 내다보며 의자에 앉아 이런저런 생각에 잠겨 있었다. 그가 이 빌딩을 사들인 것은 오로지 경치 때문이었다. 일을 하면서 서퍼와 돌고래, 철따라 이동하는 고래 등 마음을 끄는 해변의 풍경을 바라보는 게 즐거웠다.

그때 뒤에서 한 여자가 손으로 그의 눈을 가렸다. 맥스는 깜짝 놀라 공상에서 깨어났다.

그레이스였다. 목소리를 듣지 않고도 알 수 있었다.

맥스는 그녀의 에너지를 느낄 수 있었다. 그녀의 손을 치우자 웃음소리가 들렸다. 뒤로 돌아선 맥스는 그녀의 모습에 놀라지 않을 수 없었다. 이미 40대가 다 되었지만 10년 동안 전혀 나이를 먹지 않은 것 같았다.

그 망할 '겟 리얼'이 효과는 있나보군. 맥스는 이렇게 생각했지만 그 말을 입 밖에 내지는 않았다.

잠깐 이야기를 나누는 시간이 맥스에게는 임사 체험과 아주 흡사하게 느껴졌다. 대화의 절반은 분명 자신이 이어가고 있었다. 하지만 마치 그런 자신을 또 다른 자신이 멀리서 지켜보는 듯한 느낌이었다. 그는 밖으로 나가 식사를 하자고 말했다.

3개월 만에 그레이스와 맥스는 다시 약혼을 했고, 이번에는 결혼으로 이어졌다.

맥스는 친한 친구와 동료 100명을 캐리비안의 아루바로 초대해 골프와 보트놀이, 전통적인 피로연이 포함된 3일간의 결혼식을 올렸다. 턱시도를 입은 손님들은 결혼식을 위해 통째로 빌린 브리켈 베이 호텔에서 악단의 연주에 맞추어 춤을 추었다.

그레이스는 사전에 철저히 준비를 했고, 섬의 여러 전통적 요소를 행사에 가미했다. 그녀가 가진 뛰어난 미적 감각은 맥스의 금전적 능력과 맞물려 모든 사람의 기대를 충족시키는 결혼식을 이루어냈다. … 하지만 한 가지만은 달랐다.

결혼식 전에도 맥스는 자신이 실수를 하고 있다는 느낌을 받았다. 사실 그는 결혼하기로 마음먹기 전에 여러 친구들, 심지어 심리학자와 주례를 맡아주기로 한 목사와도 진지하게 의논을 했다. 그들은 하나같이 그레이스와 결혼하지 말라고 조언했다. 하지만 또 한 번 감정이 이성을 눌렀다.

맥스는 호탕하게 들리도록 애쓰면서 그들에게 말했다.

"잘되지 않으면, 이혼할 수도 있지 뭐."

맥스는 자신의 마음속에 10년이라는 세월 동안 간직했던 이 아름다운 여자와 마침내 결혼하게 됐다는 낭만적인 상황에 사로잡혀 있었다. 그리고 그녀를 인류에 대한 사랑과 세기의 영적 지도자들과 지성인들이 화합하는 공동체를 만들겠다는 소망을 공유한 대단히 정신적인 인생의 동반자로 생각했다.

맥스는 이 결혼이 자신의 삶에 목적을 부여할 것이라고 확신했다.

제18장

티베트의 기적

1996년

결혼식을 하고 두 번째 여름이 왔다. 하지만 결혼의 행복은 이미 흔들리고 있었다.

캘리포니아로 돌아온 때부터 그레이스는 그곳이 자신이 원하는 곳이 아니라고 분명히 못 박았다. 그녀는 자신이 꿈꾸는 집은 버지니아에 있다면서 맥스에게 끊임없이 이사하자는 압력을 넣었다. 하지만 맥시멈 프로덕션의 기반은 캘리포니아에 있었고, 그녀가 익숙해진 생활 방식을 유지하게끔 해주는 것은 맥스의 회사였다.

명상 강습 활동을 계속하고는 있었지만, 그녀는 맥스가 아는 한 가장 이기적인 사람이었다. 맥스의 일과 경력이나 그가 좋아하는 일에는 눈곱만큼도 관심이 없었다.

맥스가 열두 명에 대한 이야기를 하려 하면 그녀는 대단히 중요한, 혹은 그런 척하는 일에 관심을 보이곤 했다. 그리고 나중에 그 이야기를 다시 꺼내면 맥스가 무슨 이야기를 하는지 전혀 알지 못했다.

그녀는 와이오밍 주에 있는 잭슨홀에 가기로 결정했다. 세계 유일의 푸른 눈 티베트 여승이 있는 수행자 마을에서 열리는 수련회에 참석하기 위해서였다. 아가타 원라이트라는 그 여승은 19세에 티베트로 가서 출가했다. 몇 년 후, 그녀는 독신 생활이 자신에게 맞지 않는다는 것을 깨닫고 마음이 맞는 영적 동반자를 찾아 결혼해 네 명의 자녀를 두었다. 그리고 지금은 자녀 모두가 티베트 불교 수행을 계속하고 있었다.

그녀는 돈을 많이 모아 잭슨홀 외곽에 있는 5000평의 부지를 사들이고 정신 수련을 하는 사람들을 위한 기도원인 '만달라 만달라'를 세웠는데, 그곳에서 티베트의 고승이 8월 말에 특별 강연을 할 것이라는 연락이 온 것이다. 그 승려의 키는 188센티미터로 일반적인 티베트 사람에 비해 30센티미터는 크다고 했다. 또한 신비한 능력을 가지고 있고 손으로 돌도 뚫을 수 있다는 소문이 떠돌았다.

그레이스가 간절히 만나기를 바라는 부류의 영적 스승이었던 터라 그녀는 곧 참가 신청을 했다. 맥스에게도 참여를 권했지만 그는 거절했다.

그녀는 수련회에 참석하라는 잔소리를 더 이상 하고 싶지는 않다고 말하면서, 그 대신 맥스에게 《족첸 명상》이라는 제목의 작은 푸른색

책을 건넸다. 족첸(Dzogchen)은 티베트 말로 '위대한 완성'이라는 뜻이다. 맥스는 그 책을 펴고 첫 문장을 읽었다.

명상의 목적은 명상을 하지 않는 것입니다.

"어이, 이거 좋은 변화군."

맥스는 비꼬며 말했다.

"이 책을 읽어봐야겠어."

하지만 그레이스는 굽히지 않았다.

"수련회에 함께 간다면 명상에 대해 완전히 다른 생각을 하게 될 거예요."

맥스는 아내의 말을 믿지 않았지만 그녀를 기쁘게 해주고, 자신이 새로운 분야를 배우는 데 열성적이지는 않더라도 편견이 없다는 것을 보여주고 싶었다.

그래서 입회비를 내고, 얼마 후 그레이스와 함께 '명상이 아닌 상태로 안내한다'는 명상을 배우기 위해 잭슨홀로 향했다. 그레이스는 '명상을 하지 않는 것'의 본질적인 목적은 항상, 의식적인 순간이나 무의식적인 순간 모두 명상을 하는 것, 즉 불자들이 말하는 전념(mindfulness)이라고 설명하려 애썼다.

그러다 결국 포기했지만 여전히 그레이스는 희열에 넘쳤다.

"당신이 함께 와줘서 기뻐요. 이 수련회를 좋아하게 될 거예요."

와이오밍에 도착한 그들은 공항에서 차를 렌트해 기도원으로 갔다.

덥고 먼지가 많은 데다 마지막 5킬로미터는 울퉁불퉁한 비포장 도로여서 고급차를 탄 그들에게도 힘겹기만 했다.

맥스는 숙소에 대해서는 그다지 신경 쓰지 않고, 그저 전원풍의 소박한 곳일 것이라고만 생각하고 있었다. 하지만 기도원에 도착해 캠프장을 가리키는 표지판을 보고서야 현실을 인식했다.

맥스는 야영 체질이 아니었다. 평생 한 번도 텐트를 세워본 적이 없었다. 그들이 도착한 때는 거의 7시였다.

금세 어둠이 깔리기 시작했다. 그레이스가 가져온 플래시 불빛을 제외하고는 아무런 조명도 없었다.

아무래도 그곳 전체에 전기가 들어오지 않는 모양이었다.

그레이스는 담담하게 야영할 장소를 물색한 다음 맥스에게 적당한 방법으로 텐트를 세우라고 말했다.

한 시간 후, 두 사람은 불만과 짜증으로 가득 찬 채 다른 사람들과 함께 명상 수업이 진행되는 본관 건물로 들어갔다. 명상 수업이 바로 시작될 예정이었다. 베개를 하나씩 받아든 맥스와 그레이스는 사람들을 따라가라는 이야기를 들었다.

맥스에겐 다행스럽게도 15분간의 짧은 명상 시범이 있었다. 방 안의 사람들은 모두 5년 이상 명상을 해온 경험자들이었다. 세션이 끝나자, 모두에게 자신을 소개하고 수련회를 통해 달성하고자 하는 목표를 발표하는 시간이 주어졌다.

대부분의 명상가들은 자신들의 수행을 다음 단계로 끌어올리려는 바람을 갖고 있었다. 또한 자신들이 열반 혹은 최소한 육체, 감각, 평범한 인간 활동과 관련된 생각에 집착하지 않는 경지, 즉 그들이 부르는 '삼매(三昧)'에 가까워졌다고 느끼는 듯했다.

마지막으로 맥스 차례가 되자 그는 솔직하게 말했다.

"저는 그냥 아내 그레이스를 따라왔을 뿐입니다. 저는 명상에 대해 전혀 모릅니다. 하지만 아내는 20년간 명상을 해왔고, 이 수련회는 그녀에게 아주 중요합니다. 그래서 저도 이곳에 오게 된 것입니다."

맥스의 이 말을 사람들은 잘 받아들이지 못하는 것 같았다. 추측컨대, 이 수련회는 상급 수행자들만을 위한 것이었다. 그들 대부분은 맥스가 상급 수행자의 배우자로 슬쩍 끼어든 것처럼 느끼는 듯했다. 게다가 상급 수행자가 비슷한 상급 수행자나 최소한 명상에 대해 높은 의욕을 가진 사람이 아닌 배우자와 결혼하는 것은 대단히 드문 일이었다.

맥스는 사람들이 자신을 이런 식으로 판단한다는 사실에 분개했다. 그는 이른바 상급 수행자라는 사람들의 얼굴에서 그런 편견을 읽을 수 있었다. 문득 여행 중에 만난 영적 지도자들이 떠올랐다. 그들 역시 자신과 다른 것은 받아들이려 하지 않았다.

그들이 수행하는 이론에 동의한다면 상관없지만 그렇지 않은 경우라면 한 인간으로서 당신의 가치는 사라질 것이다. 맥스는 그런 위선을 경멸했다. 그리고 자신이 특정한 종교 시스템을 받아들이지 못하는 이유를 깨달았다. 맥스에게는 자신만의 발견 방식이 있었다. 자신은 누구인가에 대한 진리 그리고 자신이 진정으로 추구하는 것에 대한 발견을 흐트러뜨리고 싶지 않았다.

맥스에 이어 이 기도원의 설립자이자 수련회의 주최자인 아가타 자신이 앞으로 나섰다. 그녀는 한 사람 한 사람의 얼굴을 보면서 30년간의 명상에서 우러난 여유로움으로 그들을 끌어들였다. 그리고 이야기를 시작했다.

"이번 주일의 강연자가 바뀌었습니다. 저는 여러분이 특히 툴구 한카를 만나고, 그와 명상을 함께하는 기회를 얻기 위해 여기에 왔다는 것을 알고 있습니다. 하지만 불행히도 중국 정부가 그의 비자 신청을 반려하는 바람에 우리와 함께할 수 없게 되었습니다."

사람들 사이에서 웅성거리는 소리가 들렸다. 그녀는 소란이 진정되기를 기다렸다 말을 이었다.

"네팔 터퀴즈 수도원의 창립자 툴구 린포체 치바가 그를 대신하게 될 것입니다. 툴구 치바는 이번 주에 끝내기로 한 새로운 사리탑 봉헌 예식을 거행하기로 했기 때문에 어떤 일이 있어도 올 것입니다. 툴구 치바는 세계에서 으뜸가는 사리탑 봉헌의 권위자입니다."

맥스는 '터퀴즈 수도원'이라는 말은 알아들었지만, 청중들에게 아주 중요한 사람처럼 보이는 인물의 이름은 정확히 알아듣지 못했다. 하긴 맥스로서는 그 두 외래어 사이에 어떤 차이점도 없었다. 그래서 그냥 무시하고 지나쳤다.

"그 역시 훌륭한 스승입니다. 따라서 나는 여러분께 이 수련회가 툴구 한카가 참석한 것과 마찬가지로 보람 있는 일이 되기를 바랍니다."

맥스는 '역사 속의 예수를 찾아서'를 작업할 때 사리탑 봉헌 예식에 대해 알게 되었다. 사리탑은 부처 그림이나 승려의 유골 같은 신성한 물건을 넣은 둥근 구조물로, 헌신적인 불자들은 그 주위를 돌며 기도한다.

사리탑은 지상에 있는 부처의 물리적 표상이다. 부처의 에너지를 끌어 모아 그 에너지를 사리탑을 만드는 데 필요한 돈을 대고, 손수 만들고, 지키고, 경의를 표하는 사람들뿐 아니라 그 주위를 돌며 기도하는 사람들에게 전달해준다고 했다.

아가타의 말에도 불구하고 참석자들은 툴구 한카가 참석하지 못한다는 사실을 잘 받아들이지 못했다. 그들은 기적을 행한다는 그 장신의 승려를 만나기 위해 상당한 돈을 지불하고 전국 각지에서 먼 거리를 달려온 터였다.

반면, 툴구 치바는 기적의 승려와는 거리가 멀었다.

실망감을 가장 많이 표현한 사람은 그레이스였다.

"이건 정말 옳지 못해요."

그녀는 큰 목소리로 말했다.

"제가 쓰려는 책에 툴구 한카의 인터뷰를 싣기 위해 왔단 말이에요. 도착하기 전에 알려주셨어야죠. 그렇다고 여길 떠나지는 않겠지만, 정말 실망이에요."

청중 사이에서 찬성하는 소리가 일었다. 아가타가 무슨 말을 하려는데, 그녀의 남편이 수련회 장소로 들어왔다. 사람들의 시선이 그쪽으로 쏠렸다.

"4G 18VR 번호를 가진 차량 소유자 계십니까?"

소란한 와중에 그가 목소리를 높이며 말했다.

"그 차가 야영지에 주차되어 있습니다. 차량은 따로 마련된 주차장에 대셔야 합니다. 이곳은 신성한 땅이고, 생태적으로 아주 민감한 곳입니다. 우리는 이 땅을 경건하게 받들어야 합니다. 그러니 그 차량의 주인은 즉시 옮겨서 주차해주시기 바랍니다."

그 차는 다름 아닌 그레이스와 맥스의 것이었다. 결국 두 사람은 수련회장을 나왔다. 그녀는 수련회장에서 야영지로, 야영지에서 주차장으로, 다시 주차장에서 텐트로 가는 길 내내 화를 삭이지 못했다.

그들이 텐트로 돌아왔을 때는 11시가 넘었다. 불만이 있든 없든 자는 것밖에는 방법이 없었다.

다음 날, 린포체라 불리는 스승이 야영지에 도착했다. 짧은 머리에 윤곽이 뚜렷한 티베트인 용모를 가진 체격 좋은 사람으로 보라색 법복을 입고 있었다.

린포체는 티베트 말만 할 줄 알고 영어는 단 한마디도 못했다. 그래서 옆에는 항상 통역이 붙어 다녔다.

세션은 제시간에 시작되지 않았다. 하지만 그런 것에 익숙한 맥스에게는 그 수업이 여느 대학의 수업과 다를 바 없었다. 그런데 놀랍게도 맥스는 그 수업이 대단히 흥미롭다는 것을 발견했다. 하버드나 예일에서 자신이 들었던 가장 좋은 수업에 비견될 정도였다. 예일에서 철학 수업을 금지당한 이래 교수로부터 진지한 자극을 받은 것은 이때가 처음이었다.

린포체는 예일의 교수들보다 훨씬 나았다. 우주는 어떤 모양일까? 무슨 색일까? 이런 문제를 그냥 던지기만 하는 것이 아니었다. 그 대답도 가지고 있었다. 또한 자신의 견해를 단순히 전달하는 게 아니라 사람들이 어떻게 생각하는지 듣는 것에도 강한 호기심을 갖고 있는 듯했다.

대부분의 참석자들은 자진해서 그의 질문에 대답하려 하지 않았다. 하지만 맥스는 참여하는 수업은 물론 정확한 대답을 하는 것에도 익숙했다. 그는 몇 가지 이유를 들며 우주는 푸른색일 거라고 말했다.

그러자 린포체는 맥스가 틀렸다며, 숲으로 둘러싸인 밖으로 나가 정확한 답에 대해 명상해보라고 말했다. 그러곤 충분한 시간이 지나면 그에게 사람을 보내겠다고 했다.

이때부터 맥스는 다른 모든 명상가들이 보낸 시간을 합친 것보다 많은 시간을 숲에서 보냈다.

맥스는 또한 우주가 일종의 이중나선처럼 생겼다고도 대답했다. 하지만 린포체에 따르면 그것 역시 오답이었다.

그는 또다시 숲으로 나갔다.

그렇게 숲으로 나가는 것이 마치 초등학교 2학년 때 그랬듯이 열등생 모자를 쓰고 다른 아이들이 킥킥대는 미스 몬탈도의 교실 구석 의자에 앉아 있는 것처럼 느껴졌다.

하지만 명상가들은 킥킥거리지 않았다. 맥스가 연달아 숲으로 가는 것을 보고 웃음을 참지 못하는 사람들이 있기는 했지만 말이다.

참가자들은 그의 행동을 진지하게 받아들였다. 맥스의 그런 자세를 높이 평가하는 듯했다. 그레이스는 린포체의 물음에 자발적으로 대답하지 않았다. 그래서 한 번도 숲으로 가지 않았다. 다른 대부분의 참가자들도 마찬가지였다. 가르침의 본질상 어떤 요구도 필요하지 않았다. 각각의 참가자는 깨달음으로 향한 길에서 자기 스스로에게 점수를 매길 따름이었다.

맥스는 그들의 스승이 뛰어난 유머 감각을 가지고 있다는 것을 포함해서 그에 대해 많은 것을 배웠다.

세 살의 나이에 린포체는 티베트에서 아주 큰 수도원의 계승자로 지명되었다. 여섯 살에는 인근 수도원에서 '툴구'라 불리는 '고승'으로 인정을 받았다. 이는 달라이 라마가 선택되는 것과 마찬가지로 옛 툴구의 환생이라는 의미를 가진 극히 이례적인 일이었다. 서로 다른 깨달음을 얻은 두 영혼의 환생으로서 두 번이나 선택된다는 것은 지극히 드문 일이지만, 불도(佛道)는 그러한 특별한 사건까지도 준비하고 있는 것이 분명했다.

하지만 린포체가 보기에 더욱 이례적인 것은 자신으로 대표되는 두 혈통이 500년 이상 중단됨 없이 자치권을 향유해오다 그의 대에서 무너졌다는 점이었다.

오래전 티베트를 침략한 중국이 모든 라마를 일급 보안범으로 감옥에 가두기로 결정한 것은 그의 나이 열다섯 때였다. 감옥은 깊은 숲 속에 있는 강제노동수용소였다. 수감자들은 하루 종일 벌목에 동원되었고, 밤이면 고문을 당했다. 라마들 외에 그곳에 갇힌 자들은 살인자나 사형 선고를 받은 사람들이었다.

　감시인들이 한밤중에 들어와 라마나 살인자 중 하나를 선택해 데리고 나가면 두 번 다시 그 사람을 볼 수 없었다. 아주 이따금 다시 돌아오는 사람이 있긴 했지만 잔인한 폭행으로 만신창이가 된 채였다. 고문을 당한 사람이 다시 취조를 받기 위해 끌려 나가는 것은 시간 문제였고, 그렇게 두 번째 취조를 받으러 나간 후에는 결코 돌아오는 법이 없었다.

　"하지만 나를 그곳에 수용한 중국인들이 고마웠습니다."

　린포체는 통역을 통해 이렇게 말했다.

　"그곳은 세상에서 가장 훌륭한 라마 대학이나 마찬가지였습니다. 중국인들은 티베트 전역에서 최고의 고승들만 그곳에 모았고, 나는 그들로부터 배움을 얻는 기회를 가졌습니다. 나는 젊고 건강해서 일을 가장 잘했습니다. 그래서 고문과 사형 리스트의 가장 마지막에 있었지요. 물론 확실한 것은 아무것도 없었습니다. 명상을 할 때면 나는 한순간에 죽임을 당할 수 있다는 진정한 자각 없이는 경험할 수 없는 방식으로 덧없음의 본질에 대해 깨달을 수 있었습니다."

　14년간의 고된 강제 노역 끝에 그는 석방되어 네팔로 갔다. 그리고 그곳에서 대부분이 티베트 난민인 여승들을 위해 수도원을 만들었다. 그들 대부분은 정복자인 중국인들에게 폭행이나 강간을 당했다. 그가 아가타를 만나 사리탑 봉헌을 위한 신성한 예식을 거행해달라는 부탁을 받은 것은 바로 그곳이었다.

　그는 깊은 산속에서 샤먼을 믿는 종족, 즉 본(Bon) 부족의 가르침을 위대한 티베트 불교의 스승이자 창시자인 파드마삼바바(Padmasambhava)의 가르침과 결합한 족첸 불교의 계승자였다. 본 부족은 부처가 오기 수세기 전부터 존재했으며 마술적 힘을 지닌 것으로 알려져 있다. 족첸 명상의 목표는 영혼이 전지(全知)로 충만해서 항시 어떤 형태든 취할 수 있는 상태를 가리키는 '홍신(虹身, rainbow-body)'을 획득하는 것이다.

이는 열반의 상태에 이르는 것과 아주 흡사하지만 의지에 따라 그 대상을 새, 산, 시내, 돌, 동물, 다른 사람 혹은 무지개 등의 어떤 실체나 영혼이 선택하는 물질로도 환생시킬 수 있다는 점에서 훨씬 다채롭다.

5일째 수업은 사리탑 봉헌 시간이었다. 통역이 사람들을 모이게 하더니 모두가 영창에 참여할 수는 있지만, 린포체가 예식을 도와줄 보좌역을 선택할 것이라고 말했다. 이는 대단한 영예가 될 터였다.

맥스는 그 선택에 전혀 관심을 보이지 않은 유일한 사람이었다. 린포체가 이것을 알았는지 몰랐는지는 알 수 없지만, 어쨌든 그는 맥스를 선택했다. 맥스는 린포체가 깨달음을 얻었다고 느끼지는 않았지만, 그를 존경하고 좋아했다.

그는 엄격한 노동관을 가지고 있어서 새벽 4시에 일어나 개별적인 상담을 해주고, 이후에는 오전 8시부터 오후 6시까지 수업을 했다. 그리고 저녁에는 5000평의 기도원 부지에 흩어져 있는 산장, 오두막, 창고 등에서 의식에 따라 명상 수행을 했다.

맥스는 린포체가 항상 고기를 먹는다는 사실도 무척 마음에 들었다.

그는 거의 매 끼니때마다 양고기를 먹었다. 보통은 밥과 채소가 든 커리 요리였는데 항상 고기가, 그것도 많이 포함되었다. 맥스에게 이것은 신신한 충격이었다. 또 그레이스와 그녀의 채식주의자 친구들이 고기 먹는 사람들은 자동으로 지옥의 한 자리를 차지한다는 식으로 생각했기 때문에 얼마간은 재미있기도 했다.

이틀 내내 맥스는 마법사의 도제와 같은 역할을 했다. 맥스가 성스러운 쌀이 담긴 접시를 들고 있거나 린포체에게 성스러운 물건을 건네주면, 린포체는 그것을 다른 성스러운 신과 여신들에게 봉헌하며 모여 있는 수행자들에게 던졌다.

이윽고 긴 암송문을 낭송하는 까다로운 예식이 시작되면, 맥스는 오래된 두루마리 책의 페이지를 넘겨주는 역할을 담당했다. 예식 하나에만도 한 시간이 넘게 걸리는 20페이지 이상의 암송문이 포함되는 경우가 많았다.

쉬는 시간이 되면 맥스는 자기 일이 끝난 것으로 생각했다. 하지만 린포체는 그때마다 매번 맥스를 찾았다. 오래지 않아 그는 그 화려한 예식에 매료되었다. 예식들이 진행될 때는 시간이 멈추고 하늘에 이상한 구름의 형태가 나타나는 것 같았다.

참석자들은 그 구름이 부처의 모습이며, 부처가 현존하는 표시라고 확신했다. 맥스는 그렇게까지 믿을 수는 없었지만, 린포체를 돕는 가운데 일종의 친밀감을 깨달았다. 굳이 말하지 않고도, 두 사람이 삶의 유대를 형성해왔다는 느낌을 받았던 것이다.

그렇지만 명상을 할 때면 여전히 20분을 넘기지 못하고 참을 수 없이 지루해지곤 했다.

예식이 끝나자 온갖 종류의 달콤새콤한 음식이 와인, 음료와 함께 나오는 큰 잔치가 벌어졌다. 잔치의 주제는 '하나의 맛'이었다. 모든 것이 같으며 한 가지 음식을 다른 것보다 좋아해서는 안 된다는 발상을 반영한 주제였다.

그들은 봉사자들이 담아준 접시에 있는 음식을 보지 못한 채 식사를 했다. 또한 별도의 도구가 없어 처음 손에 닿는 것을 집어야 했다. 맥스는 몇 종류의 채소 그리고 뭔지 알 수 없는 다른 진미들과 함께 달콤한 쿠키를 손에 집은 듯했다. 그것은 일종의 재미있는 모험이었고, 그는 그 모험의 매 순간을 즐겼다.

잔치가 끝나갈 무렵, 아가타 윈라이트가 맥스에게 다가오더니 린포체와 개별 상담 계획을 잡았느냐고 물었다. 그렇지 않다고 대답하자 그녀는 몹시 놀랐다.

"왜요? 꼭 하셔야 합니다."

그러곤 환한 미소를 지으며 덧붙였다.

"다른 분들은 모두 개별 상담을 했습니다. 선생님은 뛰어난 조수였어요. 그런 기회를 잃지 않았으면 좋겠네요."

다음 날 아침 8시, 모두가 마무리 최종 세션을 위해 큰 강당에 모였다. 명상과 영창이 시작되기 전, 통역이 린포체를 대신해 강당 안에 있는 사람 중 아직 '계명(戒名)'을 받지 못한 사람이 있는지 물었다. 이는 특별한 티베트 이름을 받아들이는 것을 말한다. 이 의식을 통해 그 이름을 받은 사람은 명상하는 동안 파드마삼바바 그리고 극히 드물기는 해도 깨달음과 흥신을 얻는 기회에 접근하는 것이 허락된다.

맥스를 제외하고 강당 안에 있는 사람은 모두 이미 계명을 받았다. 그는 앞으로 불려 나갔다. 15분의 간단한 예식을 거쳐 맥스는 계명을 받고, 린포체가 그의 새로운 티베트 이름이 적힌 종잇조각을 건넸다.

맥스는 곧 그 종이를 잃어버리는 바람에 자신의 티베트 이름을 어떻게 발음하는지조차 알지 못했다. 하지만 그것이 '다이아몬드'라는 의미이며 강인하고 총명한 사상가를 뜻한다는 이야기는 기억했다.

명상을 시작하기 전에 또 하나의 순서가 있었다. 린포체는 티베트에서 가져온 검은색의 특별한 허브를 모두에게 차례로 나눠주었다. 통역은 사람들에게 고대 티베트의 라마가 그 허브를 정원에 심은 이후 수 세기 동안 승려들이 그것을 돌봐왔으며, 그 허브에 깃든 승려와 라마들의 특별한 에너지와 축복이 그 허브를 먹은 사람 모두의 영적 생활을 강화해준다고 말했다.

사람들은 저마다 1그램 정도 될 법한 허브를 받아 씹어 삼켰다. 모두가 이 의식을 일상적으로 받아들이는 것 같아 맥스도 다른 사람들을 따라 그 허브를 먹었다.

특별히 이상한 점은 느끼지 못했다. 하지만 난생처음 지루하다거나 일 또는 다른 일상적인 문제에 마음을 빼앗기지 않고 두 시간의 명상을 견딜 수 있게 되자 크게 놀랐다.

명상이 끝나고 사람들이 작별 인사를 나누는 사이, 맥스는 개별 상담을 하기 위해 린포체의 야영지로 향했다. 스승과 통역이 그를 기다리고 있었다.

먼저 통역이 말했다.

"린포체께서는 당신이 추구하는 것이 무엇인지, 당신한테 자신이 도움이 될 수 있는지 알고 싶어 하십니다."

"저는 아무것도 추구하지 않습니다."

맥스는 정직하게 대답했다.

"하지만 왜 세상이 그토록 많은 폭력과 미움으로 가득 차 있는지, 왜 그토록 많은 사람이 고통을 받는지 궁금합니다."

통역의 말을 귀 기울여 듣던 린포체는 잠시 생각한 뒤 대답했다.

"당신의 아이인 것처럼 모두를 사랑하십시오. 그러면 당신이 보는 폭력과 미움이 단지 상처받은 아이들의 몸짓이라는 것을 이해하게 될 것입니다. 그러한 행동에는 영속성이 없습니다."

얼마간의 이야기를 더 나눈 다음, 린포체는 나중에 궁금한 점이 생기면 언제든 연락하라며 자신의 사진과 명함을 주었다. 그러고는 맥스에게 도와줘서 고맙다는 인사를 전하고 출발 준비를 하기 위해 자신의 텐트로 돌아갔다.

맥스는 야영지로 돌아오면서 이상한 느낌에 사로잡혔다. 나무와 풀들이 이전보다 더 생생한 방식으로 살아 있다는 느낌을 받은 것이다. 이어서 자신이 바위 심지어 그가 걷고 있는 땅과도 교감하는 것을 느끼기 시작했다.

아주 이상한 경험이었지만 한편으론 즐겁기도 했다. 마치 자신과 다른 모든 것 사이에 있는 경계가 모두 사라진 것 같았다.

이것이 삼매라는 건가? 맥스는 막연히 그렇게 생각했다.

야영지에 돌아오자 그레이스가 이미 텐트를 걷어놓았다.

"짐도 전부 싸놨으니 당신은 차만 가지고 오면 돼요. 공항까지 40분 안에 가야 하니까 어서 서둘러요."

그녀의 시원시원한 목소리에 명료한 의식이 이내 사라졌다.

린포체의 명함을 자세히 들여다본 것은 와이오밍에서 캘리포니아로 향하는 비행기 좌석에 앉은 뒤였다. 명함 맨 위에 있는 단순하지만 우아한 서체가 눈에 띄었다.

네팔 터퀴즈 수도원

그 밑에 그의 이름이 있었다.

린포체 구아트마 치바

수련회 첫날, 툴구 치바가 툴구 한카를 대신할 것이라는 아가타의 설명에 맥스는 그다지 관심을 기울이지 않았었다.

하지만 지금 '구아트마 치바'라는 이름을 보는 순간, 갑작스레 명료한 느낌과 함께 린포체가 그 열두 명 중 하나라는 사실을 깨달았다.

맥스는 자리에 등을 기대며 그의 이름을 마음에 새겼다. 그리고 아내 쪽으로 몸을 돌리며 속삭이듯 말했다.

"맙소사, 그레이스… 린포체가 그 열두 명 중 하나였어."

"열두 명이요?"

그레이스가 대답했다.

"무슨 열두 명? 무슨 얘기를 하는 거예요?"

"임사 체험을 했을 때 열두 명의 이름이 나타났다고 말했었잖아. 내가 열다섯 살 때."

말을 하면서도 짜증이 치밀었다.

"아, 또 그 옛날 얘기를 하는 거예요?"

그녀는 대수롭지 않다는 듯 대답했다.

"벌써 오래전에 포기한 줄 알았는데. 네 사람을 만난 뒤 끝나버렸다고 말했잖아요. 그리고 당신이 만난 그 네 사람 사이에 어떤 연관이나 관계도 없었다면서요."

"맞아. 하지만 상황이 완전히 바뀌었어. 린포체가 그 열두 명 중 하나라니까!"

화가 났던 것도 잊고 그는 흥분했다.

"어쩌면 내가 너무 일찍 포기해버렸던 건지도 몰라."

유감스럽게도 그레이스는 목걸이와 비행기를 탈 때마다 늘 갖고 다니는 베개를 만지작거릴 뿐이었다.

"어쨌든 잘됐네요. 난 지난밤에 잠을 설쳐서 잠깐 눈을 붙여야겠어요. 집에 도착하면 그 얘기를 전부 해줘요."

맥스는 말없이 아내를 바라보다 이내 단념하고 신문을 읽으려고 애썼다. 하지만 린포체와 느닷없이 자신의 인생에 다시금 찾아온 그 열두 명에 대한 생각을 지울 수 없었다. 아무런 방해도 받지 않고 그는 일찍이 경험한 적이 있는 일종의 트랜스 상태(확고하고 일정한 주의를 집중함으로써 일시적으로 일어나는 변형된 의식 상태 - 편집자)에 빠졌다.

감각이 다시금 확장되는 것 같았다. 살아 있는 것이든 그렇지 않은 것이든 자기 주위의 모든 것이 밀접하게 연결되었다. 모든 것이 살아 있을뿐더러 의식을 갖고 있는 것 같았다. 자신이 읽고 있는 신문의 잉크까지도.

자신 내부에 있던 부정적인 감정이 녹아 없어지고, 사랑과 자비 외에는 아무것도 느껴지지 않았다. 신문에는 성폭행을 당한 어린 소녀에 대한 기사가 실려 있었다. 그의 의식은 그 소녀뿐 아니라 강간에 대한 그 기사에 영원히 갇혀버린 잉크에까지 확장되었다.

잉크 자체가 그것이 형성하고 있는 언어 안에 포함된 공포를 경험하고 있으며, 신문 자체가 분해되기 전까지는 잉크의 의식 또한 그 공포에서 결코 해방될 수 없는 것처럼 느껴졌다.

그런 상태에서 맥스는 자기 인생의 목표를 뚜렷이 인식했다. 그는 그 열두 명을 찾아야 할 운명이었다. 물론 그 이유가 무엇인지, 어떻게 해야 하는지는 몰랐다. 그 열두 명이 실제로 어떻게 관련되어 있는지조차 전혀 알지 못했다.

하지만 자신이 그들을 찾아야만 한다는 것은 확실했다.

제19장

제로 포인트

1996~2001년

맥시멈 프로덕션은 계속 번창해서 맥스가 모든 결정에 관여할 필요성이 없게 되었다. 그래서 그레이스가 그토록 꿈꾸던 버지니아 주 샬럿스빌 외곽에 있는 저택으로 이사했다.

그들이 이사한 서미트 팜은 1908년 뒤 퐁 가문이 몬트필리어에 있는 제임스 메디슨(미국의 제4대 대통령 - 편집자)의 생가를 사들여 개축할 당시 만들어졌다. 하지만 총면적 300평에 3층짜리 건물인 서미트는 몬트필리어의 것보다 더 웅장하고 입구를 커다란 기둥들로 지지한 정통 남부 스타일이었다.

건축 당시 이 건물은 미국에서 가장 아름답고 튼튼한 집 중 하나였다. 벽의 두께가 무려 1미터에 달할 만큼 견고했다. 맥스는 넓은 복층의 서재를 자신의 사무실로 꾸미고, 그레이스는 건물 한쪽을 모두 차지했다. 그곳에는 손님용 침실이 다섯 개 있고, 3층에는 개조된 하인 숙소가 자리했다.

지하에는 당구대와 와인 저장소, 개수대, 위층에 있는 식당으로 음식을 운반할 때 사용하는 승강기와 도르래 장치를 이용하던 옛 풍경을 떠올리게 하는 구식 주방이 있었다.

3층까지 천장이 확 트인 연회장은 200커플이 춤을 춰도 붐비지 않을 만큼 컸고, 댄스 플로어 위에는 연주자들을 위한 발코니가 따로 있었다.

맥스도 그 집을 좋아했지만 그레이스는 그 이상이었다. 그래서 그녀의 미래도 보장해줄 겸 그 부동산을 아내 명의로 해주었다. 그레이스는 그것을 아주 기쁘게 받아들였다.

그녀는 소더비나 크리스티 경매에 참여해 저택이 지어진 시대의 상들리에와 골동품, 러그, 식탁, 소품, 조각 따위를 찾아냈다. 그리고 그 저택의 자연스러운 아름다움을 강조해줄 만한 것들은 죄다 구입했다. 맥스의 친구들은 그 집이 두 사람에게 너무 크다고 말했지만, 맥스는 자신이 손님 접대를 좋아하고 그레이스에게는 심미적 욕구를 표출하는 역할을 한다고 둘러댔다.

그녀는 2만 5000평의 말 농장을 포도주 양조장으로 바꿀 계획을 갖고 있었다. 또한 마차 창고로 쓰던 건물을 아주 기능적인 사무실로 개조하고, 저택에까지 이르는 0.5킬로미터의 진입로에 있는 작은 개울의 다리며 헛간과 별채를 정비해 현대식 실내 말 조련소를 만들고, 뒤편 숲과 저택 사이에 있는 옥수수밭을 3000평에 달하는 호수로 바꿀 예정이었다.

그레이스는 맥스에게 그것이 '풍수' 상 좋다고 설명했다.

맥스는 청구서를 지불하는 것 외에는 거의 할 일이 없었다. 그레이스는 가정부와 농장 관리인, 건물 관리인 등을 고용했다. 집은 마치 곡예장처럼 언제나 사람들로 붐볐다. 맥스는 번거로움을 피해 서재로 가서 사업 구상에 집중하곤 했다.

맥스는 이따금 인근에 있는 케스윅의 골프장에서 한두 라운드를 돌기도 했다. 케스윅은 독특한 회원제 클럽으로, 고급 숙소와 샬럿스빌에서 가장 수준 높은 레스토랑도 갖추고 있었다. 하지만 골프 클럽의 바나 그릴룸에서도 아무런 불편 없이 똑같은 음식을 맛볼 수 있었다.

맥스는 어느덧 일을 빨리 처리하는 걸 좋아하게 되었고, 그런저런 이유 때문에 케스윅이 딱 맞았다. 회원이 비교적 적어서 일을 끝내고 오후 늦게 도착해도 두 시간 정도는 라운딩을 할 수 있었기 때문이다.

하지만 골프를 즐기게 될수록 물질을 신봉하는 아내에게 반감이 들기 시작했다. 상류 계급만 이용하는 골프 클럽의 회원이 된 게 자기 자신보다는 아내의 욕구 때문은 아닌지 의심스럽기까지 했다.

맥스는 이렇게 변해가는 자신을 도저히 인정할 수 없었다.

다시금 자기 인생의 목표에 의문이 들기 시작했다. 이것이 인생의 목표였던가? 나는 그저 재산을 모으고 그레이스에게 화려한 삶을 주기 위해 존재하는 것인가?

대답에 대한 갈망이 점점 더 커져갔다. 이제 새로운 도전을 모색해야 할 때였다.

새로운 도전은 마이크 갤러웨이를 통한 사업 기회로 다가왔다.

갤러웨이는 1999년에 10여 권의 소설과 신문, 잡지를 저장해 어디서든 읽을거리를 휴대할 수 있는 최초의 전자책 '이지리드 북(Easyread Book)'를 만든 사람이었다. 이 전자책이 출판의 성격을 완전히 바꾸고 초기 투자자들에게 몇 십억 달러를 벌어줄 것이라는 보도로 세상이 떠들썩했다.

이때 맥스는 초기 투자자로서 마이크와 우정을 쌓기 시작했다. 마이크는 컴퓨터 분야에서는 가히 천재였고, 스포츠카 레이싱과 같은 역동적인 취미를 즐겼다.

맥스는 마이크와 함께 캘리포니아의 팔로알토(실리콘밸리가 있는 우주 항공, 정보 통신, 전자 등 첨단기술 연구 산업의 중심지 - 편집자)를 자주 찾던 중 심팍이라는 이름의 젊은 중국인 투자자를 만났다. 심팍은 캐나다 밴쿠버에서 오로지 맥스를 만나기 위해 온 사람이었다. 그는 자신이 일하는 회사가 중국에서 새로운 출판 및 영화 벤처 기업을 설립할 계획이라며 현지에서의 '이지리드 북' 판권을 확보하고 싶다는 뜻을 피력했다.

마이크는 맥스에게 생각을 물었다.

"중국은 큰 시장이야."

맥스는 있는 그대로 말했다.

"개척해볼 필요가 있지."

얼마 후, 맥스와 마이크는 베이징으로 향했다.

심팍이 자신의 회사 '퀴누트'가 주최하는 출판의 미래에 대한 대규모 컨퍼런스에 두 사람을 강연자로 초대했기 때문이다. 마이크는 '이지리드 북'을 뒷받침하는 기술 분야의 전문가로서, 맥스는 사업 타당성을 논의하기 위해 그 자리에 참석하게 된 것이다. 중국 정부가 퀴누트의 공동 출자자인 터라 주요 텔레비전, 라디오, 신문이 앞 다투어 이 행사를 다루었다.

마이크와 맥스는 전자책이 모든 중국어 텍스트를 간단하게 저장해 줄 것이며, 그로써 종이책을 제작하고, 보관하고, 운송하는 데 드는 수십억 달러의 비용을 아끼고 수백만 그루의 나무를 보호할 수 있을 것이라고 설명했다. 그들의 프레젠테이션은 상당한 반향을 일으켰고, 행사 후 이어진 연회에서 퀴누트의 창립자는 두 사람이 중국의 새로운 전자 미디어 사업을 구축하는 데 큰 역할을 해줄 것이라고 발표했다.

연회에서 맥스는 퀴누트의 기술 책임자 옆자리에 앉았다. 그는 자신을 간단히 '선(Sun)'이라고만 소개했다. 40대 초반에 키가 크고, 말수가 적고, 세심하고, 지적인 사람이었다. 두꺼운 안경을 꼈고, 금색 넥타이에 수수한 양복을 입었다.

선은 영어를 유창하게 구사했지만, 말을 하기 전에는 항상 신중하게 생각했다. 식사를 하면서, 맥스는 그가 독특한 경력을 가지고 있다는 사실을 알았다.

그는 마오쩌둥의 문화혁명 당시 10대였고, 아이스하키 선수로서 특출한 재능을 보였다. 1980년 동계올림픽 때는 중국 국가대표로 참가하기도 했다.

이후 전액 장학금을 받고 중국의 유명 의과 대학에서 신경학을 공부한 그는 중국이 자본주의를 받아들이기 시작하면서 몇몇 의료 회사의 이사 겸 대표로 추천되었다. 사업 쪽에서 두각을 나타낸 그는 미국의 워튼 경영 대학원에서 공부할 기회를 얻었고 그곳에서 경영학 석사 학위를 받았다. 그는 밴쿠버와 시카고, 베이징에도 집을 가지고 있었다. 사업에 많은 시간을 할애했지만 건강을 유지하기 위해 항상 운동을 하고, 취미삼아 수비학(數秘學)도 공부했다.

선은 퀴누트뿐 아니라 여러 다른 중국 회사들과도 긴밀한 관계를 맺고 있었다. 따라서 성장 동력이 무궁무진한 중국 시장에 투자할 기회를 찾는 데 열심인 미국의 벤처 투자자들은 그의 도움을 절실히 필요로 했다. 때문에 선은 자기 시간의 20퍼센트 정도만 퀴누트의 일에 할애하고 있었다.

하지만 그런 모든 이야기보다 맥스의 관심을 끈 것은 선의 정식 이름이었다. 초선팍(Cho Sun Pak) 박사. 그 이름을 듣는 순간, 맥스는 선이 열두 명 중 하나라는 사실을 알 수 있었다.

정확히 여섯 번째 인물이었다.

캘리포니아 팔로알토에서의 만남이 맥스를 수만 킬로미터 떨어진 중국 베이징으로 이끈 것은 불가능할 법한 일련의 우연 중에서도 가장 신기한 일이었다.

순간, 갑작스레 선이 친숙하게 느껴져 무척 당황했지만 맥스는 냉정을 잃지 않았다.

"선, 내일 점심 식사를 같이할까요?"

맥스는 조심스럽게 제안했다.

"퀴누트에 대해 좀 더 알고 싶습니다. 우리가 논의할 다른 일도 있을 것 같고요."

다음 날, 두 사람은 선이 가장 좋아한다는 식당에서 맛있는 점심을 먹었다. 식사를 하면서 맥스는 대화를 사업이 아닌 쪽으로 천천히 이끌면서 그의 반응을 살폈다. 다행히 선은 새롭고 심오한 사상에 무척 개방적인 생각을 갖고 있었다. 맥스는 안심하고 자신의 임사 체험과 열두 명의 이름에 관한 풀리지 않는 미스터리를 이야기해주었다.

선은 느긋하게 맥스의 이야기를 들었다. 과학을 하는 사람으로서 맥스의 이야기는 믿기 어렵긴 해도 다른 한편으로는 호기심을 일으키기에 충분했다.

"그러니까, 당신이 실제로 죽었었다는 증거는 없는 거군요."

선이 말했다. 비즈니스 모델을 분석하는 것 같은 말투였다.

"환각은 아닐까요? 뇌로 가는 산소가 차단되면 정신적으로 이상한 일이 생기기도 합니다."

맥스는 선의 솔직함을 높이 샀다. 하지만 늘 그랬듯 굴하지 않고 말했다.

"당시로서는 그 말이 맞을 수도 있지요. 하지만 그렇다 해도 실제로 그 열두 명 중 여섯 명을 만나는 것이 어떻게 가능하죠? 더욱이 그들을 만나게 되는 방식을 어떻게 설명하죠?"

선은 대답하기 전에 신중하게 맥스의 질문을 곱씹는 듯했다.

"그건 정말 미스터리네요. 새로운 물리학은 모든 공간과 시간이 모든 물질과 모든 에너지, 모든 사건이 공존하는 단일한 제로 포인트(zero point)에서 공존한다고 가정한다는 것을 읽은 적이 있습니다. 아마도 그 이론에 맞는 부분이 있나보군요. 당신은 유체 이탈 동안 그 공간에 들어갔고요. 그곳에 있는 동안 제 이름을 본 것이겠죠. 혹은 그 사건 속의 어떤 것이 남아 당신으로 하여금 제 이름을 보았던 것처럼 '생각'하게 하는 것이든가요."

선은 머리를 흔들며 말을 이었다.

"여하튼 계속 연락하도록 합시다. 사업뿐 아니라 우리 중 누구라도 이 불가사의한 열두 명의 이름에 대해 알게 될 수도 있으니까 말이죠."

결과적으로 의문은 더욱 늘어났고, 여전히 답은 없었다. 그들은 그렇게 헤어졌다.

다음 두 해 동안, 선과 맥스는 돈독한 친구가 되었다. 많은 철학적 토론을 거듭하는 동안 선은 수비학을 이용해 열두 명 이름이 가진 미스터리를 밝히는 데 점점 몰입했다. 그리고 자신의 이름과 마리아의 이름에 있는 철자가 수비학적으로 '9'를 나타낸다는 사실을 알아냈다. 하지만 다른 이름들은 특별히 수비학적 진동을 갖고 있지 않았다. 때문에 결국 그러한 분석 역시 막다른 골목에 다다랐다.

'이지리드 북'에 대한 중국 시장의 반응도 신통치 않았다. 예상보다 침투하기 힘든 시장이었다. 퀴누트는 벤처 투자자들의 수천만 달러를 집어 삼키고, 시대를 너무 앞서간 아이디어로 기록된 채 문을 닫았다.

재정적으로는 실망스러웠지만 맥스는 선과의 우정이 그 부정적인 측면을 상쇄하고도 남는다고 생각했다.

그러나 오래지 않아 그러한 관점도 바뀌었다.

제20장

재정 파탄

2000~2004년

맥스는 거품의 붕괴를 경험했다.

2000년까지 그는 많은 신생 인터넷 기업의 주식을 사들였다.

그리고 2001년, 소유권 이전의 소요 기간이 끝나고 이 회사들에서 발을 뺄 수 있게 되었을 때 그의 옵션 가액은 3000만 달러에서 3만 달러로 줄어들어 있었다.

그 액수로는 서미트 팜의 한 달 생활비도 감당할 수 없었다. 그레이스는 식당도 포도 농장도 말 조련 시설도 만들 수 없고, 집을 판 후 다시 캘리포니아로 돌아가 새로 시작해야 한다는 맥스의 말을 받아들이지 않았다.

"있을 수 없는 일이에요."

그녀는 조용히 그러나 단호하게 말했다.

"대지진이 곧 닥칠 거예요. 캘리포니아에서 사는 것은 안전하지 못해요. 저는 이사하지 않을 거예요. 서미트 팜도 팔지 않을 거고요."

맥스는 아내를 설득해보려고 노력했다.

"알다시피, 나한테 어떤 일이 일어나더라도 당신을 보호하려고 그러는 것뿐이야."

마음속의 혼란을 진정시키려고 애쓰며 맥스는 솔직하게 말했다.

"집을 팔아야 해. 그것도 당장. 당신 도움이 필요하다고."

"안 돼요."

그녀는 맥스를 외면했다.

"승마 수업에 늦었어요. 무슨 수든 내봐요. 이건 제 문제가 아니에요."

그러고는 문을 열고 밖으로 나갔다.

맥스는 변호사를 찾아갔다. 변호사는 집이 그레이스 명의로 되어 있기 때문에 맥스 본인이 직접 매각할 수 없다는 사실만 확인시켜줬을 뿐이다. 하지만 그 부동산에 대한 융자금 납입을 중지하라는 조언을 해주었다.

"그것 때문에 신용 등급이 떨어지거나 집을 다시 찾을 수 있는 권리를 상실하게 되는 것은 아닌가요?"

"그럴 수도 있죠. 하지만 그레이스에게 집을 팔거나 최소한 어떤 조치를 취하게 만들 수 있을 겁니다."

맥스는 변호사의 제안대로 했다. 그리고 얼마 후, 샌디에이고 북부 다나포인트에 있는 자신 소유의 타운 하우스로 거처를 옮겼다.

그레이스가 융자금 납입이 중단되었다는 것을 알기까지는 몇 달이 걸렸다. 그녀의 반응은 빠르고 정확했다. 그레이스는 이혼 소송을 내면서, 이혼 수당으로 매달 7만 5000달러를 청구했다.

엄청나게 복잡하고 지저분한 이혼 소송이 뒤따랐고, 맥스는 수임료로 수십만 달러를 부담해야 했다. 반면, 그레이스는 서미트 팜을 파는 방법으로 그 돈을 고스란히 챙겼다.

맥스는 자금 여력이 거의 없었다. 맥시멈 프로덕션을 통해 돈을 마련할 방법을 찾는 데 집중하느라 그레이스가 무슨 일을 벌이고 있는지 깨닫지 못했고, 그것을 알게 된 때는 이미 늦은 후였다.

맥시멈 프로덕션의 사정은 좋지 못했다. 9·11 테러 이후, 컴퓨터 교육 비디오에 대한 수요가 급격히 줄어든 탓이었다. 회사의 악화된 재정 상태는 맥스에게 육체적 고통까지 유발했다. 등에 심한 통증이 찾아온 것이다.

맥스는 그동안 외국 음악이나 오디오 북을 전문으로 만드는 소규모 오디오 제작사 '릴렉세이션 컴퍼니'의 창립자인 제프 차노와도 함께 일을 해왔었다. 로스앤젤레스에서 열리는 '도서 및 영화 사업 경영자 협회'의 모임에 함께 참석한 제프가 몹시 불편해하는 맥스의 상태를 눈치챘다.

"내가 전에 말한 적 있나?"

제프가 저녁 식사를 하면서 말을 꺼냈다.

"내가 '릴렉세이션 컴퍼니'를 시작하기 전에 지압사로 일했다는 것 말이야. 내가 보기엔 자네 척추가 비뚤어진 것 같아. 자네만 좋다면, 다나포인트에서 함께 공부했던 친구를 소개해주지. 자네가 꼭 만나봐야 할 것 같아. 눈 깜짝할 사이에 문제를 해결해줄 걸세. 그 친구 연락처는 이메일로 알려줄게."

사무실에 돌아오자 이메일이 도착해 있었다. 이메일을 열고 주소를 확인한 맥스는 제프의 친구가 자기 사무실에서 불과 두 블록 떨어진 곳에 있다는 사실에 깜짝 놀랐다.

더욱 놀라운 것은 그의 이름이었다.

앨런 테일러 박사.

맥스는 이혼과 닷컴 버블 붕괴로 받은 타격을 회복하는 데 정신이 팔려 다른 생각은 모두 잊고 있었다. 하지만 운명은 그를 잊지 않고 있었던 모양이다.

앨런 테일러 박사는 그 열두 명 중 하나였다.

맥스는 즉시 약속을 잡았다. 그리고 열두 명의 이름에 대한 이야기를 꺼내기 전에 테일러 박사를 먼저 관찰해보기로 마음먹었다.

1주일 후, 맥스는 터키색으로 칠해진 사무실에서 테일러 박사를 만났다. 박사는 183센티미터의 키에 엷은 갈색 곱슬머리, 인정 어린 미소, 풍부한 유머 감각, 온화한 성격을 지닌 사람이었다. 인내심이 대단히 강해 쉽게 흥분하지 않을 것 같았다. 또한 매우 지적이고 분석적인 성향으로, 대부분의 사람이나 대부분의 사상에 회의적인 듯했다.

놀랍게도 그는 남부 캘리포니아에서 영업을 하는 의사인데도 요즘 한창 유행하는 뉴에이지에는 그다지 관심이 없는 것 같았다. 맥스는 무엇보다 그 점이 마음에 들었다.

앨런은 자신이 일하는 방식에 대해 설명한 후, 맥스에게 몇 가지 서류를 작성하도록 했다.

5분 후, 그가 진찰대 위에 누운 맥스의 사지를 촉진했다.

"몇 번 치료를 받으면 등의 통증은 사라질 겁니다."

앨런이 그를 안심시켰다.

정말 놀랍게도 그 말은 사실이었다. 앨런은 독특한 치료법을 사용했다. 진찰대 위에서 2분도 채 걸리지 않은 교정 치료를 받자 벌써 증세가 상당히 완화된 것을 느낄 수 있었다.

몇 주 동안 치료를 받은 후, 맥스는 열두 명에 대한 이야기를 하기로 결심했다.

"테일러 박사님, 임사 체험을 믿으세요?"

어느 날, 교정 치료가 끝난 후 맥스가 물었다.

"다른 사람들처럼 그냥 앨런 박사라고 부르세요."

박사가 대답했다.

"당신 질문에 대답하자면, 아뇨, 믿지 않습니다. 그런 종류의 경험을 이야기해준 환자가 있었지요. 하지만 저는 분명히 논리적인 설명이 가능할 것이라고 생각해요. 죽었거나 죽지 않았거나 둘 중 하나죠. 임사는 말이 되지 않아요. 왜 그런 걸 물으시죠?"

맥스는 밀어붙이기로 마음을 정했다.

"제가 그런 경험을 했거든요. 그것도 겨우 열다섯 살 때 말입니다. 그리고 임사 상태에서 당신의 이름을 봤습니다. 제가 본 열두 명의 이름 중 하나였습니다."

앨런 박사는 잠깐 생각에 잠겼다. 이윽고 그가 입을 열었다. 목소리에는 잘난 체하는 느낌이 전혀 없었다.

"저로서는 믿기 힘든 얘기네요. 하지만 제가 아는 한 당신은 대단히 현실적이고 교육도 잘 받은 분 같습니다. 그러니 좀 더 자세히 얘기해 주시죠."

맥스는 자신이 임사 상태에서 보고 느낀 것을 상세히 묘사했다.

이후부터 치료를 위해 찾아갈 때마다 두 사람은 열두 명의 미스터리에 대해 자주 이야기를 나누었다. 하지만 두 사람 중 누구도 자신들에게 있을지 모르는 중요한 연관성을 밝혀내지 못했다. 게다가 앨런은 다른 이름과도 아무런 관련이 없었다. 하지만 그 열두 명의 이야기에 흥미를 느낀 그는 맥스가 진지하게 그 미스터리를 탐색하기로 결정한다면 다른 다섯 명을 찾는 데 적극 도움을 주기로 했다.

"고맙습니다."

맥스가 대답했다.

"그럼, 그렇게 하도록 하죠. 일이 어떻게 되어갈지 지켜보도록 합시다."

이어서 적어도 그 순간만큼은 열두 명에 대한 탐색이 끝나고, 그들의 대화는 골프와 여자, 서핑 그리고 맥스의 등과 척추를 교정하는 일로 돌아갔다.

육체적인 고통은 사라졌지만 경제적인 혼란은 줄어들지 않았다. 결혼을 통한 안정된 생활은 맥스가 결혼 전에 누리던 높은 소득을 기반으로 한 것이었다. 하지만 지금은 그레이스에게 주는 이혼 수당이 그의 소득을 넘어섰고, 그 안정된 생활의 대가로 맥스의 재산과 예금도 모두 바닥이 나버렸다.

이제 그에게 남은 것은 맥시멈 프로덕션뿐이었다.

그나마 회사 내에서는 재정 출혈을 막을 수 있었지만, 엄청난 이혼 수당 지급 때문에 예전같이 걱정 없는 생활 방식을 유지하는 것은 불가능했다. 그렇지만 이상하게도 맥스는 자신의 재정적 손실에 대해 크게 걱정하지 않았다. 특유의 적응력 덕분에 그는 이미 자신의 주요 관심사를 컴퓨터에서 비즈니스와 라이프스타일 쪽으로 돌릴 수 있었다. 컴퓨터 이외의 분야에서 소비자에게 동기를 부여할 수 있는 강사들을 내세우기 시작한 것이다.

이들 중 선각자라고 할 수 있는 사람이 이반 파르네 박사였다. 이반은 맥스가 만난 학자 중에서 화이트헤드의 철학에 대해 자세히 논한 유일한 사람이었다. 그가 화이트헤드의 복잡한 형이상학에 대해 자신과 비슷한 평가를 내리고 있다는 사실을 알고 맥스는 대단히 기뻤다.

시간이 흐르면서, 그들은 동료를 넘어 진정한 친구가 되었다.

이반은 맥스보다 거의 20년이나 연상이었다. 때문에 둘 사이의 관계는 아버지와 아들 같은 느낌이 있었다. 허버트 도프는 맥시멈 프로덕션이 고공 행진을 시작할 무렵 세상을 떠났다. 맥스는 아버지가 자신의 성공만을 보고 최근의 재정적 파탄을 보지 못한 것을 다행스럽게 생각했다. 맥스는 아버지와 나누던 전화 통화가 몹시 그리웠다. 아버지는 맥스의 수많은 교육 비디오가 성공을 거두는 것에 놀라면서도 아주 기뻐했었다.

이반과는 사업적인 문제보다 예술과 음악과 철학에 대한 열정을 공유했다. 이반은 이윽고 맥스가 인생에서 어떤 특별한 일이 생길 때마다 찾게 되는 그런 사람이 되었다.

이반 파르네는 '기적 클럽(Club of Miracle)'을 만든 사람이기도 했다. 이는 인류를 하나의 단결된 문명으로 일체화하는 데 전념하는 박애주의 정책연구소였다. 그는 맥스에게 그 클럽의 미국 대표로서 이사회에 참석해달라는 부탁을 했다. 맥스는 그 청을 받아들이고 저명한 과학자들은 물론 총리, 대통령들과 함께 유럽 전역에서 흥미진진한 모임을 갖게 되었다.

그 의도는 대단히 훌륭했다. 하지만 항상 그들의 대담한 계획을 촉발할 만한 충분한 재원을 모으지 못하는 것이 보통이었다. 그럼에도 불구하고 그 그룹은 세상에 중대한 영향을 미쳤다. 의도한 바는 아니었지만 말이다.

제21장

이스탄불, 희망의 도시

2004년

　'기적 클럽'은 활동 영역을 확장하기 위한 시도의 일환으로 이스탄
불에 살고 있는 에롤 레수라는 이름의 남자와 협력을 모색했다.

　에롤은 열두 명 중 여덟 번째 이름인 데다 대단히 비범한 인물이었
다. 맥스는 그를 이스탄불에서 만났다. 그와의 만남에서 맥스는 흥분
과 절박감이 혼합된 감정을 경험했다.

　에롤은 하늘색 슈트를 입고, 단신에 몸집이 단단했다. 날카로운 검
은 눈에 엉뚱한 유머 감각으로 남을 즐겁게 하는 기질을 소유한 사람
이었다. 한시도 가만히 있지 못하는 성미여서 일을 벌이는 데 중독되
어 있기도 했다.

젊은 나이에도 불구하고 대단한 성공을 거두어서 돈을 버는 데는 거의 마법과 같은 능력을 지닌 괴짜 '워커홀릭'으로 유명했다. 한 번에 몇 건의 큰 거래를 곡예 부리듯 처리하고 실패를 받아들이지 않았다. 도전이 클수록 그가 얻는 기쁨도 컸다.

어머니는 이슬람교도이고, 아버지는 유대교도였다. 이스탄불에서 5형제의 막내로 태어났는데, 아버지가 시장에서 과일 행상을 했기 때문에 여섯 살 때부터 레몬을 팔기 시작했다.

에롤은 얼마 지나지 않아 유능한 장사꾼으로 두각을 나타냈다.

총명하고 추진력이 있어서 5형제 중 유일하게 학교에 입학했다. 학교에서도 탁월한 실력을 보였다. 장학금을 받아 대학에 들어갔고, 행정부에서 일을 하기로 진로를 정했다.

졸업 후에는 국회의원 보좌관으로서 경력을 시작했다. 그리고 2년 후, 자신이 모시던 의원이 총리로 선출되었다. 고작 스물세 살의 나이에 상당한 권력과 영향력을 가진 사람이 된 것이다.

소속 정당에서는 그를 장래 내각의 일원이나 총리 후보감으로 단련시켰다. 그런 단련은 6년 동안 이어졌다. 그때 총리가 에롤에게 한 가지 제안을 했다.

"총리가 되는 것이나, 그런 지위에 오르는 것은 잊어버리게."

총리는 진지하게 말했다.

"그건 자네 재능을 완전히 썩히는 일이 될 거야. 나는 뛰어난 사업 감각을 가진 자네에게 어울리는 좀 더 중요한 일을 생각하고 있다네. 바로 원유 수출입 사업이야."

에롤은 그 말을 받아들였고, 즉각 총리가 현명한 선택을 했다는 것을 증명해 보였다. 사업을 번창시키고 터키 정부가 막대한 부를 얻을 수 있게 해주었다. 하지만 3년 후, 그가 속한 정당이 선거에서 패하자 에롤은 그 자리에서 파면되었다.

하지만 억세게도 운이 좋았다. 연줄과 정보를 동원해 곧 재정적 지원을 확보했고, 그로써 자신 소유의 원유 수출입 회사를 설립할 수 있었다. 그리고 3년 만에 터키 전체에서 가장 부자가 되었다.

에롤은 자신이 하는 어떤 일에든 열의를 전염시켰다. 게다가 관대한 성정과 다른 이들을 돕고자 하는 진실한 소망을 갖고 있었다. 그는 유대교도와 이슬람교도로 하여금 사막을 거쳐 예루살렘으로 향한 아브라함의 여정을 되밟아보게 하는 '아브라함의 도정(Walk of Abraham)'을 후원하는 자선가 중 한 명이기도 했다.

아브라함은 두 종교 모두로부터 조상으로 칭송을 받는다. '아브라함의 도정'은 너무나 자주 분쟁과 폭력에 휘말려드는 민족들 사이에 좀더 나은 이해와 상호 협력을 증진하는 데 기여할 것이라는 희망으로 만든 프로그램으로서 이스라엘과 이웃한 아랍 국가들 사이의 협력을 필요로 했다.

이스탄불에서 회합을 갖는 동안 '기적 클럽'의 책임자들은 인생의 즐거움을 만끽하며 사는 에롤에게서 융숭한 대접을 받았다. 그는 관계자들의 일정을 박물관과 놀라운 건축물, 마르마라 해, 골든 혼, 흑해, 보스포루스에서의 유람선 여행으로 빼곡히 채웠다. 또한 모든 사람에게 훌륭한 터키 요리를 소개하고 언제나 기분 좋은 주연과 여흥을 베풀었다.

에롤이 인생의 모든 면에서 얼마나 개방적인지를 확인한 맥스는 그에게 비밀을 털어놓기로 결심했다. 그리고 두 번째 날 저녁이 끝날 무렵, 열두 명의 이름에 대해 이야기했다.

기쁘게도 에롤은 그의 말을 믿을 뿐 아니라 여느 때와 다름없는 호탕한 태도로 말했다.

"분명히 중요한 일일 겁니다. 제 직감에 따르면, 그 열두 명 모두의 이름이 확인되고, 열두 명을 모두 찾을 때까지 우리는 이 미스터리를 풀지 못할 겁니다."

"맞아요."

맥스도 동의했다.

"저로서는 그들이 나타날 때까지 기다리는 것밖에 달리 할 일이 없습니다. 현재 내가 알고 있는 유일한 이름은 '달리는 곰'뿐입니다. 정말 풀기 어려운 것이라면 전혀 모르는 편이 나을 수도 있겠지만 말입니다."

"그건 퍼즐입니다. 그 조각을 맞출 수 있도록 힘껏 돕죠. 필요한 것이 있으면 말씀만 하십시오."

"왜 이걸 중요하다고 생각하죠?"

맥스가 물었다.

"내 말을 왜 그렇게 잘 받아들이는지 궁금하네요. 꽤나 어이없는 얘기로 들릴 텐데 말입니다."

에롤의 대답은 명쾌했다.

"저는 태어나면서부터 제 운명이 저를 어떤 방식으로 움직이게 만든다는 것을 알고 있었습니다. 그래서 저한테 온 기회에 대해서는 어떤 이의도 제기하지 않죠. 그러니 여기에 대해서도 문제를 제기하지 않을 겁니다. 단, 우리 두 사람의 운명이 이 미스터리를 해결하는 것과 관련이 있다는 점만은 장담할 수 있습니다."

제22장

마야의 예언

2012년 5월

꽝!

금속과 금속이 부딪히는 날카로운 소리가 울렸다.

맥스는 핸즈프리 휴대전화로 계약을 체결하느라 주의를 기울이지 않았다. 로스앤젤레스의 라브리아와 서커스 애버뉴 모퉁이에서 좌회전을 하기 위해 신호를 기다리던 중이었다. 그러니 엄밀하게 말하면 사고는 그의 잘못이 아니었다.

맥스 앞에 있던 차는 좌회전을 하기 위해 빠져나가다 신호가 바뀌는 바람에 도로 중간에 이도저도 아닌 상태로 끼어 있게 되었다. 운전자는 당황해서 맥스의 차가 교차로 가장자리에 서 있는 것을 보지 못한 채 후진하다 그만 받아버리고 만 것이었다.

맥스는 전화로 거래를 마무리하고 피해가 어느 정도인지 확인하기 위해 BMW에서 내렸다. 앞쪽 펜더에 긁힌 자국이 몇 개 있고 헤드라이트 하나가 부서졌다. 피해가 크지 않아 그나마 다행이었다.

사고를 낸 SUV는 긁힌 흔적조차 없었다. SUV 운전자인 여성이 내리더니 자기 차의 피해를 살피고 멀쩡하다는 것을 확인하고는 맥스에게로 돌아섰다. 맥스는 곧바로 그녀에게 괜찮다는 손짓을 했다.

"피해가 그리 크지 않은 것 같네요. 보험 회사에 알릴 필요조차 없을 것 같아요."

맥스는 호의적으로 말했다.

"그쪽 차도 괜찮아 보이고, 제가 보기엔 피해본 사람도 없으니 잘잘못을 따질 필요도 없을 것 같네요."

곤경에서 벗어난 여자는 주저 없이 자신의 SUV에 올라 자리를 떴다. 맥스는 다음 미팅 시간에 맞춰야 했기 때문에 다나포인트에 돌아와서야 차 앞쪽에 지금까지 보지 못한 찌그러진 부분이 있다는 것을 발견했다. 후드를 여는 레버가 작동하지 않아 엔진 룸을 열 수도 없었다.

펜더를 펴는 것이 처음은 아니었다. 예전에 장비를 갖춘 트럭을 보내 그 자리에서 차를 고쳐주는 '덴츠 알 어스'라는 회사와 거래한 적이 있었다. 맥스는 그곳에 다시 전화를 걸었고, 그들은 다음 날로 수리 일정을 잡아주었다. 마침 토요일이었다.

다음 날 아침 11시경, 덴츠 알 어스의 수리 트럭이 왔다. 트럭을 타고 온 후안이라는 이름의 정비공이 피해가 어느 정도인지 조사한 다음, 차를 새것처럼 보이게 하려면 800달러가 든다는 견적을 제시했다. 맥스가 동의하자 바로 작업을 시작했다. 오후 2시가 되자 정비공이 맥스에게 수리한 BMW를 보여주었다.

맥스는 자동차를 살펴보면서 정비공과 잡담을 나누었다. 후안은 멕시코 출신이었는데, 맥스가 스페인어를 할 수 있어 대화하기가 편했다. 맥스는 당장 현금이 없고 은행 문도 닫혀 있어 회사 수표로 돈을 지불하겠다고 설명했다. 후안은 수표를 받아도 되는지 회사의 허락을 받아야 하지만, 월요일까지는 연락이 불가능하다고 말했다.

"괜찮습니다. 월요일 아침에 다시 올 테니 그때 해결하도록 하죠. 월요일 오전이 불편하다면, 이 명함에 있는 번호로 연락 주세요."

그러고는 맥스에게 명함을 내밀었다.

명함의 덴츠 알 어스 로고 밑에 그의 이름이 있었다.

후안 곤잘로 아코스타

맥스는 자기 앞에 서 있는 검은 머리의 호리호리한 남자를 바라보았다. 후안은 남색 셔츠를 입고 있었다. 임사 체험 당시 후안의 이름 주위에서 본 바로 그 색상이었다. 마지막 만남이 있은 지 벌써 8년이 지났다. 영원처럼 느껴지는 시간이었다. 그런데 마침내 여덟 번째 이름의 주인을 만난 것이다.

맥스는 후안에게 집에 들어가 맥주를 한잔하자고 청했다. 그리고 태어난 곳은 어디인지, 결혼은 했는지, 어떻게 미국에 오게 되었는지 등 등 여러 가지 질문을 했다.

후안은 맥주를 마시자는 얘기에 무척 기뻐했다. 그리고 쏟아지는 질문 공세에 잠깐 당황해하더니 이내 편안해진 듯했다. 하지만 왜 맥스가 그렇게 갑자기 자신에게 관심을 보이는지 궁금해하는 게 역력했다.

후안은 과테말라 국경에서 북쪽으로 약 80킬로미터 떨어진 멕시코 남단의 걸프 만에 있는 이자파라는 작은 마을에서 7남매의 막내로 태어났다. 작은 농장을 갖고 있는 아버지는 고대 마야의 전통을 잇는 주술사이기도 했다. 후안은 결혼을 해서 두 명의 아이를 두고 있었다.

미국에 온 지는 2년밖에 되지 않았지만 영주권을 얻었고, 자동차 수리로 돈을 벌어 자신의 가족을 돌볼 뿐 아니라 매달 아버지와 형제들에게 도움을 줄 수 있다는 것을 자랑스럽게 생각했다. 어머니는 그가 미국에 오기 몇 달 전 세상을 떠났다. 그는 고향의 아버지와 형제들이 일을 해서 생계를 이어가는 것이 얼마나 힘든지 잘 알고 있었다.

"우리 아버지는 가난해요. 하지만 이자파에서는 중요한 사람이죠. 아버지가 단지 주술사이기만 한 것은 아니에요. 이자파의 고대 성지를 수호하는 사람이기도 하죠. 그 고대 성지는 멕시코 전체에서 가장 오래된 곳이기도 해요. 훼손이 되긴 했지만 메시지가 조각된 성상들이 여러 개 남아 있죠. 세계 각지에서 고고학자들이 그 메시지를 연구하러 옵니다. 많은 사람들이 그 고대 성지가 마야력이 처음 만들어진 곳이라고 믿지요."

맥스는 마야력에 대한 이야기를 들은 적이 있지만 자세히 조사해본 일은 없었다.

"마야력이라면 2012년에 세상이 끝난다는 그 달력 아닌가요?"

"마야력을 보통 그렇게 잘못 해석하고들 있죠."

후안이 말했다.

"우리는 달력이 끝날 때 세상이 변할 것이라고 믿어요. 그렇지만 세상 자체가 끝나는 것은 아니죠. 2012년 12월 21일이 2만 6000년의 사이클이 끝나는 시점이 될 겁니다. 고대인들은 이것이 꼭 세상의 끝이라고 예언하고 있지는 않아요. 그때에 인류가 자유 의지를 가지고 아직 오지 않은 좀 더 나은 세상을 만들 수 있는 변화의 기회를 맞이할 거라고 생각하죠. 제가 아버지한테 배운 바로는 그래요."

맥스는 호기심을 느꼈다. 마침내 열두 명 중 하나가 나타나 그들의 목표에 대한 설명으로 이어질지도 모르는 한층 높은 개념과 연결된 지식을 밝히고 있었다.

그들의 목표… 그리고 '그'의 목표.

뭔가가 맞아떨어지기 시작했다. 맥스는 12월 12일에 태어났다. 그리고 아버지는 11월 11일에 태어났다.

그의 인생 목표는 2012년의 예언과 어떤 관계가 있는 것일까?

맥스는 후안에게서 방금 들은 마야력과 관련된 날짜들을 염두에 두고 '초선팍' 박사에게서 배운 것에 근거해 아버지 생일의 수비학을 계산하기 시작했다. 후안은 '조화로운 수렴(harmonic convergence)'이라고 불리는 것에 대해 들은 적이 있다고도 말했다. 그것은 마야력의 마지막 25년을 시작하는 1987년 8월 16일과 17일에 일어난 사건이었다. 맥스는 처음으로 어떤 패턴이 나타나는 것을 깨닫기 시작했다.

후안은 자신의 출신 배경 때문에 다른 사람들이 불합리한 환상이라고 여기는 것을 받아들이게 된 듯했다. 이 점을 깨달은 맥스는 자신의 임사 체험에 대해 설명하고, 후안이 그 열두 명의 이름 중 하나라는 사실을 밝혔다.

아니나 다를까, 후안은 맥주잔을 들면서 고개를 끄덕일 뿐 그다지 놀라지 않았다.

"그건 저한테 별로 놀라운 일이 아닙니다. 아버지는 우리 가족이 고대의 예언을 충족시키는 데 중요한 역할을 할 거라고 말씀하셨거든요. 아버지는 언제나 '세상은 넓고 이상하고 미스터리로 가득하다. 우리의 처지가 보잘것없다 해도 네가 인생이라고 불리는 이 미스터리에서 중요한 역할을 맡고 있다는 것을 의심하지 말라.'고 하셨죠."

또다시 어머니의 말이 맥스의 뇌리를 스쳤다. 맥스는 방금 발견한 이 관련성에 호기심을 느꼈다. 문득 후안의 아버지를 만나보고 싶었다.

"다음에 이자파를 방문하게 되면 나한테 알려주겠어요?"

맥스는 진지하게 말했다.

"당신 아버지를 만나서 예언된 마지막 시간에 대해 좀 더 배우고 싶어요."

"그러죠, 친구."

후안이 대답했다.

"당신의 자동차 사고가 제게는 기쁜 일이네요. 정말 행운의 만남이었어요."

제23장

석양 속으로

2012년 5월

맥스는 라코스타의 18번 홀에 있었다. 그가 페어웨이 왼쪽으로 드라이브를 휘두를 즈음 해는 뉘엿뉘엿 지고 있었다. 마지막 순간, 왼쪽 러프에 골퍼 한 사람이 보였다. 230야드 밖, 페어웨이에서 바로 벗어난 지점이었다.

맥스의 드라이브 샷은 보통 200야드라 평소라면 그 골퍼가 위험에 처할 상황은 아니었다. 하지만 이번은 맥스 평생 최고의 드라이브 샷이었다. 공은 220야드를 날아간 뒤 20야드를 굴러서 러프에 있는 그 골퍼 옆을 지나갔다.

"와, 거의 맞을 뻔했어."

함께 라운딩을 하던 킴이 소리쳤다.

"사과를 하는 게 좋겠군."

맥스가 말했다. 그리고 얼굴에 미안한 빛을 띠고 저쪽에 있는 골프 카트로 다가가자 에메랄드그린색 바지를 입은 키 큰 흑인이 돌아서며 미소를 지었다.

"근처에도 오지 않았으니 걱정 마세요. 제 모토가 '냉정(chill)을 잃지 말자.'거든요. 그게 제 이름이기도 하고요. 반갑습니다. 전 칠 캠피스터라고 합니다."

"그렇게 말씀해주시니 감사합니다."

맥스는 감사의 인사를 했다.

"티오프 하기 전에 자세히 살폈어야 하는데 말입니다. 바쁘시지 않으면 이 홀을 마치고 클럽 하우스에서 한 잔 대접하겠습니다."

"좋죠. 약속하신 겁니다! 잘 치고 나오세요."

바에서 자기소개를 한 맥스는 칠 캠피스터가 어쩐지 낯익다는 느낌이 들었다. 그리고 이내 그가 아내 레이첼과 함께 유명한 텔레비전 리얼리티 프로그램 '어메이징 레이스(Amazing Race)'에서 승리한 커플이기 때문이라는 사실을 알았다. 그는 100만 달러의 상금을 받고 일찌감치 은퇴한 다음, 영화 제작을 공부하기 위해 학교로 돌아갔다. 젊은 시절에는 배우로도 활동했는데, 무함마드 알리에 대한 다큐멘터리 영화 '아이 엠 더 그레이티스트(I am the Greatest)'에서는 젊은 카시우스 클레이(Cassius Clay)로 출연했다고 했다.

맥스는 어안이 벙벙했다. 칠이 말해준 내용 때문이 아니라 칠 캠피스터가 열두 명 중 열 번째 이름이라는 것을 깨달았기 때문이다.

무슨 일이지? 점점 빨라지고 있어.

단 이틀 만에 열두 명 중 아홉 번째와 열 번째 사람을 만났다. 다른 사람들을 만나고 아주 긴 세월이 흐른 시점에서 말이다. 어떻게 해야 할지 확신할 수가 없었다. 옆에 다른 골퍼들이 많이 있어 대놓고 열두 명의 이야기를 꺼내기가 편치는 않았다.

맥스는 침착하게 행동하기로 했다.

이야기를 나누던 중 맥스는 칠이 아내와 함께 '어메이징 레이스'에서 우승한 경험을 바탕으로 '동기 부여 프로그램'의 대본을 구성해놓았다는 사실을 알게 되었다. 맥스가 영화사를 운영한다는 사실을 밝히고 그 프로젝트를 검토해보고 싶다고 하자 칠은 무척이나 흥분했다.

맥스는 기회를 엿보기로 했다. 먼저 구성 원고를 검토하고 칠과 사적인 만남을 계속하면, 열두 명의 비밀에 대해 좀 더 알아볼 수 있겠다는 생각이 들었다.

그 구성 원고를 읽어보고 마음에 든 맥스는 레이첼과 칠이 대단히 유명한 텔레비전 프로그램의 우승자라는 인지도를 이용해 영화를 팔 수 있겠다고 생각했다. 그들은 그 대회에서 우승한 최초의 흑인 커플이자 당시로서는 최고령 커플이기도 했다.

그 구성 원고에서 드러난 특징 중 하나는 예수에 대한 그들의 강한 믿음이었다. 스트레스가 심한 방송 중에도 그들은 다른 팀이 사용하는 방법에 대해 전혀 불평하지 않았고, 그 동기 부여 프로그램에서도 믿음이 그들의 비밀 무기라는 점을 강조하고자 했다.

그 프로그램이 방영된 이후, 부부는 강연 여행을 시작했고 믿음과 팀워크를 이용해 기적을 이뤄낸다는 주제로 인기 있는 동기 부여 강사가 되었다.

부부가 하는 모든 일이 영화와 책과 그들이 개발하고자 하는 다른 자료의 굳건한 토대가 되리라는 것을 맥스는 알 수 있었다. 또한 삶에 대한 그들의 긍정적이고 낙천적인 접근 방식에 큰 감명을 받았다. 그들은 순수한 애정과 호의로 가득 차 있었다. 부부는 맥스에게 많은 이야기를 해주었다. '어메이징 레이스'에서 우승할 당시 그들이 파산 위기에 있었다는 사실도 알았다. TV에 출연하기 몇 년 전, 칠이 만든 소프트웨어 회사에서 자금 횡령 사건이 발생했던 것이다. 만약 그 텔레비전 프로그램에서 우승을 못했다면 그들은 집을 비롯한 다른 모든 재산을 잃게 될 형편이었다.

맥스는 그들보다 좋은 커플을 만난 적이 없었다. 하루는 부부를 초대해 차트 하우스 레스토랑에서 바다에 펼쳐진 노을을 바라보며 식사를 했다. 이윽고 밤이 깊어지자 맥스는 마침내 열두 명의 이름에 관한 이야기를 꺼냈다. 그리고 칠에게 그가 그 명단의 열 번째 사람이라고 말했다.

"저는 아직 그 이름들이 뭘 의미하는지 모릅니다. 하지만 한층 긴박해지고 있다는 느낌이 듭니다. 이런 얘기가 정말 이상하게 들리시겠지만 저를 믿어주세요. 이 모든 일에는 분명 이유가 있을 겁니다. 저도 그게 무엇인지 알게 되기를 바랄 뿐이지만요."

칠은 맥스의 이야기에 미소로 답했다.

"주님은 불가사의한 방식으로 일하십니다. 영적으로 다시 태어난 기독교인으로서 저는 예수님이 우리를 만나게 하셨다고 확신합니다. 저는 여기에서 주님의 기적을 봅니다. 왜 당신 평생 최고의 드라이브 샷이 바로 제 앞에 떨어지는 일이 일어났을까요?"

이 말에 모두가 웃음을 터뜨렸다.

"하지만 저는 유대인으로 태어났는걸요."

맥스가 말했다.

"저는 예수를 '믿고' 있는지조차 확신 못합니다."

그리고 '역사 속의 예수를 찾아서' 작업을 하며 자신이 만났던 천박한 사람들에 대해 이야기했다. 칠과 레이첼은 고개를 끄덕였다.

이윽고 레이첼이 말했다.

"예수님은 모든 민족의 구세주예요. 그분을 믿는 사람에게 국한되는 것이 아니죠."

"그렇고말고요."

칠이 맞장구를 쳤다. 잠시 후, 그는 대화를 좀 더 분석적인 방향으로 이끌었다.

"어쨌든 '당신'이 경험한 것이나 그 이름들이 어떤 연관성을 가지고 있는지에 대해 초점을 맞춰봅시다. 예수님은 이 일과 어떤 관련이 있을 수도 있고, 아닐 수도 있어요. 하지만 문제의 핵심은 우연이란 없다는 겁니다. 모든 것이 계획의 일부지요. 그러니까, 당신 말대로 내가 그 열두 명의 명단에 있다면 말입니다. 물론 나에겐 그걸 의심할 이유가 없지만요. 내가 왜 그 명단에 들어 있는지 알고 싶군요."

칠은 최근 자신의 소프트웨어 회사에서 공금을 횡령한 전 파트너에 대한 판결이 끝났다고 말했다.

"그래서 당신이 이 미스터리를 해결하는 데 도움을 줄 수 있는 시간과 자금을 갖게 되었다는 겁니다. 어떻게 도우면 되는지 저한테 말씀만 하세요."

맥스는 칠이 예수와 관련이 없을지도 모른다는 자신의 설명에 마음을 열어준 것에 크게 안도했다. 도와주겠다는 그의 제안도 겸허하게 받아들였다.

"저는 다음 주에 교육 영화와 다큐멘터리 영화 박람회에 참석하기 위해 뉴욕에 갑니다. 돌아오는 대로 선생님과 함께 열두 명의 퍼즐을 푸는 데 집중해보기로 하죠. 어쩌면 멕시코 이자파로 후안과 여행을 가게 될 수도 있습니다. 이유는·모르겠지만 이자파가 이 미스터리의 열쇠일 것 같다는 생각이 들거든요."

제24장

달리는 곰

2012년 5월

뉴욕으로 가는 비행기 여행은 힘이 들지 않을 만큼 짧았다. 맥스의 마음은 다섯 시간 내내 한곳으로 줄달음질쳤다. 일에 대한 생각은 모두 사라졌다.

이제 열두 명의 명단 중 열 사람을 만났다. 모든 이름이 서로 다른 지역을 대표하는 것 같았다.

칠과 레이첼은 12사도를 지적하면서 맥스가 열두 명의 이름을 받은 데는 이유가 있을 것이라고 말했다. 어쩌면 이들은 예수의 재림을 기다리는 새로운 열두 명의 사도일지도 모른다.

맥스는 그런 상상이 비현실적이라고 생각했지만, 이제 이 미스터리를 자신의 모든 에너지와 마음을 다해 파헤쳐야 한다는 것을 느꼈다.

맥스는 뉴욕에 들를 때면 항상 예일 클럽에 머물렀다. 그랜드센트럴 역 근처여서 교통이 편리하고 그랜드 하얏트나 다른 도심의 호텔에 비교해 가격도 저렴했다. 맥스의 회사는 창립 30주년을 맞이했다. 그래서 예일 라이브러리의 4층을 빌려 프랑스산 샴페인과 디저트를 대접하며 그동안의 성과를 기념했다.

독립 영화사가 그토록 오랜 기간 살아남는 것은 힘든 일이었기 때문에 30주년을 맞이한 것은 기념할 만한 일이었다. 맥시멈 프로덕션의 외국 판권 책임자는 국제 네트워크에서 중요한 외국 에이전트들을 모두 초청해달라고 특별히 부탁했었다.

파트너를 동반해도 좋으냐는 베트남 에이전트의 질문을 받은 맥스는 그 파트너가 여자 친구이거나 아내일 것이라 짐작하고 그 청을 받아들였다.

파티는 200명이 넘는 손님으로 가득 차 대성공이었다. 행사가 끝나갈 즈음, 키가 크고 마른 아시아 여성을 대동한 단신의 아시아계 남자가 자신을 소개했다.

"저는 베트남에서 온 두 반이라고 합니다. 여기는 제 조카 멜로디 존스고요. 멜로디는 이곳 뉴욕에 살면서 발레리나가 되기 위해 공부하고 있습니다. 멋진 행사에 초청해주셔서 감사합니다."

하지만 맥스는 그 남자가 하는 말에 집중할 수 없었다. 익숙한 충격이 감각을 마비시켰다.

멜로디는 열두 명의 목록 중 열한 번째 이름이었다.

1주일이 되지 않는 동안 마지막 네 개의 이름 중 세 사람을 만난 것이다. 하지만 맥스는 연회가 막바지에 있어 흥분을 감추며 차분하게 대답했다.

"별말씀을요. 참석해주셔서 오히려 제가 영광입니다."

맥스는 두 반과 악수를 나누면서 말했다.

"베트남에서의 판권 관련 업무를 잘 처리해주셔서 정말 감사합니다."

그리고 멜로디 쪽으로 돌아서며 말을 이었다.

"정말 아름다우시네요. 아저씨와 함께 참석해주셔서 고맙습니다."

무엇인가를 더 말하려 했지만 잘되지 않았다.

오렌지색 드레스를 입은 멜로디는 마치 우아한 무용수 같았다. 자신감이 넘치는 것으로 보아 이런 사교 모임에 익숙한 것이 분명했다.

맥스는 멜로디에게 그녀가 열두 명 중 하나라는 사실을 어떻게 밝혀야 할지 몰랐다. 하지만 어떻게든 방법을 찾아야만 했다.

"내일 저녁때 식사를 함께하시는 건 어떨까요?"

두 반이 대답했다.

"감사합니다만, 그러실 필요까진 없으세요."

"아뇨, 제가 그러고 싶어서요. 우리 회사를 위해 애를 많이 써주셨지 않습니까. 거절하지 말아주세요."

두 반은 맥스의 제의를 받아들였다. 하지만 멜로디는 남자 친구와 약속이 있어서 함께 올 수 없다고 했다.

"남자 친구분도 함께 오면 되지 않겠습니까?"

마침내 그녀도 승낙을 했고, 그들은 약속을 잡았다.

다음 날, 맥스는 평소답지 않게 무척 초조했다. 멜로디가 약속을 지키지 않을까봐 걱정되었던 것이다. 아무런 소득도 남기지 못한 계시와 함께 수년 동안 드러났다 사라졌다를 거듭하던 열두 명의 미스터리가 긴박하게 진행되고 있었다.

멜로디는 그 이름들을 놓쳐버린 수십 년 전의 그 순간 이후로 아주 오랫동안 그를 피해간 해답을 찾는 데 없어서는 안 될 사람이었다. 그 이름들을 다시는 놓칠 수 없었다.

레스토랑에 도착한 맥스는 멜로디가 삼촌, 남자 친구 매튜 조던과 함께 있는 것을 발견하고 전율을 느꼈다. 매튜는 수상 경력이 있는 유명한 서퍼였는데, 한창때는 환각제를 많이 복용한 것으로 알려졌다.

저녁 식사를 하는 동안, 맥스는 두 반이 지적이고 세련된 사람이라는 것을 알게 되었다. 하지만 지금으로선 의미도 없는 얘기에 관심을 쏟는 데 한계가 있었다.

맥스는 화제를 바꾸어 멜로디에게 그녀의 생활에 대해 물었다. 그녀의 할머니와 어머니는 베트남 전쟁이 막바지이던 1971년에 보트 피플로 베트남을 빠져나왔다고 했다. 당시 열일곱 살이던 어머니는 해적들에게 잔인한 폭행과 강간을 당하기도 했다.

엄청난 고생 끝에 그들은 뉴욕에 도착해 새로운 삶을 일굴 수 있었다. 하지만 멜로디의 어머니가 자신이 겪은 트라우마를 극복하는 데는 오랜 시간이 걸렸다. 그녀는 여러 직업을 전전하다 시내의 여러 극장에서 세트 디자이너라는 천직을 찾았다.

그러다 안무가 안톤 존스를 만났고, 1년에 걸친 그의 구애 끝에 결혼하게 되었다. 멜로디는 그 부부의 막내딸로 춤이나 극장과 관련된 삶을 추구하는 유일한 자녀였다.

"할머니는 바다에서 살해되지 않은 것이 기적이라고 하셨어요. 우리 가족이 '지상에 낙원을 만드는' 운명을 타고났다고 그리고 그것이 어머니와 할머니가 살아남을 수 있었던 이유라고 늘 말씀하셨죠. 제가 잘못된 행동을 하면 '너는 운명을 실현하기 위해 태어났기 때문에 더 나은 행동을 해야 한다. 그렇지 않으면 죽음에서 빠져나온 기적이 물거품이 되는 것'이라고 하셨어요."

멜로디는 옛 기억을 떠올리듯 미소를 지었다.

두 반은 침묵을 지키며 조카의 이야기를 들었다. 그 말에 고개를 끄덕이면서도 한편으로는 비애감을 느끼는 듯했다.

전화를 하기 위해 잠깐 자리를 비운 동안, 멜로디의 이야기와 할머니의 예언에 완전히 마음을 빼앗긴 맥스는 마침내 열두 명에 대한 이야기를 밝히기로 결심했다.

임사 체험에 대한 자세한 이야기와 '달리는 곰'으로 끝나는 열두 명의 이름을 말했다. 멜로디가 회의적인 반응을 보일 거라고 예상했지만 다행히 그녀는 신중하게 이야기를 듣고 호기심까지 보였다.

매튜는 내내 멜로디 옆에 앉아서 그녀와 맥스의 얼굴을 번갈아보며 이야기를 경청했다.

"그 열두 명의 이름을 좀 써주시겠어요?"

멜로디가 맥스에게 말했다.

"어떤 연관성이 있는지 보려고요."

맥스는 그녀의 부탁이 좀 놀라웠다. 하지만 두말없이 그 이름들을 냅킨에 적어 건넸다. 멜로디는 그 이름들을 찬찬히 살펴보았다. 몇 분 후, 그녀가 고개를 들었다.

"아는 이름이 없네요. 어떤 연관성도 찾아볼 수 없고요. 저로서는 도와드릴 방법이 없는 것 같아요."

그때 매튜가 그 목록을 보자고 했다. 그리고 잠시 뒤, 그가 말했다.

"이 마지막 이름, '달리는 곰'이요, 이 사람은 아직 못 만나셨어요?"

"네, 아직 만나지 못했습니다. 이제 목록 중에서 마지막으로 남은 이름이죠. 왜 그걸 묻죠? 그런 사람을 알고 있어요?"

"아뇨."

매튜가 대답했다. 맥스는 크게 실망했다.

"하지만 이건 아메리카 원주민 이름이 분명해요. 우리 아버지가 아메리카 원주민 혈통이신데, 아마 '달리는 곰'에 대해 아실 거예요."

매튜가 말을 이었다.

"아버지는 샌클레멘트에 사세요. 당신이 사는 곳과 그리 멀지 않죠. 잠깐 휴대전화 좀 빌려주실래요? 제가 알아볼게요."

맥스는 매튜에게 전화기를 건넸다. 몇 분 만에 매튜의 아버지 토비와 연결되었다.

토비는 애리조나 주 세도나에서 여행 가이드로 일하는 '달리는 곰'

이란 이름의 사람을 알고 있다고 확인해주었다.

맥스는 자신의 귀를 의심했다. 토비와 전화로 이야기를 나눈 후, 맥스는 다음 주말 세도나에서 그를 만나 '달리는 곰'을 찾아가기로 약속했다.

모든 게 현실이 되었다는 생각에 전화를 끊는 맥스의 손이 흥분으로 떨렸다. 며칠 안에 마지막 열두 번째 사람을 만나게 될지도 모른다는 것이 실감되었다.

하지만 그 뒤에는 어떻게 될까?

제25장

붉은 돌

2012년 6월

　토비 조던은 서핑계의 전설이었다.

　젊은 시절 여러 선수권을 휩쓸었지만 이후 서핑 사진작가로 그보다 더 큰 명성을 얻었다. 이를 통해 서핑 영화에도 손을 대었고, 나중에는 실제 서핑보드와 물감 등의 소재를 이용해 독특한 조형물을 만드는 예술가라는 직업을 갖게 되었다.

　그 외에 토비는 서핑보드를 디자인하고 서핑 액세서리를 파는 사업도 시작했다. 예술적인 기질 덕분에 자신의 작품에 출연한 많은 예술가들과도 친분을 갖게 되었다.

　토비의 두 아들 역시 서핑 챔피언이었다. 큰아들 매튜는 다른 서퍼들이 상상도 못하는 아크로바틱 점프나 그와 비슷한 엄청난 기술로 유명해졌다.

토비는 젊은 시절 알코올 중독과 싸웠다. 자신이 알코올에 저항하지 못하는 것을 항상 아메리카 원주민 혈통의 탓으로 돌렸다. 하지만 나이가 들어서는 술을 입에 대지 않기로 마음먹었고, 이런 금주 습관이 서핑과 함께 그가 건전한 생활 방식을 갖게 된 요인이 되었다. 그는 광범위한 하이킹까지 자신의 작업 분야에 포함시켰고, 이로써 그의 사진 작품에는 완전히 새로운 세상이 펼쳐졌다.

그가 하이킹을 하거나 사진 작업을 할 때 가장 선호하는 지역은 애리조나의 세도나였다. 세도나는 지대가 높은 남서부 사막의 작은 도시로서 붉은 바위가 연출하는 절경으로 유명하다. 그는 적어도 1년에 한 번은 그곳을 순례했다. 때문에 맥스와 함께 세도나로 짧은 여행을 다녀오는 데 흔쾌히 응했다.

두 사람은 1박 2일의 자동차 여행을 하기로 했다. 가는 길에 맥스는 열두 명에 대한 이야기를 했고, 토비는 세도나 최고의 여행 가이드로 알려진 '달리는 곰'에 대해 자신이 아는 것을 모두 말해주었다. '달리는 곰'은 사람들에게 알려지지 않은 동굴과 인디언의 성지를 모두 알고 있었다.

"그는 태어났을 때 조엘 시츠라는 이름을 얻었죠. 나는 세도나의 아름다움을 사진에 처음 담기 시작한 20년 전부터 그 사람을 알게 됐습니다. 내가 나의 혈통에 대해 얘기해주자 그도 자신의 인디언 이름을 말해주었죠. 그가 '달리는 곰'이라는 걸 아는 사람은 많지 않아요. 그래서 매튜의 전화를 받았을 때 상당히 놀랐습니다. 다른 방법으로는 그를 찾을 수 없었을 겁니다. 구글로도 안 되는 일이지요."

"물론이죠. 이 모든 일이 시작될 때는 구글이 존재하지도 않았거든 요. 사실, 인터넷 자체가 존재하지도 않았을 때죠."

맥스는 말을 이었다.

"정말 놀랄 만한 여정이었죠. 항상 그 이름을 가진 사람들이 나를 찾 아내는 것 같았어요. 열두 명 중 어떤 사람들은 우리가 모두 어떤 의미 심장한 숙명으로 연결되어 있다고 믿어요. 나도 공감하는 편이죠. '달 리는 곰'이 우리에 대해 뭔가 알고 있었으면 좋겠네요. 이것이 모두 어 마어마한 우연이고, 어떤 진정한 목적이나 의미도 없다면 정말 끔찍할 거예요."

토비는 공감의 뜻으로 고개를 끄덕였다.

"당신들의 미스터리에 해답을 가진 사람이 있다면, 그건 '달리는 곰' 일 겁니다."

토비가 자신 있게 말했다.

"그는 여행 가이드일 뿐 아니라 일종의 주술사이기도 합니다. 고대 호피족의 신앙과 관습에 대해 많은 것을 알고 있죠."

그리고 잠깐 멈추었다가 다시 말했다.

"'달리는 곰'은 의식을 치를 때 환각제를 사용합니다. 증기로 몸과 마음을 치유한다는 스웨트 로지(sweat lodge) 전문가이기도 하죠."

토비와 맥스는 늦은 시간이 되어서야 베스트 웨스턴 모텔에 도착해 체크인을 했다. 맥스는 잔뜩 긴장하고 흥분했음에도 불구하고 곧 곯아 떨어졌다. 그리고 깨어나서는 자신이 잠을 아주 잘 잤다는 것을 알고 깜짝 놀랐다.

'달리는 곰'은 근처에 있는 간이식당에서 그들과 함께 아침을 먹었다. 나이는 70대였고, 큰 키에 듬성듬성 은발이 비치는 머리를 길게 땋았다. 아름다운 터키석을 박은 붉은 조끼를 입었는데 나이에 비해 풍채가 당당했다.

맥스는 그가 강대했던 라코타 부족과 호피 인디언 주술사의 혈통을 물려받은 직계 후손으로서, 세도나의 성지를 안내하는 여행 가이드로 일하며 자기 부족의 전통과 대지에 대한 진정한 사랑을 전하고 있다는 사실을 알게 되었다.

맥스는 망설임 없이 '달리는 곰'에게 열두 명의 이름에 대한 모든 얘기를 자세히 해주었다. '달리는 곰'은 미소를 지으며 주의 깊게 맥스의 이야기를 들었다. 맥스의 이야기가 끝나자 그가 입을 열었다. 목소리는 굵고 낮았다.

"우리는 당신을 기다리고 있었습니다."

"어떻게 그럴 수가 있죠?"

맥스는 도저히 믿을 수 없었다.

"제가 당신의 이름을 본 건 47년 전이었습니다. 그리고 그동안 내내 제가 어디로 가는지, 왜 가고 있는지 전혀 알지 못했습니다. 그런데 당신이 어떻게 그걸 알고 있었다는 거죠?"

"엄밀히 말하면 '당신'을 기다린 건 아닙니다. 하지만 우리 아메리카 원주민들은 수세기 동안 열두 명의 이름에 대해 알고 있었습니다."

'달리는 곰'은 계속해서 말했다.

"위대한 변화가 우리에게 맡겨져 있습니다. 이번 시대에 진짜 인간 들이, 그러니까 강하고 완전한 정신을 가진 사람들이 다시 나타나고, 우리 민족의 영적 수호자가 우리를 평화와 조화의 세계로 인도할 것 이라는 이야기가 세대와 세대를 거쳐 전해져왔습니다."

이야기의 중요성에도 불구하고 '달리는 곰'의 목소리는 침착했다.

하지만 맥스는 그처럼 차분할 수가 없었다.

"그렇다면 저하고 그 전설이 어떤 관계가 있다는 겁니까?"

당황한 기색이 역력한 목소리였다.

"저에겐 아메리카 원주민의 피가 흐르지 않아요. 제 친조부모님들 은 헝가리계이고, 외조부모님들은 러시아계입니다."

"나도 당신의 구체적인 역할이 무엇인지는 모릅니다. 하지만 무엇 보다 당신은 그 열두 명을 다시 결합시켰습니다. 각각의 이름은 우리 가 알고 있듯이, 지구 종말의 시대인 지금 환생한 현대 유색인종 중 하 나를 대표합니다."

걱정스러워하는 맥스의 얼굴을 보면서 그는 계속 말했다.

"우리의 고대 조상들은 종말의 시대에 우리 아메리카 인디언이 '모 든' 유색 인종으로 환생할 거라는 것을 알고 있었습니다. 거기에는 인 종 간의 대립이 있을 수 없습니다. 새로운 시대에는 하나의 세계만이 존재합니다. 도덕적이고 진실한 마음을 가진 사람들이 지구상에 출현 해 너무나 많은 사람들의 욕심과 폭력으로 아주 오래전부터 생긴 상처를 치유하게 됩니다. 우리 형제들은 우리의 패배가 일시적인 것일 뿐 영원한 것이 아님을 알고 있었습니다. 우리가 죽은 영혼과 소통하는 춤 같은 의식을 만든 것은 그 때문입니다. 우리는 언제나 참된 사람들은 결코 죽지 않으며, 인류의 열두 부족과 열두 색상을 대표하는 다른 몸으로 환생할 것임을 알고 있었습니다."

그 이야기를 들으면서 맥스는 '달리는 곰'이 말하는 것을 온전히 받아들이는 자신을 발견했다. 하지만 아직 풀리지 않는 의문이 너무 많았다.

"내 자신의 경험을 근거로 하면 당신 말이 맞을 겁니다."

맥스는 창문 너머로 먼지가 이는 사막의 풍경을 바라보며 말했다.

"당신들한테 전해져 내려온 고대의 전설도 분명 진실일 거고요."

그리고 시선을 돌려 '달리는 곰'을 쳐다보며 말을 이었다.

"하지만 그렇다 해도, 그 모든 것이 무슨 의미가 있다는 거죠?"

"해답은 '위대한 영혼(Great Spirit)'으로부터만 나올 수 있습니다."

'달리는 곰'이 대답했다.

"내일 아침 일출 때에 맞춰 스웨트 로지를 만들어야 합니다."

그리고 테이블에서 일어나 왼쪽에 있는 산을 가리켰다.

"길 저 너머에 있는 붉은 바위들이 보이십니까?"

맥스는 고개를 끄덕였다.

"저 붉은 바위의 가장 깊은 크레바스로 통하는 5킬로미터 정도의 길이 있습니다. 그 크레바스에 대해 아는 사람은 거의 없죠. 그 크레바스 옆에 고대의 동굴이 있습니다. 그 동굴 안에다 스웨트 로지를 준비해야겠습니다. 토비가 전에 한 번 그 성지에 가본 적이 있으니, 아침에 당신을 그곳으로 안내해줄 겁니다. 모든 준비는 내가 할 겁니다. 오늘 저녁에 가서 '위대한 영혼'과 나의 조상들께 봉헌을 드려야겠습니다. 예복도 준비하고요."

　토비와 맥스가 그 크레바스 동굴에 도착한 것은 아직 동이 트기 전이었다. '달리는 곰'은 이미 그곳에 와 있었다. 신성한 독수리 깃털이 달린 예복을 차려 입은 모습이었다. 그는 고대 호피족의 영창을 암송하며 무아지경의 명상에 잠겨 있었다.

　동굴은 화톳불의 열기 때문에 엄청나게 더웠다. 동굴 바깥쪽에 앉아 있는데도 온몸이 땀에 젖었다. 그들은 조용히 앉아서 '달리는 곰'을 바라보았다. 10분에 걸친 영창이 끝난 후, '달리는 곰'이 그들 쪽으로 몸을 돌렸다.

　"좋은 밤이었습니다. 영들도 기뻐하고 있습니다. 우리를 인도하길 고대하고 있어요. 자, 이쪽으로 오십시오."

　'달리는 곰'이 말했다.

　"이 담배를 조금 피워야 합니다. 그러고 나서 동굴로 들어가 기도를 시작할 겁니다."

　'달리는 곰'이 그들에게 파이프를 건넸다. 맥스는 담배 속에 일종의 환각제가 섞여 있지 않을까 의심했지만 묻지는 않았다.

　'달리는 곰'은 다시금 호피족 말과 영어를 섞어가며 일련의 영창을 끝낸 다음, 동굴 안의 사방에 대고 축복을 간구했다. 그의 지시에 따라

토비와 맥스도 영어로 똑같이 반복했다.

"우리의 간청과 우리의 몸을 정화하고, 우리에게 우리의 숙명을 밝혀주십시오."

'달리는 곰'이 '위대한 영혼'에게 호소했다. 그리고 '어머니의 영혼'과 '아버지의 영혼'에게 길잡이를 부탁했다.

열기가 대단했다. 자칫 의식을 잃을 것만 같았다. 맥스는 이렇게 많은 땀을 흘려본 적이 한 번도 없었다. 하지만 운명을 알아내고자 하는 욕구로 모든 것을 견뎌냈다. 그는 꼼짝 않고 앉아 '달리는 곰'의 모든 말과 몸짓에 주의를 집중했다.

마침내 영창과 기원이 끝나고 깊은 정적이 흘렀다. 초자연적인 일은 전혀 일어나지 않았다. 맥스는 '달리는 곰'의 의식(儀式)이 효과가 있는지 의심스러웠다.

'달리는 곰'은 무엇에 홀린 듯 멍한 얼굴을 하고 있었다. 아무런 움직임도 없었다. 심지어 숨도 쉬지 않는 것 같았다. 맥스는 감히 움직일 수가 없었다.

'달리는 곰'의 의식을 여러 번 겪어본 토비가 고개를 끄덕이며 염려할 필요 없다고 맥스를 안심시켰다.

20분가량 침묵과 완벽한 고요가 이어졌다. 그리고 마침내 '달리는 곰'이 낮고 차분한 목소리로 말하기 시작했다.

하지만 맥스가 이해할 수 없는 고대 호피족의 언어였다.

이윽고 자리에서 일어난 '달리는 곰'이 스웨트 로지 밖으로 나갔다. 토비와 맥스도 그 뒤를 따랐다.

밖에는 아침나절의 태양이 빛나고 있었다. 붉은 바위들이 빛을 반사해 붉은색과 노란색, 오렌지색과 녹색의 눈부신 태피스트리를 연출했다. 그들은 맑고 시원한 아침 공기에 감사하며 '달리는 곰'이 준비해둔 물을 꿀꺽꿀꺽 마셨다.

'달리는 곰'은 물 한 병을 다 비운 뒤, 맥스에게 다가와 눈을 똑바로 바라보며 말했다.

"당신의 탐색은 오늘 시작됩니다. '위대한 영혼'은 당신이 무엇을 해야 하는지, 당신이 수세기 전, 이 행성에 다시금 환생하는 데 동의했을 때 한 일이 무엇인지 내게 말씀해주셨습니다."

무슨 말인지 이해할 수 없었지만 맥스는 흥분에 휩싸이기 시작했다. 마침내 임사 체험의 목적과 열두 명과의 관계를 알게 될 것 같은 확신이 들었다.

"무슨 탐색이요?"

효과는 별로 없었지만 마음을 가라앉히려고 애쓰며 물었다.

"그리고 제가 무엇을 하는 데 동의했다는 거죠?"

"당신은 열두 명을 한데 모으는 사명을 가진 사람입니다. 그들은 멕시코 이자파 외곽에서 일체가 되어야 합니다. 예언의 해인 올해 8월 11일, 동이 틀 때 반드시 그곳에 모여야 합니다."

그리고 경고하듯 말했다.

"열두 명을 모으는 데 두 달밖에 없다는 뜻입니다. '위대한 영혼'은 그 신성한 날, 열두 명의 사명이 드러날 것이라고 나에게 말했습니다. 하지만 '반드시' 열두 명이 모두 참석해야만 합니다."

맥스는 회의가 엄습하기 시작했다.

"하지만 그 열두 명 중에는 20년 넘게 소식을 전하지 못한 이들도 있어요. 만약 전부 오지 못하면 어떻게 되는 거죠?"

'달리는 곰'이 고개를 저었다.

"나는 '위대한 영혼'이 말씀하신 것만을 알 뿐입니다. 당신이 그 목표를 어떻게 이룰지는 알지 못합니다. 그 열두 명 중 하나로서 나는 이자파의 산에 있게 될 겁니다. 물론 우리를 다시 모이게 하는 일이라면, 힘닿는 데까지 당신을 돕겠습니다. 하지만 '위대한 영혼'은 이것이 당신의 사명, 당신만의 사명이라고 말씀하셨습니다."

맥스는 숨을 죽였다. 마음속에서는 온갖 의문과 회의가 소용돌이를 일으켰다.

이것이 모두 환상이라면? 그는 '달리는 곰'에게 후안이라는 이름의 정비공과 이자파의 성지를 수호한다는 그의 아버지에 대해 모두 이야기했었다. '달리는 곰'이 그 이야기에서 정보를 얻어 맥스가 듣고자 하는 말을 꾸며낸 것은 아닐까?

결국 그 열두 명이 왜 열두 명이어야 하는지, 왜 그들이 이자파에 가야 하는지에 대한 구체적인 설명은 없었다. 맥스는 좀 더 많은 정보가 필요했다.

"우리가 이자파에서 만나야만 한다는 것을 어떻게 확신하죠? 그것도 꼭 그날 그 시간에 말입니다."

"'위대한 영혼'께서 그렇게 말씀했으니까요."

"당신은 우리가 이뤄야 하는 것이 무엇인지 알고 있죠?"

'달리는 곰'은 고집스럽게 고개를 저었다.

"'위대한 영혼'께서 다른 것은 말씀하지 않았습니다."

하지만 맥스는 그 말을 받아들일 수 없었다.

"하지만 당신은 주술사잖아요. 왜 하필 그 장소인지, 왜 그 시간인지, 무슨 일이 일어날지, 뭐라도 떠오르는 게 없나요?"

맥스는 고집을 부렸다.

"물론 나도 한 개인으로서 나만의 생각을 갖고는 있습니다. 하지만 그것은 중요하지 않습니다."

'달리는 곰'이 조용히 말했다.

"'위대한 영혼'께서 밝혀주신 것만 논의할 가치가 있습니다."

그러고는 몸을 돌려 붉은 바위 사이로 난 통로를 따라 길 쪽으로 내려갔다.

맥스는 토비에게 이끌려 따라가며 계속해서 '달리는 곰'에게 매달렸다. 그의 목소리는 필사적이었다.

"하지만 당신은 분명 어떤 실마리를 갖고 있을 거예요. 제발 '무엇이든' 논리적인 얘기를 좀 해주세요. 그게 아니라면 최소한 '위대한 영혼'의 요구를 설명하는 데 도움이 될 만한 것이라도요."

맥스는 지푸라기라도 잡고 싶은 심정이었다.

그러자 '달리는 곰'이 걸음을 멈추고 이렇게 대답했다.

"8월 11일은 마야력에서 신성한 날입니다. 나는 주술사인 후안의 아버지가 나보다 당신한테 더 자세한 것을 알려줄 것이라고 확신합니다. 하지만 내가 아는 한에서 말할 수 있는 것은, 그것이 신성한 만남이며 당신이 그 시간에 열두 명을 모으는 데 실패한다면 훨씬 큰 고통이 따를 것이라는 점입니다."

그러고는 다시 입을 다물고 긴 다리로 속력을 더해 묵묵히 걷기 시작했다. 뒤에 남겨진 맥스와 토비는 지금까지 들은 이야기를 곰곰이 되새겨보았다.

그 괴상한 이야기를 믿는다 해도… 맥스에게는 여전히 왜 그리고 어떻게 자신이 선택되었는지에 대한 의문이 남았다.

제26장

의외의 죽음
2012년 6월

캘리포니아로 돌아오자마자 맥스는 가장 먼저 이스탄불에 있는 에롤에게 전화를 걸었다. 그들은 컴퓨터를 이용해 영상 통화를 할 수 있었다.

"일이 생겼어요, 에롤."

맥스는 말을 하면서도 자신의 얘기가 믿기지 않았다.

"열두 명을 다 찾았어요. 오랫동안 내가 가지고 있던 이름들 말입니다. '달리는 곰'의 주인공은 라코타의 주술사였습니다. 그 사람 말에 따르면, 당신 말이 맞아요, 열두 명을 모아서 고대 마야력의 발상지인 이자파로 보내는 것이 내 운명이라네요."

"놀랍군요, 친구."

에롤이 말했다.

"나는 우리의 운명이 오랫동안 얽혀 있다는 걸 알고 있었어요. 이로써 그것이 입증되었군요. 우리는 언제 이자파로 가나요?"

"모두가 8월 11일에 그곳에 있어야 해요. 당신은 올 수 있나요?"

"당연하죠. 당신이 말린다고 해도 갈 겁니다. 그리고 여행 경비가 없는 사람이 있다면, 제가 그 비용을 대도록 하겠습니다. 운명의 길에 돈이 문제가 되어서는 안 되죠. 나는 줄곧 당신 이야기가 어떤 의미심장한 목표를 암시한다고 믿었어요. 그리고 제 자신의 운명도 이스탄불이나 고국 터키에 대한 내 애정보다 큰 어떤 것과 연결되어 있을 거라고 믿어왔죠."

맥스는 기뻐하며 다른 사람들을 만나기 위해 여러 나라를 여행해야 할지도 모른다는 말을 덧붙였다.

"그 문제도 걱정 마십시오. 만약 당신이 여행을 하는 데 경제적 도움이 필요하다면 언제든 말씀해주세요."

"필요할 때 당신이 도와줄 걸 생각하니 마음이 놓이네요."

맥스는 크게 안도하며 말했다.

다음의 전화 세 통은 간단했다. 앨런 테일러 박사와 칠 캄피스터는 기꺼이 동참하겠다고 했고, 후안에게는 아버지를 만날 수 있는 기회였기 때문에 전혀 문제될 게 없었다.

멜로디 존스는 처음으로 재정적 도움이 필요한 사람이었다. 하지만 그 문제가 해결되자 그녀는 이내 이자파에서 8월 11일에 합류하겠다고 말했다.

맥스는 인터넷으로 요코와 연락을 취했다. 그녀는 기쁜 마음으로 오 겠다는 답장을 했다. 8월은 휴가 기간인 데다 그녀는 아직 그해의 휴 가 계획을 잡지 않은 터였다.

선팍은 출장 기간을 다시 조정해야 하지만 올 수는 있다고 했다. 이 제 유츠키와 마리아, 린포체, B. N. 마하르스만 남았다.

맥스는 린포체와 거의 10년 동안 연락을 못했다. 게다가 다른 사람 들은 거의 20년이나 되었다. 하지만 지난 8년간 캐나다 토론토에서 살 고 있던 린포체를 어렵지 않게 찾아냈다. 그는 이제 엉터리이긴 하 지만 영어도 할 수 있고, 자기 제자의 딸과 결혼해서 어린 자녀 둘을 두 고 있었다.

맥스가 상황을 설명하자, 린포체는 그 중대한 모임에 기꺼이 참석하 겠노라고 말했다.

마리아에게 전화를 하는 것은 정말 어려운 일이었다. 오랜 세월이 흘렀지만, 맥스는 그녀가 공원을 걸어 나갈 때 느꼈던 후회의 감정을 잊지 못했다. 서로에게 충실했던 강렬한 사랑의 감정 역시 잊을 수 없 었다.

맥스는 어렵게 수화기를 들었다. 그녀는 여전히 페루의 트루히요에 살고 있었다. 맥스의 전화를 받자 그녀는 대단히 기쁜 것 같았다. 그들 은 먼저 서로의 안부를 물었다. 마리아는 장성한 네 명의 자녀와 일곱 명의 손자손녀를 두고 있었다. 엔지니어인 남편과 결혼한 것을 후회해 본 적이 없다는 말도 했다. 그녀의 남편은 이미 세상을 떠나고 없었다.

맥스는 복잡한 감정을 느끼며 미안하다고 말했다. 하지만 그녀는 트루히요에서 평화로운 삶을 사는 것이 행복하다고 대답했다. 그리고 맥스의 제안을 흔쾌히 받아들였다. 전통적인 장례 기간이 끝난 이후, 처음으로 갖는 외유라고 했다. 하지만 그녀는 경제적으로 여유가 없었다. 때문에 경비를 부담하겠다는 맥스의 제안을 고맙게 받아들였다.

통화를 끝내자 맥스는 피로가 몰려왔다. 마리아를 만났을 때 느꼈던 감정이 무엇이든, 그 여운이 아직 남아 있었다. 전화를 계속하기 전에 잠깐 휴식이 필요했다.

유츠키는 영화계에서 은퇴했기 때문에 찾기가 쉽지 않았다.

하지만 맥스는 유츠키의 군 경력에 대해 자신이 알고 있는 것을 동원해 그를 찾아내는 데 성공했다. 그는 예루살렘에 살면서 이스라엘을 방문한 고관들의 보안 전문가로 활동하고 있었다. 마침내 그와 전화 연결이 되자 오랜 세월이 모두 녹아 없어지는 듯했다.

"자네 목소리를 들으니 정말 반갑네."

유츠키가 소리쳤다.

"그동안 어떻게 지냈나?"

"찾게 되어서 정말 기뻐요."

맥스가 대답했다.

"저를 좀 도와주셔야겠어요."

"뭐든지!"

유츠키가 열정 가득한 목소리로 말했다. 너무 한곳에만 있어서 머리가 살짝 돈 게 아닌가 싶을 정도였다.

"요즘은 재미있는 일이 너무 없어. …무슨 일인데? 영화 스텝이 움직이나? 허가를 받아야 해? 뭐든 말만 하게. 자네한테 필요한 일이면 뭐든지 해주겠네."

"그런 건 아니에요."

맥스는 전후 사정을 설명하고 말했다.

"그래서 당신이 8월 11일에 멕시코 이자파에서 저와 다른 열한 명을 만나주었으면 해요. 비용은 모두 제가 댈게요. 당신이 꼭 와야 하는 일이에요."

긴 침묵이 이어졌다. 오랫동안 연락조차 없던 맥스의 이 이상한 요구에 어리둥절해하는 그의 얼굴이 눈에 선했다.

잠시 후, 긴 한숨 소리가 들리더니 유츠키가 입을 열었다.

"누가 이 나이에 아메리카 대륙을 공짜로 여행할 수 있다고 생각이나 했겠나."

그는 기분 좋게 말했다.

"기대하게. 티켓하고 자세한 일정만 알려줘. 자네를 도우러 가도록 하지."

이제 남은 사람은 B. N. 마하르스뿐이었다.

전화기의 버튼을 누르자 곧 델리 국립박물관과 연결되었다.

"B. N. 마하르스 씨와 통화할 수 있을까요?"

박물관 교환원이 대답했다.

"B. N. 마하르스 씨는 이제 안 계십니다. 지금 '15세기의 파수꾼'으로 계신 분께 연결해드리죠. 그분이 B. N. 마하르스 씨가 계신 곳을 찾는 데 도움을 줄 수 있을 겁니다."

비교적 젊은 나이인데도 B. N.이 은퇴했다니 놀라운 일이었다.

몇 분 후, 남자 목소리가 흘러나왔다.

"이런 말씀을 전하게 되어서 유감입니다만, B. N. 마하르스 씨께서는 18년 전에 운명하셨습니다. 저하고는 친한 사이였죠. 제가 그분의 어시스턴트로 거의 20년간 일했거든요. 아직도 그분이 그립네요. 혹시, 미국에 사는 집안 친구 되시나요?"

순간, 맥스는 할 말을 잃었다.

어떻게 된 거지? 맥스는 가만히 생각했다. 열두 명 중 한 명이라도 없으면 어떻게 되는 걸까?

이윽고 맥스는 1973년 박물관에서 다큐멘터리를 촬영할 때 B. N.을 만난 적이 있다고 설명했다.

"그분이 촬영 허가를 받도록 도와주셨죠. 그분의 가족들을 만나서 즐겁게 하루를 보내기도 했고요."

문득 '가족'이라는 말에 생각이 미치자 희망이 생기는 듯했다.

"그분의 가족과 연락할 방법이 있을까요? 아주 중요한 일이라서 그분의 형제나 다른 가족들과 얘기를 해야 하는데요."

수화기 저쪽에서 잠시 생각하는 듯하더니 이윽고 입을 열었다.

"형제분들이 아직 생존해 계신지는 모르겠습니다. 하지만 따님 두 분과 손자들이 있지요. 제 생각에는 모두 고향 마을에 살고 계실 겁니다. 원하신다면 그쪽 전화번호를 가르쳐드리죠."

맥스는 번호를 받아 적은 다음 곧바로 전화를 걸었다. B. N.의 딸 이름이 기억나지 않았다. 하지만 저쪽에서 부드럽고 환히 웃는 듯한 목소리가 들리자 이내 쉴파라는 이름이 떠올랐다.

"어머나, 우린 아직도 아저씨 이야기를 하곤 해요."

그녀가 밝은 목소리로 말했다.

"저는 그때 겨우 여섯 살이었어요. 아저씨는 제가 처음 본 백인이었죠. 아버지는 자주 아저씨 이야기를 하셨어요. 언제나 애정이 듬뿍 담겨 있었죠. 그런데 아버지가 임종하실 때 저한테 주신 게 있어요. 아저씨께서 언젠가 찾으실 거라면서…."

맥스는 의외의 이야기에 몹시 놀랐다.

"그분이 제게 남긴 게 뭐죠?"

"노트예요. 하지만 아저씨가 와서 직접 가져가셔야 한다고 말씀하셨어요. 아저씨한테서 전화가 오면 더 이상 기다리지 못해 미안하다는 말씀도 드리라고 하셨어요. 다른 이야기도 많지만, 아저씨께 노트를 드리는 데는 복잡한 일이 많아요. 아버지가 말씀하신 대로 아저씨가 오시면 모두 설명해드릴게요. 물론 아저씨 맘이지만요."

미스터리에 미스터리가 더해지는군. 맥스는 생각했다.

하지만 희망이 있는 한 그것을 쫓아야 했다.

"가능한 한 빨리 가도록 할게요. 쉴파나 가족들하고 시간을 보낼 수 있다니 기대가 되네요. 대학에서 강의를 하던 할아버지는 아직 생존해 계신가요?"

"굽타 할아버지 말씀이세요? 물론 살아 계세요. 건강하시죠. 거의 아흔이세요. 하지만 아직도 정정하고 기지가 넘치시죠. 아버지가 돌아가실 때 저와 함께 계셨었어요. 아마 할아버지도 아저씨께 따로 드릴 말씀이 있을 거예요."

"1주일 안에 가서 만나도록 할게요. 그때 아버지에 대해 자세히 이야기하도록 해요."

맥스는 작별 인사를 하고 전화를 끊었다.

순간, 한 명이 죽은 상황에서 어떻게 열두 명을 모이게 할 수 있을지 불안감이 밀려왔다.

제27장

순수한 영혼

2012년 6월

맥스는 4일 후, 델리에 도착했다.

공항은 40년 전 방문했을 때보다 두 배는 커 보였다. 도로는 여전히 자전거와 인력거, 당나귀, 소, 머리에 커다란 짐을 얹은 행인들로 가득했지만 공항에서 델리로 가는 현대식 4차선 고속도로에는 대부분 자동차와 트럭과 버스가 달리고 있었다.

첫날 밤을 타지마할 호텔에서 보냈다. 그가 지금까지 묵어본 어떤 호텔보다 현대적이고 호화로운 곳이었다. 맥스는 시내에서 불과 30킬로미터 떨어진 B. N.의 고향 마을로 갈 차편을 마련했다. 그곳에서 B. N.의 딸을 비롯한 대가족과 나머지 시간을 보낼 예정이었다.

오래전에, 그것도 밤에 단 한 번 가본 길을 기억할 수는 없었다. 하지만 일단 핸들을 잡자 시간을 거슬러 가는 듯했다. 마을에 도착하니 여전히 물에서 과일과 사탕, 낡은 금속 제품이며 현대적인 전자식 장난감을 파는 작은 상점과 행상이 가득한 거리가 눈에 띄었다.

어린 소년들은 깡통을 차고, 여자 아이들은 우물에서 길은 물이 담긴 커다란 물동이를 이고 지나갔다. 맥스가 기억하고 있는 것과 똑같았다.

너무도 변한 게 없었다.

맥스는 마하르스 집안의 주택 부지로 들어섰다. 벽에는 새로 페인트칠을 하고 포치에 있던 의자와 벤치들이 바뀌어 있었다.

하지만 집 안의 가구는 똑같았다. 부엌도 변하지 않았고, B. N.이 서재로 쓰던 방의 책들도 얼핏 들여다보니 그대로였다.

그렇게 거실을 서성거리며 서 있는데 B. N.의 딸 쉴파가 말했다.

"점심을 준비했어요. 친척들이 금방 다들 여기로 올 거예요. 아저씨가 마침 오늘 오시다니, 정말 길조지 뭐예요. 오늘은 종교적으로 큰 의미가 있는 공휴일이거든요. 할아버지는 우연이 아니라고 확신하고 계세요."

잠시 후, 가족들이 모두 도착했고, 그들은 식탁으로 향했다.

점심 식사를 하면서, 맥스는 쉴파의 아들 C. D. 마하르스에게 완전히 마음을 빼앗겼다. 열일곱 살인 그는 다운증후군과 아주 비슷한 희귀한 정신장애를 갖고 태어났다. 때문에 지능이 겨우 세 살에 머물러 있었다. 지시를 따르거나 소리를 낼 수 있지만 문장을 말하지는 못했다.

목소리가 아주 커서 음량을 조절하거나 자신이 하는 의사 전달의 효과를 판단할 수 없는 것처럼 보였다. 그는 매우 건강해서 농장에서 과일을 따는 것과 같은 일을 맡아했다. 그러다보니 168센티미터의 몸에 비해 가슴과 팔이 훨씬 발달했고, 힘은 웬만큼 덩치가 큰 사람보다 셌다.

눈은 검은색에 가까운 커다란 갈색이고, 눈동자가 아주 매혹적으로 밝게 빛났다. 게다가 항상 웃고 있었다. 맥스가 인사를 건네자 C. D.는 갈비뼈가 부서질 정도로 그를 꽉 안았다.

쉴파가 부드럽게 아들을 떼어냈다.

"C. D.는 무척 힘이 세요."

그녀가 맥스를 안심시키며 말했다.

"하지만 굉장히 얌전하죠. 아저씨를 다치게 하지는 않을 거예요. C. D.는 모든 것을 사랑하고, 그중에서도 동물을 가장 좋아한답니다. 자기가 만나는 모든 살아 있는 것들을 안아주곤 하죠. 우리에겐 짐이라기보다 큰 즐거움이에요. 물론 항상 주의 깊게 돌봐줘야 하지만요."

맥스는 아들 얘기를 하는 그녀의 눈에서 슬픈 빛을 예상했지만 그가 본 것은 사랑뿐이었다.

맥스가 C. D.에게 마음을 빼앗길수록 그 역시 맥스에게 관심을 보이는 것 같았다. 맥스에게 계속 음식을 권하고, 그의 눈을 똑바로 쳐다보며 거의 코앞까지 다가왔다. 그의 집중적인 관심이 조금 당혹스럽긴 했지만 동시에 거의 저항할 수 없는 어떤 친밀감이 느껴졌다.

맥스는 C. D.의 크고 검은 눈에서 무조건적인 사랑과 신뢰가 자신에게 반사되는 것을 보았다. 좀처럼 그에게서 눈을 뗄 수가 없었다.

점심을 먹은 후, 쉴파와 굽타가 맥스를 B. N.의 서재로 데려갔다. B. N.이 항상 자기 집안의 다른 학자들과 함께 지내곤 하던 장소였다.

선반에는 책과 지도가 가득하고 테이블에는 원고와 그림이 죽 펼쳐져 있었다. 원고는 대부분 아주 오래되었고, 손으로 직접 그린 그림은 매우 섬세했다. 유명한 학자 집안인 마하르스 가문이 아끼는 물건들이었다.

이제 막 여든아홉 살이 된 굽타가 처음으로 입을 열었다.

"우리는 오랫동안 자네를 기다렸다네. 조카 B. N.이 암으로 세상을 떠난 지 어언 18년이네. 쉰 살도 채 되지 않은 나이였지. 그 앤 생의 마지막 몇 개월을 이 방에서 보냈네. 자신을 위해 마련한 침대에 누워서 말이야. 자네도 알다시피 B. N.은 책을 무척 좋아했어. 죽기 전 몇 해 동안 우파니샤드의 고대 텍스트들을 연구했네. 우리 힌두교도들의 신성한 믿음과 전통이 담겨 있는 자료들이지."

굽타가 맥스에게 작고 얇은 핑크색 노트를 건넸다. 표지에는 산과 나무와 개울의 모습이 담겨 있었다.

"이건 그 시기에 B. N.이 쓴 노트네. B. N.의 마지막 생각을 기록한 것이지. 그 애가 죽던 날, 나하고 쉴파를 불러서 이것을 건네주었네. 이 책을 간직하고 있다가 언제고 누군가가 와서 자기를 찾으면 그 사람에게 줘야 한다면서 말일세. 나는 그 미지의 인물이 자네일 거라고 믿네. B. N.은 그렇게 말한 적이 없지만, 지난 17년간 누구도 그 애를 찾은 적이 없거든. 그 애가 다른 누군가가 나타나기를 기다렸다고 생각할 이유도 없었고 말이야."

맥스는 노트를 받았다. 하지만 그것을 펼쳐봐야 할지 어떨지 알 수가 없었다.

맥스가 망설이자 쉴파가 입을 열었다.

"저는 매일 아버지와 함께 있었어요. 마지막 투병 생활을 하시는 동안 한시도 곁을 떠나지 않았죠. 어머니가 안 계셔서 아버지와 저는 그이전보다 더 가까워졌어요. 저는 그때 첫 아이를 임신하고 있었죠. 아버지나 저나 모두 무척 기뻐했죠. 아버지가 가시던 날, 그러니까 굽타 할아버지께 노트를 드리던 날, 아버지는 우리 두 사람에게 앞으로 태어날 제 아이가 그 노트를 받는 사람과 함께 가야 한다고 말씀하셨어요. 그 노트는 세상 어디로든 갈 수 있지만, 언젠가는 반드시 이 방에 돌아와야 하고, 언제나 손자 곁에 가까이 두어야 한다고 하셨죠."

그때 굽타가 끼어들었다.

"이상한 요구인 것 같지만, 이미 40년 전에 자네도 경험했다시피 우리 마하르스 가문은 놀랍고 불가사의한 지식을 많이 가지고 있다네."

그 말을 들은 맥스는 요기와 함께 달과 토성을 여행했던 일이 떠올랐다. 굽타의 목소리가 맥스를 그날의 기억으로 데리고 갔다.

"우리는 당시 B. N.의 말에 어떤 질문도 하지 않았네. 지금도 마찬가지지. 자네는 여기에서 그 노트를 읽어도 좋고, 필요하다면 가지고 가도 좋네. 하지만 그렇게 하려면 C. D.가 자네와 함께 가야 해. C. D.가 그때 쉴파의 태중에 있던 아이니까."

맥스는 흥분과 혼란을 동시에 느꼈다. B. N.이 많은 것을 남기긴 했지만 터무니없는 일을 벌이거나 기발한 환상에 매달린 것 같지는 않았다. 그런데 이 '선물'에 왜 그토록 이상한 조건을 달아놓은 것일까?

이 노트 안에는 무엇이 있을까?

"쉴파나 나는 물론 다른 누구도 그 노트를 열어보지 않았네."

굽타가 말했다.

"B. N.이 그 내용은 오로지 자신을 찾아올 사람을 위한 것이고, 다른 사람에게는 아무런 의미도 없다고 말했거든."

맥스는 잠시 그 말을 곱씹어보았다. 하지만 어떤 식으로 생각하든 굽타가 하는 말을 모두 이해할 수는 없었다.

"자네가 노트를 읽을 수 있게 혼자 있도록 해주겠네. 그런 연후에 C. D.에게 여행 채비를 시켜야 하는지 어떤지 우리한테 알려주게나. 여행 준비가 필요하다면 쉴파도 당연히 그 애를 따라가게 될 걸세."

굽타가 말을 이었다.

"C. D.도 전에 여행을 해본 적이 있네. 여권도 가지고 있지. 그 애는 엄마 말을 아주 잘 따른다네. 누가 봐도 벌써 자네를 좋아하는 게 분명하고."

그러고는 쉴파와 함께 방을 나가려다 다시 맥스를 돌아보며 말했다.

"잠깐 있다 돌아와서 자네가 어떤 결정을 했는지 묻도록 하지."

두 사람이 나간 후, 맥스는 노트를 펼쳤다.

숫자로 가득했다.

맥스는 거의 40페이지에 달하는 계산 끝에 나타난 마지막 수의 조합을 보았다.

21122012

이 숫자는 노트의 여러 곳에서 열두 차례나 등장했다. B. N. 자신이 공식화한 열두 가지 수학적 공리를 기초로 열두 개의 서로 다른 계산을 했고, 그 답이 21122012였던 것이다.

노트에는 글이 거의 없었다. 각각의 계산이 힌두력이나 그 밖의 다른 고대 달력들에서 나타난 다른 시대의 시작과 관련된 일련의 믿음들을 기반으로 하고 있다는 설명뿐이었다.

B. N.은 그 노트가 보여주듯이 죽음에 이르기 직전까지 자기 삶의 마지막 몇 달을 세계 전역의 다른 문화권에 전해진 고대 달력들을 분석하고 비교하며 지낸 것이다.

B. N.은 마지막 페이지에 개인적인 기록을 적어두었다.

내 영혼과 본질의 에너지가 이 노트에 담겨 있다. 내 존재가 바뀌어서 이 몸을 떠날 때, 나는 나의 실체를 태어날 쉴파의 아이 몸속으로 돌릴 것이다. 나의 실체는 내 손자 안에서 살아남을 것이며 그 아이의 형태로 유효하게 잔존할 것이다. 그것이 이 노트에서 나타난 때에 세상이 찾게 될 고대의 영기(靈氣)와 지식을 구현할 것이다.

그렇게 함으로써 나는 나의 운명과 내 삶의 목표를 달성할 것이다. 나는 이제 이 세상의 변혁이라는 책무를 이 글을 읽고 있는 당신에게 전한다.

– B. N. 마하르스

맥스는 즉각 그 노트는 물론 C. D.가 자신과 함께 이자파로 가게 될 거라는 사실을 깨달았다. B. N.은 어떻게 가능했는지는 모르지만, 자신이 죽어가고 있다는 사실과 동시에 자신의 실체가 미래의 어떤 사건에 필요할 거라는 사실을 알고 있었던 것이다.

맥스는 어떤 의미를 갖고 있는지 확인하기 위해 그 숫자들을 다시 한 번 자세히 살펴보았다. 그 노트와 손자를 통해 B. N.이 함께할 것이며, '위대한 영혼'이 명한 대로 열두 명을 다시 모으는 맥스의 목표도 달성될 것 같았다.

잠시 숨을 돌린 맥스는 밖으로 나갔다. 굽타는 낮잠을 자고, 쉴파는 베란다에서 청소를 하고 있었다.

"당신 제안대로 하겠습니다. 두 분 모두 8월 9일이나 10일에 멕시코시티로 올 수 있게 준비해주겠어요? 그곳에서 두 분이 비행기나 차편을 이용해 이자파로 이동할 수 있도록 해놓겠습니다. 이자파는 고대 마야인들이 마야력을 만든 곳이지요."

맥스는 잠깐 말을 멈추고 의자에 앉았다. 그리고 쉴파에게도 자리에 앉으라고 손짓을 했다. 그녀가 자리에 앉자 맥스는 말을 이었다.

"나는 8월 11일에 그곳으로 열두 명의 특별한 사람들을 데려가라는 명령을 받았습니다. B. N.도 그중 한 사람이었죠. 그분의 노트를 읽고 나니 C. D.가 그 열두 명 중 하나라는 것이 분명해졌습니다. C. D. 할아버지의 에너지가 지금은 C. D. 안에 존재하고 있으니까요."

맥스는 자신의 말에 그녀가 어떤 반응을 보이는지 보기 위해 잠시 말을 멈추었다.

쉴파는 그저 미소를 지을 뿐이었다.

"아버지는 제가 그런 여행을 하게 될 거라고 말씀하신 적은 없어요. 하지만 마지막 날들 동안, 언젠가는 제가 중요한 일을 돕도록 부름을 받을 것이고, 그 부름에 응할 준비를 갖추고 있어야 한다는 암시를 주셨죠. C. D.에게 여행 준비를 시키도록 할게요. 그분들의 만남에 참여할 수 있게 되어서 영광스럽게 생각해요. 그 일을 통해서 대단히 좋은 일이 생길 거라는 확신이 드네요."

맥스는 남은 저녁 시간을 C. D. 그리고 그의 여동생과 함께 그 지역 스타일의 픽업스틱(얇은 막대를 쌓아놓은 다음 무너뜨리지 않고 빼내는 놀이–옮긴이) 게임을 하면서 보냈다. C. D.는 몸의 움직임을 아주 잘 통제했고, 거의 매번 이겼다. 그리고 맥스가 막대를 무너뜨릴 때마다 손가락으로 맥스의 배를 찌르며 크게 웃었다.

잠자리에 들 시간이 되자 C. D.는 맥스를 안고 입을 맞추었다. 맥스가 이제껏 경험해본 것 중에 가장 강렬한 인사였다. 그의 무조건적인 사랑이 가진 에너지는 맥스가 뉴욕 테리타운의 그레이 박사 진료실에서 거의 50년 전에 경험한 임사 체험의 느낌을 떠올리게 했다.

편안하고 달콤한 잠에 빠지면서 맥스는 생각했다.

마침내 내 인생의 목표가 무엇인지 알게 되겠군. C. D.는 열두 명의 마지막 사람이었어. 어쩐지 우리한테 가장 많은 것을 가르쳐줄 인물인 것 같아.

제28장

이자파

2012년 7월

　고대 도시 이자파는 과테말라 북쪽, 멕시코 최남단 치아파스의 상업 중심지인 타파출라에서 불과 9킬로미터 떨어진 곳에 있었다.

　후안 아코스타의 아버지 마누엘은 바로 타파출라 외곽에 살고 있었다. 이자파에서 가장 유명한 고고학적 유물인 고대 성지에서 3킬로미터 떨어진 곳이었다. 커피가 그 지역 전체의 주산물이었지만 실제로 이자파의 가장 큰 수입원은 카카오였다.

　그곳에 다다르자 커피와 카카오 냄새가 코를 찔렀다.

　맥스는 혼자 이자파로 가서 마누엘을 만나본 다음, 열두 명의 만남을 준비하기로 결정했다. 그리고 '위대한 영혼'이 8월 11일 동틀 녘에 만나길 원했다고 말한 '달리는 곰'에게 그 이야기를 다시 한 번 확인시켰다.

맥스는 마누엘을 만나러 가기 전에 우선 타파출라에서 모두가 모이기 전날 밤 묵을 호텔을 찾아야 했다. 타파출라에 있는 유일한 고급 호텔은 비교적 현대적인 시설을 갖추고 있었다. 맥스는 도착하자마자 예약을 하고 기사가 딸린 밴도 두 대 수배해두었다.

다음 날, 맥스는 마누엘을 찾아갔다. 마누엘은 거의 여든 살에 가까웠지만 훨씬 젊은 사람의 에너지가 느껴졌다. 여전히 얼마 안 되는 작은 밭에서 카카오나무를 키웠고, 그의 아버지와 또 그 아버지의 아버지가 그랬듯이 매일 이자파의 고대 유적지까지 걸어가 순례지와 성상(聖像) 같은 유물을 찾는 관광객들을 안내했다.

관광객들로부터 작은 사례비를 받을 뿐 다른 보수는 없었다. 그는 그저 조상들의 전통을 따를 뿐이었다. 마누엘은 고대 마야 신들에게 기도를 했지만, 그것은 이자파에 있으면서 순례지의 문을 열고 닫을 때뿐이었다. 일상적인 생활을 할 때는 가톨릭 미사에 참석했는데, 고대 신들과 예수 그리스도를 함께 믿는 데에서 어떤 모순도 발견하지 못했다고 말했다.

마누엘이 영어를 잘 못했기 때문에 맥스는 스페인어로 이번 방문의 성격과 열두 명이 함께하는 특별한 의식을 위해 8월 11일 돌아올 것이라는 점을 설명했다.

"좋습니다."

마누엘이 스페인어로 대답했다.

"제가 모든 걸 준비해두죠. 그것이 아주 중요한 만남이라는 것을 잘 알고 있습니다."

마누엘은 맥스에게 8월 11월이 올해 중 가장 신성한 날이며, 마야력이 끝나는 날과 일치하는 2012년 12월 21일에 종료될 '사랑의 에너지'가 충만한 마지막 130일이 시작되는 첫날이라고 설명해주었다.

이것은 그저 평범한 끝이 아니었다. 2만 6000년의 기간을 망라했던 마야력 전체의 끝이었다. 맥스는 예전에 자신이 알고 있던 것보다 더 많은 것을 알게 되었다.

마누엘은 맥스에게 고대 유적지를 보여주면서, 고고학자들이 이자파가 수천 년 전 1만 명 이상의 인구가 살았던 번성한 도시였다는 사실을 최근에 확인했다고 말해주었다. 유적들은 그곳이 바로 마야력이 만들어져 치아파스 전역 그리고 중앙아메리카, 북아메리카, 남아메리카 전역의 다른 도시들로 퍼져나갔음을 보여주는 증거였다.

맥스가 조용히 열중해서 듣고 있는 가운데 마누엘은 그 성지에서 행해지던 예식이 궁극적으로는 달력 자체와 연관되어 있다고 설명했다. 마야인들은 12월 21일, 그 운명의 날에 인류가 '시간의 끝'을 넘어서 살아남는다면 의식의 전환이 반드시 일어날 것이라고 믿었다.

엄청난 이야기를 하면서도 마누엘의 목소리는 마치 관광객들에게 이야기하는 것처럼 차분했다. 그때 문득 인도에 다녀온 이래 갈피가 잡히지 않던 어떤 관련성이 갑자기 떠올랐다.

맥스는 마음의 눈으로 B. N.의 노트에서 반복적으로 나타났던 숫자의 조합을 그려보았다. 21122012. 미국인인 맥스는 그 관련성을 즉시 눈치 못 챘지만 미국 이외의 다른 곳에서 그 숫자들은 특정한 날짜를 가리킨다. 21/12/2012.

즉, 2012년 12월 21일.

우연일 리가 없었다.

8월 11일에 21122012에 끝나게 되는 어떤 국면이 시작된다. 그리고 어떻게든 그날에 만남이 이루어져야 한다. 또한 열두 명이 모두 참석해야 한다.

맥스는 모든 사람이 만나기에 적당한 장소가 있는지 성지 주변을 둘러보았다. 순례지를 떠올려보았지만 관광객들을 막을 방법이 없다는 데 생각이 미쳤다. 맥스는 그 만남이 얼마만큼의 시간이 필요할 것인지조차 알지 못했다. 하지만 어느 정도 남의 눈을 피해 은밀하게 이루어져야 한다는 것은 '알고' 있었다.

맥스는 좀 더 먼 곳으로 눈을 돌려 동쪽에 있는 화산들을 보았다. 타카나 화산과 그보다 더 높은 타후물코 화산이 보였다. 그는 마누엘에게 그 두 화산의 기슭 중에서 만남을 가질 만한 곳이 있는지 물었다.

마누엘이 미소를 지으며 말했다.

"물론이죠. 저를 따라오십시오. 고대인들이 큰 의식을 거행했던 동굴도 있습니다. 우리는 이제 그 의식이나 동굴들이 왜 존재했는지 기억하지 못합니다. 하지만 전설에 따르면 동지일 때 태양이 타후물코 화산 바로 위에 있게 되기 때문에 성지가 그쪽을 향하고 있다고 합니다."

렌트한 지프를 타고 20분을 이동한 뒤 다시 20분을 걸어서 맥스와 마누엘은 산 위의 개활지에 도착했다. 바로 옆에 동굴이 있었다. 그곳에서는 성지는 물론이고 서쪽으로 30킬로미터 떨어진 태평양도 볼 수 있었다.

"완벽하군요."

맥스는 마음을 굳혔다. 전망도 나무랄 데가 없었다.

"우리가 만날 때 아무도 방해하지 못하게 할 수 있는 방법은 없을까요?"

"걱정 마십시오. 아무도 통과하지 못하게 울타리를 쳐놓겠습니다. 화산 위쪽에 사는 사람도 없으니 방해받을 일은 없을 겁니다."

맥스는 수고비를 주려했지만 노인은 미소를 지으며 고개를 저었다.

"아들을 볼 수 있는 것만으로도 충분합니다. 더욱이 저는 당신들의 의식이 제 자신의 사명과도 연관되어 있다고 생각합니다. 창조주에 대한 사랑과 감사의 마음으로 하는 일에 돈으로 보상을 하실 필요는 없죠."

맥스 역시 남자에게 미소를 지어 보였다.

"정말 감사합니다. 저는 아직 이 의식이 정말 우리의 운명을 밝혀줄지 당신처럼 확신하지는 못하고 있습니다. 하지만 제 자신의 인생에 이정표가 되고, 제 일생을 이끌어온 적시성과 우연들을 설명해줄 거라 생각합니다."

맥스는 이렇게 말하고 마누엘과 포옹을 나누었다.

그날 밤, 맥스는 너무 흥분되어서 잠을 이루지 못했다.

세상이 12월 21일에 끝난다는 이야기는 믿을 수 없었다. 하지만 어떤 중요한 것이 그날과 연결되어 있다는 것도 부정할 수 없었다. 설명할 수 없는 일들이 너무나 많이 일어났다. 그리고 그날에 가까워질수록 그런 일들은 더 많아졌다.

계속해서 가속된다면 어떻게 될까?

맥스는 침대에 누워 천장을 바라보며 생각했다. 아직도 놀랄 일이 남아 있을까?

적시성이 꼬리를 물고 나타났었다. 마리아와의 격앙된 만남에서부터 B. N. 마하르스의 마지막 계산이 품고 있는 미스터리까지 불가능해 보이는 많은 우연의 일치가 맥스를 이곳 이자파까지 이끌었다. 모두 조수의 움직임처럼 저항할 수 없는 것들이었다.

머릿속으로 마야력의 끝에 이르는 마지막 날들의 시작을 열심히 계산했다.

맥스는 열두 명이 모두 밝혀진 후부터 수비학 전문가인 선과 이메일을 교환하고 있었다. 그런데 선의 첫 계산은 놀라웠다. 첫 아홉 개의 숫자가 모두 나타났을 뿐 아니라 B. N.이 없음에도 불구하고 어느 정도의 조화가 유지되었던 것이다.

중복되는 숫자는 세 개뿐이었다. 하나는 칠 캠피스터와 B. N.이 가지고 있는 4였다. 물론 B. N.은 죽었고 따라서 4의 중복은 사라졌다.

마리아와 선이 9였지만 그 둘은 '다른' 9였다. 마리아의 이름에서는 189가 나타났고, 선의 경우는 신성한 힌두 숫자 108이었다. 다른 하나의 중복은 앨런 박사와 멜로디에게서 나타났다. 두 사람 모두 2였는데, 멜로디는 2가 세 개로 앨런 박사보다 그룹의 에너지에 한층 통합이 잘되고 정돈된 숫자였다. 앨런 박사는 열두 명 중 유일하게 이번 일에 대한 믿음이 결여된 사람이기도 했다.

수비학적 견지에서 본다면, 이 숫자들의 조합은 숙명이 아니라면 주도면밀하게 고안된 것이 분명했다.

맥스는 역시 12라는 미스터리한 숫자로 연결되어 있는 21122012와 21에서 20까지의 불가피한 수열에 대한 생각에 집중했다. 어떤 방식으로든 12와 마야력, B. N.의 계산은 모두 관련이 있었다.

맥스는 계속 잠을 이루지 못했다. 그리고 그 사람들과 날짜, 이자파로 열두 명을 모으는 자기 사명 사이의 관계, 에너지의 관계와 수의 관계가 설명될 때까지는 결코 쉬지 못하리라는 것을 깨달았다.

제29장

열세 번째 사도

2012년 8월

맥스는 몹시 초조했다.

그는 8월 9일 저녁 멕시코시티에 도착해 C. D.와 쉴파를 만났고, 그들과 함께 경비행기를 타고 타파출라로 향했다. 비행기의 진동이 너무 심해서 거의 이야기를 나눌 수 없었다.

C. D.는 모든 모험을 재미로 받아들였다. 한껏 흥분해서 비행기 창밖으로 보이는 모든 곳을 가리키고 크게 소리치면서 펄쩍펄쩍 뛰었다. 맥스는 그런 에너지를 좀처럼 경험해본 적이 없기 때문에 이내 지치고 말았다.

쉴파가 동행해준 것이 무엇보다 고마웠다.

그들이 타파출라의 호텔에 도착했을 때는 다른 사람들이 모두 도착한 후였다. 에롤은 고대 마야의 피라미드가 있는 곳에서 하루 이틀 정도 다른 성지들을 돌아보는 일정을 포함시키지 않고 그렇게 먼 거리를 여행하는 것은 말도 안 된다고 생각했다. 그래서 7일에 도착해서 후안은 물론 그의 아버지 마누엘과 이미 절친한 친구가 되어 있었다. 에롤은 또한 사업에 대해 이야기가 통하는 선빡과도 유대감을 느꼈다. 나이가 두 배는 되었지만 멜로디에게서 눈을 떼지 못하기도 했다.

"그녀는 물처럼 유려하게 움직이고 보석처럼 눈부시게 빛납니다."

에롤이 맥스에게 고백한 말이었다.

요코와 마리아는 치아파스를 돌아보며 길동무가 되었다. 후안과 마누엘은 '달리는 곰', 유츠키와 함께 가족들에 대한 이야기도 하고 사진을 보여주며 마음을 나누었다. '달리는 곰'은 맥스가 선택한 장소에 흡족해하며 물을 몇 박스 구입한 뒤 후안에게 11일 아침에 갖고 갈 수 있도록 샌드위치를 주문해달라고 부탁하며 말했다.

"우리 모두 동이 틀 때 만나야 합니다. 하지만 거기에 얼마나 있어야 할지, 거기에서 무슨 일이 일어날지는 아무도 모르거든요. 유비무환이죠."

칠 캠피스터는 열두 명의 만남이 예수의 재림으로 귀결될 것이라는 이야기를 계속했다. 통역을 맡은 후안과 함께 린포체는 마누엘, '달리는 곰'과 주술 그리고 제의(祭儀)의 본질에 대해 여러 번에 걸쳐 긴 대화를 나누었다.

앨런 테일러는 신을 믿지도 않았고 '달리는 곰'의 말을 의심했기 때문에 모든 사람들에게도 회의적이었다. 그는 이자파가 뛰어난 서핑 장소와 가깝다는 것을 알고는 있었지만 에롤이 여행 경비를 대준다고 하기 전까지는 이번 일에 참여하는 것이 달갑지 않았다고 말했다. 그는 어떻게든 시간을 내서 서핑을 해보겠다는 생각을 하고 있었다.

"게다가 나는 맥스 당신을 좋아해요. 그리고 모험이야 나쁠 것 없잖아요. 얻는 것이 없더라도 최소한 재미는 있겠죠."

앨런은 붙임성 있게 말했다.

10일 저녁, 맥스는 호텔에서 모두에게 저녁을 대접했다. 그리고 자신의 임사 체험을 다시 한 번 자세히 이야기하고, 인도에서 그리고 B. N.의 노트에서 발견한 새로운 사실들을 열거했다. 아들을 돌보며 그 자리에 있던 쉴파는 맥스가 자기 아버지의 현명함에 대해 언급하자 환한 미소를 지었다.

맥스가 마리아와 다시 교감을 나눈 것도 그 저녁 식사 자리에서였다. 잠시 시선을 던졌을 뿐이지만 그 순간 맥스는 다시금 여전히 자극적인 그녀의 아름다움에 깊이 빠졌다. 또 한 번 음악과 같은 그녀의 목소리와 차분한 태도에 매료되었다.

마리아도 맥스의 시선에 화답했다. 하지만 맥스는 개인적인 감정과 싸우면서 상황에 대한 설명을 이어갔다. '달리는 곰'이 그 의식에 '위대한 영혼'의 축복을 받기 위해서는 반드시 열두 명이 참석해야 한다고 강조해서 B. N.을 대신해 손자인 C. D.를 데려왔다는 이야기도 했다. 맥스 자신은 열두 명에 속하지 않았지만 B. N.의 노트를 소지한 사람으로서 그 의식에 참석할 예정이었다.

"적어도 처음에는 당신도 우리와 함께해야 합니다."

'달리는 곰'이 다시 확인했다.

"B. N. 마하르스는 C. D.가 자기를 대신할 거라고 생각했음이 분명합니다. 하지만 그 노트 역시 중요할뿐더러 당신에게 속한 것 같습니다. 에너지가 흐르지 않는다면 당신은 언제든 떠나도 좋습니다."

'달리는 곰'이 이렇게 결론을 지었다.

'달리는 곰'에 따르면, 다른 사람은 누구도 참석할 수 없었다. 무슨일이든 그것이 일어나는 데 필요한 것은 열두 명, 오로지 그 열두 명의에너지였다.

맥스는 문득 자신이 C. D.를 돌봐야 한다는 것을 깨닫고 약간의 두려움을 느꼈다.

다음 날 새벽 4시 55분, 사람들은 타후물코 화산 기슭에 도착했다. 손에 플래시를 든 마누엘이 그들을 맞이했다. 그는 믿음직한 발걸음으로 그들을 동굴 옆에 있는 개활지로 안내했다. 그런 다음 약속한 대로 산길 아래쪽에서 경비를 서기 위해 자리를 떠났다.

역시 일찌감치 그곳에 와 있던 '달리는 곰'이 미리 준비해둔 화톳불 주위로 모두를 불러 모았다.

"불 주위로 둥글게 앉아야 합니다. 동이 트려면 30분이 남았습니다. 그동안 여러분 각자 자기 나름의 방식으로 조용히 기도를 해주셨으면 합니다. 영창을 하는 것이 관례라면 그렇게 하셔도 좋습니다. 하지만 가능한 한 작게 해주십시오. 저는 우리 각자가 열두 개의 인종을 대표하며, 명령을 받기 위해 이 자리에 와 있다고 믿습니다. 저도 그 명령이 어떤 형태가 될지는 알지 못합니다. 우리가 여기에 얼마나 있게 될지도 모릅니다. 한두 시간으로 끝날 수도 있지만 하루 종일이 될 수도 있습니다. 시간의 문제를 떠나 이렇게 먼 길을 와서 우리의 기도에 대한 답을 얻지 못하고 떠나는 것은 어리석은 일일 것입니다."

그러고는 잠시 말을 멈추고 사람들의 얼굴을 차례로 보았다.

"우리는 모두 다른 전통을 가진 다른 땅에서 왔고, 다른 믿음을 가지고 있습니다. 하지만 여러분 각자와 보낸 짧은 시간 동안, 나는 여러분 모두가 운명을 간직한 사람들이라는 것을 확실히 느꼈습니다. 우리는 위대한 가능성과 엄청난 고뇌의 시대에 살고 있습니다. 때문에 나는 우리가 나 개인이나 나의 민족을 위해서뿐 아니라 모든 민족과 모든 살아 있는 생명을 위해 기도하면 어떨까 생각합니다. 나는 우리가 임의로 선택된 것이라고 생각지 않습니다. 우리는 어떤 특별한 사명을 위해 이곳에 있습니다. …그러니 우리의 창조주께 기도를 하도록 합시다."

맥스는 일생 동안 결코 기도를 해본 적이 없었다. 그는 앨런 박사나 에롤도 기도에 열중하지 않으리라는 걸 잘 알고 있었다. 아니나 다를까 그 두 사람은 그저 허공만 바라볼 뿐이었다.

C. D.는 '달리는 곰'이 무슨 이야기를 하는지 전혀 알지 못했지만 맥스를 따라 조용히 앉아 있었다. 그러다 지루했던지 나뭇가지를 몇 개 주워 바닥에 뭔가를 그렸다. 그렇게 조용히 낙서를 했다 지우고 다시

그리며 시간을 보냈다.

아주 오랜 시간이 흐른 것 같았다. 태양이 솟아올라 그들의 얼굴을 비쳤다.

맥스는 주위를 둘러보았다. 평소와 다른 일은 아무것도 벌어지지 않았다. 린포체는 나직이 영창을 하고, '달리는 곰'도 마찬가지였다.

선팍은 지루한 얼굴을 했지만 마리아와 요코는 명상에 열중해 있는 듯했다. 후안과 멜로디, 유츠키, 칠은 아무것도 하지 않은 채 아주 편안하게 앉아 있었다. 맥스는 그들의 평정이 부러웠다.

적어도 한 시간은 흐른 것 같았다. '달리는 곰'이 일어서더니 배가 고프거나 목이 마른 사람이 있는지 물었다. 다들 아침 먹을 시간을 놓쳤기 때문에 '달리는 곰'의 배낭에서 나온 샌드위치와 옥수수로 만든 타말리를 반가워했다.

먹는 동안에도 그들은 처음처럼 둥글게 앉아 있었다.

한 시간이 더 지나도록 아무런 기미도 보이지 않았다. 앨런 박사는 갈망하는 눈빛으로 태평양을 바라보고 있었다. 서핑할 좋은 기회를 놓치고 있다고 생각하는 게 분명했다. 잠시 후, 그가 '달리는 곰'을 향해 입을 열었다.

"여기에 얼마나 앉아 있어야 하는 거죠? 무슨 일이 일어날 것 같은 느낌은 들지 않는데요."

'달리는 곰'은 무표정한 얼굴로 대답했다.

"얼마나 걸릴지 나도 모릅니다. 하지만 시간이 좀 더 필요하다는 것은 확실합니다. 당신은 어떤 변화도 느끼지 못했을 겁니다. 하지만 나는 이곳의 에너지가 움직이고 있다고 분명히 말할 수 있습니다. 우리 열두 명은 그대로 앉아 있어야 합니다. 그래야만 우리 자신의 에너지가 균형을 찾을 수 있으니까요. 우리는 하나의 원천에서 비롯된 모든 것을 가지고 있습니다. 그리고 우리를 창조한 그 힘들을 다시 돌려놓기 위해 이 자리에 모인 것입니다. 참을성을 더 발휘해주십시오. 이제 겨우 두 시간이 지났을 뿐입니다. 영계(靈界)와 교류하는 의식은 온종일이 걸리는 경우도 많이 있습니다."

그러고는 몇몇 사람의 얼굴에 나타난 놀란 표정을 보면서 덧붙였다.

"온종일까지는 필요하지 않을 겁니다. 하지만 몇 시간쯤은 더 필요할 듯합니다."

그렇게 말하고 '달리는 곰'은 다시 명상 자세로 돌아갔다.

놀라울 정도로 가만히 있던 C. D.가 맥스를 간질이면서 장난을 걸었다. 그 바람에 맥스는 온통 그에게 주의를 쏟아야 했다. 맥스는 앉아서 아무것도 하지 않는 데에는 재주가 없었다. 따라서 맥스에겐 그런 C. D.가 짜증스럽기보다는 오히려 위안이 되었다.

잠시 후 에롤, 이어서 선팍, 다음에는 앨런 박사가 다리를 펴고 주위를 둘러보기 위해 자리를 떴다. 다른 사람들도 따라했다. 하지만 20분 이상 자리를 비우는 사람은 없었다. 어느 때이든 열두 명 중 아홉 명 이상은 자리를 지켰다.

맥스는 그 정도로 끝났으면 하고 바랐다.

정오가 되기 전, 맥스는 이상한 바람이 부는 것을 느꼈다.

처음에는 나뭇가지가 움직였다. 다음에는 갑자기 노란색 화톳불 위로 빙글빙글 도는 작은 회오리바람이 일더니 불이 달아올랐다가 꺼져버렸다.

'달리는 곰'은 꿈쩍도 하지 않았다.

맥스는 린포체를 보았다. 그다음에는 후안, 다음에는 에롤, 션팍, 마리아, 요코, 멜로디, 유츠키, 칠, 마지막으로 앨런과 C. D. 모두가 꿈쩍도 하지 않았다.

C. D.까지 모두가 입을 열지 않았다. 그들의 눈은 하나같이 화톳불이 있던 자리에 못 박혀 있었다. 개활지에 고요가 찾아왔고, 시간이 멈춘 듯했다.

맥스는 눈을 깜박였다. 하지만 그들 외에는 아무것도 볼 수 없었다. 바람은 이내 진정되었고, 완벽한 침묵이 이어졌다. 그는 자신이 행한 이 모든 것의 정점에서 무슨 일이든 일어나면 엄청난 흥분을 느낄 거라고 생각했었다. 하지만 호기심 그리고 놀라움과 함께 평온함이 그를 사로잡았다.

맥스는 다시 열두 명에게 시선을 던졌다. 그리고 그들의 뺨에 흐르는 눈물을 보았다. 침묵은 깨지고, 사람들에게서 작은 흐느낌이 새어나왔다.

기쁨의 눈물인 듯했다.

몇 시간처럼 느껴지던 시간이 흐른 뒤에야 마침내 맥스는 어떤 존재가 개활지로 들어오는 것을 느꼈다.

이게 우리가 기다린 '그것'인가? 드디어 '그것'이 왔단 말인가?

"그래요. 내가 '그것'입니다."

깊고 차분한 목소리가 그들 주위로 울려 퍼졌다.

"여러분은 나를 예수나 무함마드, 크리슈나, 파드마삼바바, 부처와 같은 당신들의 신으로 보겠지만 전설은 나를 열세 번째 사도라고 하지요. 나는 순수한 에너지로 나타날 수도, 때로는 외계의 생명체로 나타날 수도 있습니다. 여러분 각자는 나를 당신들 사명의 실현으로, 그러니까 구세주나 메시아로 봅니다. 그리고 나는 사실 이 모든 믿음의 실현입니다. 여러분 열두 명은 당신들의 존재를 통해 에너지의 소용돌이를 만들어서 내가 여러분의 세상으로 들어올 수 있게 했습니다. 그리고 나는 여러분 한 사람 한 사람에게 세상을 구하기 위해 무슨 일을 해야 하는지 말해주기 위해 여기에 왔습니다. 여러분은 수만 년 전 이 지구와 인류의 생존을 위해 만들어진 고대 계약의 일부입니다. 한 사람씩 이 개활지 옆에 있는 동굴로 와서 고대의 예언을 실현하고 이 종말의 시대가 여러분의 세상을 끝내지 않게 하기 위해 해야 할 일이 무엇인지 듣게 될 것입니다."

그 뒤에는 침묵만이 남았다.

동굴에 처음으로 들어간 사람은 에롤이었다. 몇 분 후, 그는 약간 근심스러운 표정으로 동굴을 나왔다.

다음은 유츠키였다. 그다음 차례는 선팍, 이어서 앨런 박사와 칠, 마리아, 요코, 멜로디가 뒤를 이었다. 각자 몇 분씩밖에 걸리지 않았다.

린포체는 거의 한 시간 동안 동굴에 있었다. 후안이 나온 것은 어스름해질 무렵이었고, '달리는 곰'이 나온 것은 어두워진 후였다.

남은 것은 이제 C. D.뿐이었다.

맥스는 그를 입구 쪽으로 인도했다. 밖에 있을 생각이었지만 C. D.가 그를 끌어당겼다.

동굴에 들어간 맥스는 광휘와 평화를 느꼈다. C. D.는 어떤 목소리가 자신과 맥스에게 이야기를 하자 웃음을 터뜨렸다.

"당신은 사랑의 아들이군요."

목소리가 말했다.

"당신은 이 세상에 가르쳐야 할 것을 대단히 많이 갖고 있습니다. 당신의 조부는 숫자로써 이 우주의 끝이 오늘로부터 130일 후에 있을 것임을 계산했습니다. 그것은 사실입니다. 하지만 당신의 조부는 하나의 우주의 끝이 다른 우주의 시작을 드러낼 수도 있다는 점을 '알지 못했습니다.' 인간은 그들의 귀중한 선물을 함부로 써버렸습니다. 당신들이 그들의 방식을 바꾸고 그들의 의식을 변화시키지 못한다면 세상은 정말 끝이 날 것입니다. 당신은 나를 크리슈나로 보며, 내 말의 의미를 이해 못합니다. 하지만 바로 그 때문에 당신은 안내자가 될 수 있습니다. 그리고 당신은 할 수 없다 해도 나는 당신의 마음에 닿을 수 있습니다. 이 시대에 당신의 세상에서 환생한 존재가 하나 있습니다. 그 존재는 나보다도 큰 존재이며, 실은 나를 창조하고 모든 현존하는 것을 창조한 존재입니다. 그 존재가 '그것'입니다. '그것'은 인간으로 태어나는 궁극의 희생을 했습니다. 그렇게 함으로써 모든 것을 잊고 완전한 그리고 진정한 인간이 되는 위험을 감수했습니다. 당신의 임무는 다른 열한 명의 임무와 마찬가지로 당신의 고향으로 돌아가 '그것'을 찾는 것입니다. 당신이 이 인간의 삶 속에서 여행했던 혹은 살았던 신성한 성지를 되짚어보세요. 맥스가 당신과 함께할 것입니다. 그는 열두 명의 일원은 아니지만 당신이 나머지 사람과 함께 모이게 한 연결고리입니다. 맥스가 당신과 함께한다면 당신 사명의 가장 중요한 '그것'을 알아보는 게 더 쉬워질 것입니다. 부지런히 찾아보십시오. 그리고 여러분은 12월 21일, 해가 지기 직전에 다시 모여야만 합니다. 열두 명과 '그것'이 함께해야 합니다. 그것이 인류가 지상에 대한 하늘의 약속된 사명을 이행하는 데 필요한 전부입니다. 우리는 함께 '그것'을 맞이하고 약속된 시대를 얻기 위해 무엇을 해야 하는지 배우게 될 것입니다. 이제 가서 당신 서약의 첫 부분을 이행함으로써 지식을 얻게 된 것을 기뻐하십시오. 당신은 여신의 특별한 봉사자입니다. 당신에게 영원한 축복을 드립니다."

그리고 목소리는 잦아들었다. 맥스는 이제 그들만이 남았다는 것을 알았다. 열세 번째 사도는 더 이상 존재하지 않았다.

맥스는 C. D.의 손을 잡고 다른 사람들이 조용히 앉아 있는 개활지로 이끌었다. 모두 그들 각자가 겪은 초자연적인 만남에 대해 골똘히 생각하고 있었다.

그들은 서로 의견을 주고받았다. 각자 그들 믿음 속의 영적 존재를 보았다. 또한 C. D.와 같은 메시지를 받았다. 그리고 그 여정에 참여한 것을 축복으로 느꼈다.

각자가 '그것'을 찾아 데려오는 사람이 되기를 바랐다. 그날 아침 그들은 각기 다른 사람들로서 이 개활지에 모였다. 맥스와의 친분만이 그들을 묶어주는 유일한 고리였다. 하지만 이제 하나가 되었다. 같은 사명과 목표를 공유하게 되었다.

그들은 어둠 속에서 함께 산을 내려갔다. 마누엘은 횃불을 들고 그들을 맞이하며 아무런 질문도 하지 않았다. 사람들은 타파출라로 돌아오는 동안 내내 침묵을 지켰다.

저녁을 먹으면서 맥스는 쉴파에게 C. D.와 함께 동굴에서 겪은 얘기를 해주었다. 그리고 12월에 다시 이자파로 돌아와야 한다는 것도 설명했다.

이전에는 모두들 의심을 갖고 있었지만 이제는 모두가 두 번째 여행을 기다리고 있었다. 앨런 박사조차 그랬다. 쉴파는 C. D.가 '그것'을 찾을 수 있을지 염려했지만, 맥스는 그녀를 안심시켰다.

"내가 가서 도울 겁니다. 하지만 어떤 실제적인 연구가 필요할지는 나도 모르겠어요. 나는 '그것'이 누가 '그것'을 찾을지 이미 결정해두었을 거라고 생각해요. C. D.가 성공하도록 정해진 거라면 '그것'이 C. D.에게 올 겁니다."

제30장

발자취를 쫓아서

2012년 8월

일어났던 일들을 음미하며 하루를 보낸 뒤, 그들은 다시 저녁 식사 자리에 모였다. 이번에는 소회를 주고받고 앞으로의 계획에 대해 이야기를 나누었다.

열두 명 각자에게 열세 번째 사도가 준 명령에는 공통적인 요소가 하나 있었다.

"당신이 이 인간의 삶 속에서 여행했던 혹은 살았던 신성한 성지를 되짚어보세요. 맥스가 당신과 함께할 것입니다. 그는 열두 명의 일원은 아니지만 당신이 나머지 사람과 함께 모이게 한 연결고리입니다."

에롤은 식사를 마치자마자 맥스와 옆자리에 앉아 스케줄을 짰다. 그렇게 해서 맥스는 최소 열흘 동안 열두 명과 함께 각각 지내게 되었다.

"우리에겐 정확히 130일이 있습니다. 오늘까지 포함해서요."

에롤이 말했다.

"당신이 우리와 각각 10~11일씩을 보내면 충분할 겁니다. 당신의 일정을 나누고 각자가 '그것'을 찾을 확률이 가장 높다고 생각하는 장소의 흔적을 따라가는 겁니다."

그리고 모든 경비를 자신이 부담하겠다고 제안했다.

"정말 아량이 넓으시군요."

비용의 부담을 덜게 되어 안심한 맥스가 말했다.

"당신이 아니었다면 우리가 이 일을 어떻게 할 수 있었겠어요?"

"값을 매길 수 없는 우리 사명에 그런 인사치레는 필요 없습니다."

에롤이 겸손하게 말했다. 하지만 그의 목소리에는 수심이 잔뜩 깃들어 있었다.

"저한테 준 열세 번째 사도의 메시지가 가장 불길한 것 같습니다. 우리가 '그것'과 함께 돌아오는 데 실패한다면 세상은 예정된 변화로 들어가지 못하게 될 거라고 했거든요. 실패한다고 해서 곧 멸망이 뒤따르는 것은 아니지만 환경 파괴와 폭력, 전쟁, 가난, 욕심, 공포 등 20세기와 21세기의 많은 부분을 차지한 혼란이 계속되어 결국 지구가 동면의 상태로 들어가고, 그동안 인류는 결국 스스로를 파멸시킬 거라고 했습니다. 이로써 사람들이 다시금 나타나 그 피해를 복구할 때까지 2만 6000년의 암흑시대가 이어질 거라면서요."

맥스가 말했다.

"C. D.한테는 그런 참혹한 실패의 결과를 말하지 않았어요."

에롤이 말했다.

"왜 그랬을까요? 그건 아마 우리 중에서 C. D.만이 진정으로 순수한 사람이기 때문일 겁니다. 만약 C. D.가 '그것'을 발견하도록 예정되어 있다면, 이는 C. D.의 사람됨이 만들어낸 진정한 마법이 될 겁니다. 오히려 '그것'이 C. D.를 발견하는 것에 가깝겠죠. 때문에 C. D.에겐 더 이상의 동인이 필요치 않습니다. 그러니 당신 여행의 가장 마지막 부분에 C. D.를 두는 것이 어떨까 싶네요. 우선은 후안부터 시작하는 것이 좋을 것 같습니다. 그가 알고 있는 성지가 여기 치아파스나 멕시코, 과테말라의 다른 지역에서 가까울 테니까요. 그다음에는 당신이 사는 캘리포니아에서 가까운 앨런과 칠을 만나도록 계획을 세우죠. 다른 사람들은 어떤 장소를 선택하는지 따로 이야기를 해보겠습니다. 그렇게 하면 당신에게 필요한 여행 계획을 정리할 수 있을 겁니다."

후안과의 여행은 11일이 다 필요하지는 않았다.

후안과 맥스는 치첸이트사는 물론 치아파스와 유카탄 전역에 있는 신성한 피라미드 대부분을 돌아보았다. 이자파 주변의 몇몇 신비한 오아시스에도 다녀왔다. 이따금 후안의 아버지 마누엘과 도보 여행을 함께하기도 했다.

두 사람은 자신들이 정확히 무엇을 찾는지 알지 못했다. 때문에 여행 내내 설명할 수 없는 에너지 또는 일상적이지 않은 이야기를 하거나 이상한 행동을 하는 사람 같은 어떤 신호라도 찾아내지 않을까 빈틈없이 주의를 기울였다.

여행을 하는 동안 그들은 긴밀한 유대감을 느꼈다. 하지만 '그것'을 찾지는 못했다. 맥스는 화산의 신비한 힘을 느끼고 피라미드에 고대의 영령들이 존재한다는 것을 감지하긴 했지만 '그것' 비슷한 사람조차 나타나지 않았다.

다나포인트로 돌아온 맥스는 앨런 박사가 고대 아메리카 원주민들의 봉분이 있는 오하이오에서 어린 시절을 보냈다는 사실을 알게 되었다. 앨런 박사 역시 등산을 좋아하는 사람이었다. 그래서 맥스와 함께 자신이 겨울을 보냈던 그리고 소년 시절 여름을 즐겼던 콜로라도 아스펜 외곽의 몇몇 봉우리를 찾았다. 하지만 콜로라도와 오하이오, 미국 중서부의 다른 지역들을 열하루 내내 찾아보았지만 아무런 단서도 발견할 수 없었다.

앨런 박사가 오하이오의 고향에서 오래전 UFO를 본 적이 있다고 말해서 맥스는 '그것'이 어쩌면 외계인일지도 모른다고 생각했다. 하지만 그런 생각은 별로 도움이 되지 않았다. 게다가 그들은 여전히 스스로 무엇을 찾고 있는지조차 확실히 알지 못했다.

맥스는 애리조나의 그랜드캐니언에서 칠을 만나기로 했다. 칠은 어린 시절 이런 국립공원을 방문했을 때 무척 즐거웠던 추억을 갖고 있었다. 그래서 '그것'이 그런 자연의 아름다움을 간직한 곳에서 자신에게 찾아올 것이라고 생각했다.

그랜드캐니언에서 그들은 옐로스톤 국립공원으로 이동했고, 다음에는 레드우드(redwood: 아메리카삼나무)로 유명한 캘리포니아 빅서 연안의 한적한 해변을 돌아보았다. 마지막은 요세미티였다.

두 사람이 함께한 마지막 날, 야영지를 걷던 칠은 수염이 난 이상한 외모의 남자를 발견했다. 남자는 다른 야영객들과 멀찌감치 떨어진 곳에서 핫도그를 굽고 있었다. 헝클어진 백발에 희끗희끗 회색이 도는 수염 그리고 청바지에 플란넬 워크셔츠 차림이었다. 그 남자가 크고 이상한 소리로 혼잣말을 했다.

첫눈에는 '각성한' 사람이라기보다 '미친' 사람 같았다. 하지만 한 점의 희망도 없이 '그것'을 찾아 열하루를 보낸 칠은 '그것'이 예수일 것이라는 자신의 강한 믿음을 계속 상기해온 터였다. 그들은 남자에게 다가갔다.

가까이 다가가자 맥스는 무언가 친숙한 느낌이 들었다. 그리고 이내 충격을 받아 자신의 눈을 믿을 수 없는 지경이 되었다.

그는 바로 루이스였다.

맥스는 20년 가까이 형을 만난 적이 없었다. 아직 살아 있는지조차 몰랐다.

루이스는 혼잣말을 멈추고 고개를 들더니 이렇게 말했다.

"네가 나타날 때가 됐다 싶었어."

잠깐 동안 맥스는 루이스가 '그것'이 아닐까 생각했다. 머릿속에 떠오르는 온갖 저항을 물리치고 말이다. 하지만 루이스가 평생 만난 사람 중 가장 폭력적인 인간이라는 데 생각이 미쳤다. '그것'이 결코 그런 형태를 취할 리는 없다고 간절히 생각했다.

하지만 앞뒤 사정을 모르는 칠은 달랐다. 맥스가 자신의 형이라고 소개한 뒤에도 계속 고집을 부렸다. 오히려 맥스의 '형'이라는 사실이 루이스가 자신들이 찾는 사람일지도 모른다는 그의 생각을 더욱 부추겼다. 그들은 그릴 옆의 피크닉 테이블에 앉아서 루이스가 가져온 핫도그와 칩, 맥주 따위를 나누어 먹었다.

저녁 식사를 하는 동안, 맥스는 조용히 앉아 있었다. 하지만 칠은 이 자파에서의 일과 '그것'을 찾는 사명에 대해 루이스에게 자세히 설명했다. 루이스는 그 이야기에 전혀 놀라지 않았다. 하지만 자신에 대한 시기와 내면의 증오심을 맥스는 느낄 수 있었다.

맥스는 그 자리가 점점 불편해졌다. 그래서 칠에게 이제 그만 '달리는 곰'을 만나기 위해 떠나야겠다고 말했다.

그러자 루이스가 맥스를 보며 이렇게 말했다.

"나를 데려가지 않으면 절대 '그것'을 못 찾을걸. 짐을 챙겨서 곧 떠날 준비를 할게."

그 말이 떨어지자마자 맥스는 사색이 되었다.

"하지만 일정을 조정할 시간이 없어, 형. 여행 경비도 없고."

"돈이라고!"

루이스가 소리쳤다.

"너는 오로지 돈만 생각하지. 아버지도 그랬고."

갑자기 50년의 시간이 녹아 없어졌다.

루이스는 맥스에게 달려들더니 어린 시절 그랬던 것처럼 광적인 힘을 다해 목을 졸랐다. 하지만 그는 이미 예순다섯 번째 생일을 불과 3주 앞둔 노인이었다. 갑작스럽게 분출된 아드레날린이 힘을 발휘하기는 했지만 그 에너지는 1분도 채 가지 않았다.

188센티미터의 장신에 뛰어난 체력을 가진 칠이 맥스에게서 루이스를 떼어냈다. 다른 야영객들도 시끄러운 소리를 듣고 달려와 도와주었다.

공원 관리인이 달려왔다. 루이스는 폭행죄로 지역 경찰에 연행되었다. 목이 아팠지만 다른 상처는 없었다. 맥스는 칠에게 구해줘서 고맙다는 인사를 하고 함께 그곳을 떠났다.

곧이어 칠과 헤어진 맥스는 계획대로 그날 저녁 '달리는 곰'을 만나기 위해 길을 떠났다.

'달리는 곰'은 요세미티의 사막에서 맥스와 합류해 긴 여정을 시작했다. 맥스는 몬태나와 캐나다에 흩어진 고대 인디언 유적지를 돌아보았다. '달리는 곰'은 '위대한 영혼'과 소통하는 능력을 지니고 있었지만 '그것'의 흔적을 찾을 수는 없었다.

맥스는 '달리는 곰'에 이어 선곽과 여행을 하기로 계획이 잡혀 있었다. 밴쿠버에서 만난 두 사람은 브리티시컬럼비아의 북쪽 해안을 따라 여행하며 아름다운 장소들을 방문했다. 하지만 선곽은 자신이 '그것'을 찾게 된다면, 이곳이 아니라 중국일 가능성이 높다고 말했다. 그곳이 자신의 진짜 고향, 가장 신성한 기억을 간직한 진정한 고향이었기 때문이다.

그래서 두 사람은 태평양을 건너 베이징에 도착했다. 하지만 만리장성이나 선꽉이 태어난 작은 시골 마을을 찾아보아도 아무런 징후가 없었다.

맥스는 중국에서 바로 일본으로 건너가 요코를 만났다.

두 사람은 함께 홋카이도와 니코를 비롯해 맥스가 '고대의 미스터리를 찾아서' 작업을 하며 방문했던 여러 성지들을 둘러봤지만 어떤 흔적도 발견하지 못했다.

일본에 이어 맥스는 베트남을 찾았다. 멜로디는 자기 조상들의 성지에서 '그것'을 찾을 경우를 대비해 할머니와 동행했다. 멜로디의 할머니는 이미 열두 명의 이야기에 대해 들어 알고 있었다. 손녀가 아주 중요한 일을 담당하게 되었다는 사실이 자랑스러운 한편 당황스럽기도 한 듯했다.

멜로디는 어린 시절의 추억이 담긴 아름다운 시골 풍경을 보고 눈물을 지었다. 그러나 스무 곳이 넘는 성지와 마을을 찾아다녔지만 여행은 아무런 소득 없이 끝나고 말았다.

멜로디는 무척 실망했지만 할머니는 그렇지 않았다.

"우리의 성스러운 땅에서 '그것'을 찾아봤다는 것만으로 족해. 의도는 때로 결과보다 중요하니까. 우리의 순수한 의도가 다른 사람들이 '그것'을 찾는 데 도움이 될 게 분명해."

맥스는 이 할머니가 자신들의 사명을 진심으로 믿는다는 것을 깨달았다. 그런 사실이 그에게도 새로운 희망을 주었다.

"나는 확신해요, 맥스. '그것'이 예언대로 나타나리란 것을 말이에요. '그것'의 존재는 우리 가문에 수세기 동안 전해오는 믿음과 비슷하거든요. 다가오는 종말의 시대에 대한 예언과 함께 말이에요. 지상에서 천국을 실현하는 우리의 역할이 곧 시작될 거예요."

할머니는 멜로디와 맥스를 안심시켰다. 그녀의 지혜와 확신이 두 사람에게 큰 위안이 된 것은 물론이다.

제31장

지상의 사랑

2012년 11월

맥스는 베트남에서 페루의 리마로 그리고 이어서 트루히요로 날아 갔다. 공항에는 마리아의 두 아들도 함께 나와 있었다.

마리아는 맥스를 따뜻하게 안아주었다. 거의 40년 전 처음 만났을 때 느꼈던 마리아의 매혹적인 아름다움이 언뜻 떠올랐다.

아들 안드레아스와 세바스티안을 소개받는 동안 한 발짝 물러나 마 리아를 바라보던 맥스는 그녀가 여전히 아름답다는 사실을 다시 한 번 깨달았다. 부드러움과 지혜가 그녀의 매력을 한층 더 빛내주고 있 었다.

"아주 특별한 날에 도착하셨어요."

마리아가 자랑스럽게 말했다.

"세바스티안의 큰딸 레나타가 오늘 열다섯 번째 생일을 맞았거든요. 온 가족이 집에서 축하 파티를 할 거예요. 그러니까, 투카노스 가족을 한 번에 모두 만나게 되는 거죠."

그러곤 덧붙였다.

"비행 때문에 피곤하시죠? 안드레아스가 호텔로 모실 거예요. 그동안 저하고 세바스티안은 잔치 준비를 해야죠. 안드레아스가 저녁 6시에 다시 호텔로 가서 당신을 모셔오기로 했어요. 밤새도록 파티가 이어질 테니 좀 쉬도록 하세요."

그녀는 웃으면서 맥스의 뺨에 입을 맞추고 다시 한 번 포옹했다.

안드레아스와는 쉽게 말이 통했다. 안드레아스는 맥스가 자기 어머니를 어떻게 만나게 되었는지 궁금해했다. 마리아는 두 사람의 개인적인 관계에 대해서는 아무런 언급도 하지 않은 듯했다.

"어머니께 이자파에서의 일에 대해 들었습니다. 선생님이 오셔서 '그것'을 찾는 데 도움을 줄 거라는 것도요. 어머니는 정말 좋은 분이죠. 저는 어머니가 하시는 말씀은 뭐든 의심하지 않습니다. 어머니가 '그것'을 찾게 될지는 모르겠지만요."

그러고는 맥스를 보고 미소를 지으며 덧붙였다.

"선생님이 제 어머니의 인생에 이런 모험을 선물해주셔서 기쁩니다. 어머니는 아버지를 굉장히 사랑하셨죠. 그래서 아버지가 갑작스레 돌아가시자 크게 슬퍼하셨어요. 이제야 겨우 웃기 시작하셨거든요. 선생님과 여행을 하고 젊은 날의 추억이 있는 장소를 다시 돌아보는 게 어머니께는 무척 좋을 일이 될 겁니다."

마리아의 남편에 대한 이야기를 듣자 맥스는 호기심이 생겼다.

"자네 어머니는 정말 특별한 분이지. 아버님 역시 아주 특별한 분이 셨을 거라고 생각하네. 그렇게 젊은 나이에 가셨다니 유감이네."

"예, 아버지는 아주 훌륭한 분이셨죠. 훌륭한 가장이셨고, 정말 재미 있는 분이셨습니다. 어머니를 아주 사랑하고 식구들과 농담을 자주 하 곤 하셨죠. 손자손녀들도 할아버지를 무척 그리워합니다. 모두들 자기 인생에서 그런 분을 만나게 된 것을 정말 행운이라고 생각하죠. 오늘 밤 파티에 오시면 투카노스 가족이 얼마나 활기차고 발랄한지 보실 겁니다. 엄청난 대가족이죠. 삼촌들과 사촌 형제자매들도 모두 올 거 예요. 모두 모이면 100명이 넘죠."

이윽고 자동차가 쉐라톤 호텔 주차장에 멈추었다. 맥스가 아주 오래 전 처음 마리아를 만난 바로 그 장소였다. 시선이 자신도 모르게 공원 으로 향했다.

"저녁 6시에 모시러 오겠습니다. 여기, 제 전화번호입니다."

안드레아스가 맥스에게 명함을 건네며 말했다.

"필요한 게 있으면 전화 주세요. 언제든 달려오겠습니다."

맥스는 차에서 내렸다.

사환이 여행 가방을 받아들었다.

"난 괜찮네."

맥스는 사환에게 말하고 안드레아스를 돌아보았다.

"자네가 올 때까지 네 시간이 남았으니 한 잠 푹 잘 수 있겠군."

그리고 안드레아스와 포옹을 하고 환대해줘서 고맙다는 인사를 전했다.

침대에 눕자 곧 잠이 들었다.

잠에 빠지기 전 맥스는 오래전에 만났던 마리아, 호텔방 창문으로 바라보이는 공원에서 자신에게 키스하고 그가 그녀를 사랑하는 것과 똑같이 영원히 그를 사랑하겠다고 약속하던 젊은 시절의 마리아를 생각했다. 그러나 운명은 두 사람이 이번 생을 함께하는 것을 허락하지 않았다.

하지만 공항에서 그녀를 보며 맥스는 깨달았다. 자신이 여전히 마리아를 사랑하고 있으며, 마리아가 자신의 남편과 함께한 평화로운 전원생활을 동경하고 있다는 사실을.

맥스는 평생 동안 많은 파티에 참석해보았지만 레나타의 성인식 파티에서처럼 사랑과 웃음과 음악을 진정으로 즐겨본 적이 없었다.

세 살짜리 손자에 사촌 중에는 갓 태어난 아기도 있었다. 알록달록한 드레스를 입은 레나타의 친구들과 가장 말끔한 양복을 골라 입은 젊은 청년들 그리고 삼촌들과 숙모에 고모, 이모, 5촌 아저씨와 숙모, 거기다 꽃과 장식, 화려한 조명도 있었다. 그리고 무엇보다 그곳에는 사랑이 있었다.

모두가 춤을 추고, 모두가 노래를 불렀다. 가족의 절반은 프로 뮤지션인 듯했다. 민요와 클래식한 사랑 노래 그리고 그들이 직접 작곡한 노래를 부르기도 했다. 어떤 곡은 로맨틱하고 어떤 곡은 레나타와 그 친구들에 대한 장난과 익살로 가득했다.

마리아의 예상대로 파티는 밤새도록 계속되었다. 양 한 마리를 통째로 꼬치에 꿰어 굽고, 온갖 화려한 음식들이 차려졌다. 높이가 150센티미터가량 되는 아름다운 케이크도 있었다.

마리아가 모두에게 맥스를 소개해주었다. 그들은 맥스를 하나같이 포옹하고 가족의 일원처럼 대해주었다. 이자파에 다녀온 이래 '그것'에 대해 잊어버리고 시간을 즐긴 것은 그때가 처음이었다. 젊은 여자나 나이 든 여자나 할 것 없이 맥스와 즐겁게 대화를 나누었다. 맥스는 마리아의 손자들과 재담을 나누고 단어 게임과 숫자 게임을 즐기기도 했다.

맥스는 인도를 비롯해 멀리 떨어진 이국땅에서 겪은 이야기로 사람들을 즐겁게 해주었다. 하지만 그날 밤 맥스는 한시도 마리아에게서 눈을 뗄 수 없었다.

수수한 검은 드레스 차림의 마리아는 대부분의 시간을 아이들과 놀며 보냈다. 입가에는 내내 미소가 떠나지 않았고, 어린 손자들과 게임을 하는 동안에는 너무나 생기발랄해서 할머니가 아닌 아이들 중 하나로 착각할 정도였다.

파티가 끝나고 아침이 시작될 무렵, 맥스는 마리아를 도와 몇몇 손자들을 침대에 데려다 눕혔다. 그녀는 맥스에게 몸을 돌리고 감사의 인사를 했다.

"내일, 아니 오늘이 됐군요. 실컷 늦잠을 주무세요. 제가 호텔로 당신을 데리러 갈게요. 아레키파로 가볼 예정이에요. 그곳에서 쿠즈코와 마추픽추, 푸노, 코파카바나, 티티카카 호수까지 둘러보려고요. 젊은 시절에 경험한 가장 신성한 곳들이죠. 우리가 찾는 것을 발견할 만한 장소이기도 하고요."

"영화 일을 하면서 나도 가본 적이 있소. 하지만 지금은 우선 오늘 밤 초대해줘서 고맙다는 인사를 해야겠군. '그것'을 찾는 힘든 여행에서 벗어나 기분을 전환할 수 있는 좋은 시간이었소. 한 가정에서 그렇게 많은 사랑을 느낀 것은 처음이오. 온 가족과 더불어 있는 당신이 정말 특별해 보였소."

"감사해야 할 사람은 저인걸요. 제 인생에서 정말 필요한 시기에 당신이 전화를 해주셨거든요. 덕분에 저는 이자파에서 한층 고귀한 저의 사명을 다시 느끼게 되었어요. 물론 행복한 삶을 살았지만, 어쩐지 지금 제 인생이 다시 시작되고 있는 느낌이에요."

마리아가 그를 현관으로 이끌며 말했다.

"당신을 호텔로 모실 택시가 기다리고 있어요. 우리는 오후 1시 비행기를 탈 예정이에요. 여행하는 동안 그간의 밀린 이야기를 할 기회는 얼마든지 있겠죠. 이자파에서는 사람들이 너무 많아서 당신한테 인생 얘기나 가족에 대한 이야기를 들을 기회가 없었잖아요. 이번 여행을 통해 당신에 대해서 알게 되기를 바라요."

맥스와 마리아는 그 후 열흘 동안 '그것'을 찾아 다녔지만 성과는 없었다.

맥스는 호텔에 묵을 때마다 매번 방 두 개를 잡았다. 하지만 이내 오래전 처음 만났을 때 느꼈던 깊은 사랑이 전혀 사라지지 않았다는 사실을 깨달았다. 누구도 방해하지 않는 단둘뿐인 상황에서 그들은 다시금 사랑에 빠졌다. 자연스러운 리듬에 몸을 맡기고 편안하고 즐거운 여행을 계속했다. 자신들이 살아오면서 발견한 것들과 지금까지 만난 사람들에 대한 생각을 나누며 만족스러운 시간을 가졌다. 아레키파에서 푸노로 가는 기차 안에서 두 사람은 카드 게임을 하기도 했다. 맥스는 마리아가 게임을 너무 잘해서 놀랐다. 그녀는 게임에 전혀 신경 쓰지 않는 듯하면서도 맥스를 이기곤 했다.

마추픽추에서는 힘든 길을 오를 때마다 마리아의 손을 부드럽게 잡아주었다. 맥스는 그렇게 단순한 접촉에도 극도의 흥분을 느끼는 자기 자신이 믿기 어려웠다. 또다시 욕망이 살아나 몸과 마음속에서 고동치는 것을 느꼈다.

코파카바나에서도 맥스는 기회가 생길 때마다 그녀의 손을 잡았다. 말 그대로 그녀에게서 눈을 뗄 수가 없었다.

하지만 마리아는 주의를 집중하며 탐색을 계속했다. 마침내 티티카카 호수의 작은 섬에서 두 사람은 여행의 마지막 날을 맞았다.

"'그것'을 찾지 못해서 실망이에요. 오늘 이 섬에서는 꼭 찾을 수 있을 거라고 생각했는데 말예요. 전설에 따르면 바로 우리 시대에 이 티티카카 호수에서 여성성의 시대가 시작된다고 했어요. 제 잉카족 조상들은 비라코차가 이 호수에서 나왔고, 이 호수로 되돌아갔다고 믿었거든요. 저는 우리 조상들처럼 비라코차가 '그것'일 거라고 확신해요. 어쩌면 '그것'이 오늘 우리에게 나타날지도 모르죠."

그녀는 웃는 얼굴로 맥스의 눈을 보며 말을 이었다.

"하지만 그렇지 않더라도 전 실망하지 않아요. 처음 당신을 만났을 때 마치 마법처럼 당신이 제 일생의 연인이 될 거란 걸 알았죠. 제게 우리가 트루히요의 공원에서 경험했던 그 마법의 순간은 영원히 끝나지 않아요. 물론 저는 남편과 우리 가족을 사랑했어요. 하지만 당신에 대한 사랑을 멈출 수는 없었어요. 당신을 사랑해요. 지금은 처음 우리가 만났던 상황과 많이 달라요. 마음이 가는 대로 못할 이유가 없죠."

마리아는 맥스의 두 손을 잡고 입을 맞추었다. 맥스는 열정을 담은 키스로 응답했다. 그 열정이 운명적인 만남을 통해 그들이 겪었던 사랑을 다시금 확인해주었었다. 그 키스는 영원히 끝날 것 같지 않았다. 이윽고 맥스의 눈에서 눈물이 흘렀다. 눈물이 그녀의 뺨을 적시자 마리아는 아주 부드럽게 물러섰다.

"이건 기쁨의 눈물이오, 내 사랑."

맥스가 말했다.

"평생 동안 이 순간을 꿈꿔왔소. 그 오랜 세월을 지나 마침내 이렇게 영원한 사랑을 만났다는 것이 믿기지 않소. 난 항상 당신과 연결되어 있다고 느꼈소. 그럼으로써 나는 진정한 나 자신이 될 수 있었소. 또 그걸 알고 안심하곤 했지. 아이들과 함께 있는 당신을 보고, 그들과 사랑을 나누는 모습을 보고, 내 안의 나는 당신과 영원히 함께하는 것이 내 인생의 가장 큰 선물이라는 것을 확신할 수 있었소."

그녀는 맥스를 바라보며 미소를 지었다.

"맥스, 당신은 사랑할 수밖에 없는 사람이에요. 당신의 말은 거부할 수가 없네요. 저는 우리가 여생을 함께하게 되리라 믿어요. 하지만 당신은 지금 푸노로 가는 배를 타야 해요. 남은 사람들과 '그것'을 찾는 여행을 계속해야 하니까요."

맥스는 행복에 젖어 웃음을 터뜨렸다.

"그래. 이제 '그것'을 찾아서 이 지구가 혼란과 무질서로 인해 자멸하지 않도록 해야 할 더 절실한 이유가 생긴 셈이군. 한 달 후, 12월 21일에 이자파에서 만납시다. '그것'만 찾으면 여생을 행복하게 살아갈 계획을 세울 수 있을 거요."

맥스는 미소를 지으며 마지막으로 마리아에게 입을 맞추었다.

제32장

장애물

2012년 11~12월

마리아와의 미래가 맥스에게 새로운 자극제가 되었다. 그들은 반드시 성공해야 했다. 그렇지 않으면 모든 꿈이 결국 물거품이 될 테니까.

이로써 추진력을 얻게 된 맥스는 런던에 도착해 유츠키를 만났다. 두 사람은 스톤헨지와 글래스턴베리, 이오나 섬, 더블린 남쪽 위클로 힐즈에 있는 글렌달로그 등 맥스가 젊은 날 '고대의 미스터리를 찾아서' 촬영 장소를 물색하기 위해 방문했던 많은 성지들을 찾아다녔다. 클래리지스 호텔 접수계의 도움을 받으며 이들 장소를 쉴 틈 없이 여행했지만 아무런 소득도 얻지 못했다.

영국에서 아무 실마리도 찾지 못한 유츠키와 맥스는 독일로 가서 블랙 포리스트(Black Forest: 독일 남서부의 삼림 지대 – 편집자)와 여러 고성(古城)을 조사했다.

여전히 아무것도 없었다. 맥스는 걱정이 되기 시작했다. 확실한 것으로 보이던 일이 바보 놀음처럼 느껴졌다.

그런 식으로 생각해서는 안 돼. 우리는 성공할 거야. 그는 마음을 다잡았다.

두 사람은 독일에서 프랑스로 건너가 프로방스의 루르드에 들른 다음 다시 스페인 북부로 향했다. 그곳은 두 사람이 젊은 시절 산탄데르 바깥쪽 산틸라나델마르에 있는 선사 동굴에서 촬영을 한 적이 있는 인상 깊은 장소였다.

1주일이 조금 넘는 여행 동안, 그들은 스무 개 이상의 성지를 방문했다. 하지만 '그것'이 나타날 징조는 없었다.

할 수 없이 유츠키는 맥스와 함께 자신의 출생지인 예루살렘으로 향했다. 그곳에서 그들은 예리코, 마사다, 베들레헴, 사해, 갈릴리 같은 유서 깊은 지역을 탐색했다.

여전히 아무것도 없었다. 맥스가 에롤을 만나기 위해 이스탄불에 도착한 것은 탐색을 시작한 지 이미 100일 이상이 지난 때였다.

"맥스, 평정을 유지해야 합니다. '그것'이 가장 좋은 장소를 마지막에 남겨두었을 수도 있으니까요."

에롤은 그를 안심시켰다.

"하지만 언제 나타날지 모르니 계속 앞으로 나아가는 수밖에 방법이 없습니다. 우선 그리스에 잠깐 들르도록 합시다. 제가 어렸을 때 가

본 곳이죠. 그리고 세상의 진정한 아름다움, 바로 저의 조국 터키를 보여드리겠습니다. 터키는 어떤 나라보다 신성한 곳입니다. '그것'이 삶을 즐기기 위해 선택을 한다면 터키 사람으로 환생할 겁니다. 당신이 꿈도 꿔본 적이 없는 장소와 상상을 초월하는 아름다움을 보여드리죠. 노아의 방주가 발견된 곳도요. 저는 모든 곳을 샅샅이 알고 있습니다. 주어진 시간 안에 그 모든 것을 돌아볼 수 있도록 일정도 이미 짜두었습니다."

하지만 에롤이 보여준 열정과 조국 터키의 아름다움에도 불구하고 그들의 탐색은 보람 없이 끝났다.

맥스는 린포체를 만나기 위해 이스탄불에서 비행기를 타고 네팔에 도착했다. 그리고 린포체와 함께 부처가 고대 스승들의 신성한 환생이라고 믿는 수도원부터 조사하기 시작했다.

린포체가 강제수용소에 수감되어 고된 노동을 했다는 숲까지 가보았다. 하지만 며칠 동안 헤매 다닌 마법 같은 안개와 정적 속에서도 '그것'의 흔적은 없었다.

그들은 12일 뒤 이자파에서 만나자며 작별 인사를 나누었다. 순간, 맥스의 근심이 표정에 드러나자 린포체는 그를 안심시키기 위해 노력했다.

"걱정 마세요. 나는 '그것'의 에너지가 지금도 우리와 함께 있다는 것을 확신할 수 있으니까요. 우리가 아직 환생한 그를 찾지 못했다는 것은 알지만 '그것'은 분명 인도에서 C. D.와 함께 당신을 기다리고 있을 겁니다. 조심하시고, 곧 만나도록 합시다."

　맥스는 티베트에서 델리로 곧장 날아갔다. 쉴파와 C. D.는 히말라야의 고산지대 레(Leh)에서 시작해 티베트 쪽으로 돌아오는 인도 국내 여행을 계획해놓은 터였다.

　레에서 그들은 쉴파가 어린 시절 공부를 하고 C. D.가 막 태어났을 때 긴 여름휴가를 보냈던 고대의 수도원을 방문했다. 이 수도원은 인도에서 가장 신성한 곳으로 예수도 방문한 적이 있다는 풍문이 전해지는 명소였다.

　쉴파는 그 수도원이 '그것'이 살 만한 가장 그럴듯한 장소라고 생각했다. 하지만 그녀의 생각은 틀렸다.

　그들은 차편을 이용해 레에서 스리나가르로 향했다. 벌써 12월 중순이라 눈길을 간신히 헤치며 다녀야 했다. 그럼에도 불구하고 스리나가르에서 역시 '그것'을 찾는 데 실패했다. 이어서 그들은 C. D.가 어린 시절 삼촌 중 한 명과 여름을 보내곤 했던 갠지스의 리시케시로 이동했다.

　리시케시 또한 다른 장소와 마찬가지로 가능성이 없는 곳으로 밝혀졌다. 날짜는 흘러 어느덧 12월 18일이 되었다. 이제 멕시코로 그리고 이자파로 향하는 비행기에 올라야 할 시간이었다.

　희망과 열정을 안고 여행을 시작했던 맥스는 실패가 명백해지자 아연했다. C. D.는 누구보다도 그의 가장 큰 희망이었다. 하지만 '그것'은 그 인도 젊은이에게도, 그 밖에 다른 누구에게도 모습을 드러내지 않았다.

하지만 맥스는 포기하지 않았다. 아직 이틀이 남아 있었다. 21일이 될 때까지는 아직 희망이 있다.

분명히 찾을 수 있을 거야! 맥스는 전심을 다해 그렇게 생각했다.

이런 다짐을 하면서 그는 컴퓨터를 켰다. 티베트와 히말라야를 여행하는 동안에는 인터넷에 접속할 기회가 없었다. 휴대전화도 쓸모가 없었다.

어쩌면 '그것'이 열두 명 중 다른 사람 앞에 나타났을지도 모른다.

하지만 그런 일은 일어나지 않았다.

'그것'과 함께이든 아니든 이제 이자파로 돌아가 열세 번째 사도를 다시 만나야 할 시간이었다.

또한 마야력이 그리고 그토록 많은 다른 고대의 달력들이 끝나버리는 그 운명의 날 무슨 일이 일어날지 알게 될 것이다.

마지막 시간이 임박할수록 맥스는 많은 노력을 B. N.의 노트에 적힌 숫자들에 쏟아 부었다. 인도에 머무를 때부터 델리에서 멕시코시티로 가는 비행기에서까지 숫자들에 몰두했다.

맥스가 보기에는 21122012가 해답임이 분명했다. 그것은 하나의 11과 하나의 2 그리고 시작과 끝, 그 모두를 의미했다. 수의 체계를 기초로 고찰하면 그 가치가 변동했다. 그 숫자는 빛과 어둠 모두를 나타내고, 그 안에 소수와 비소수로 이루어진 거의 무한한 순열을 품고 있었다.

맥스의 특출한 수리적 재능은 지금까지 한 번도 벽에 부딪쳐본 적이 없었다. 이 21122012라는 숫자는 인간의 해석을 애원하고 있는 듯했다. 계산을 한 인간에 따라 달라지는 그런 해석을.

온갖 노력을 해보았지만, 맥스는 그 해답을 찾아낼 수 없었다.

맥스와 쉴파, C. D.가 타파출라의 호텔에 도착한 것은 20일 늦은 저녁이었다. 다른 열한 명의 멤버는 '그것'을 맞이하길 기대하며 모여 있었다. 마리아가 앞장서서 맥스를 반겼다. 하지만 그의 표정을 보자 주저하며 아무 말도 하지 못했다.

맥스가 '그것'과 동행하지 못했다고 말하자 모두들 맥이 빠졌다.

"어떻게 이럴 수가 있죠?"

멜로디가 실망하며 말했다.

"우리는 당신과 C. D.가 반드시 '그것'을 찾아올 거라고 생각했어요. 이제 내일 일몰에 달력이 끝나면, 우리에게 무슨 일이 일어나고 세상은 어떻게 되는 거죠?"

맥스는 여러 사람이 그녀와 똑같은 실망감을 느끼고 있다는 걸 알 수 있었다. 이 불가사의한 사명은 처음부터 완전한 신념과 신뢰를 요구했다. 열두 명 모두가 자신들이 꼭 해낼 것이라는 확신과 열의를 가지고 지상에서 마지막이 될지도 모르는 모험에 뛰어들었던 것이다.

그런데 이제 시간이 임박했고 '그것'은 아직 드러나지 않았다. 두려움이 엄습했다.

"우리의 운명을 의심해서는 안 됩니다."

에롤이 모두를 위로했다.

"우리는 열린 마음으로 탐색을 해왔고, 열세 번째 사도의 요구를 받들기 위해 우리가 할 수 있는 모든 일을 했습니다. 분명 보상이 있을 거라고 믿습니다. 내일은 다사다난한 날이 될 겁니다. 우리가 알다시피, 이 지구의 마지막 날이 될 수도 있겠죠. 그때를 대비해 쉬도록 합시다. '달리는 곰'과 후안, 마누엘이 동굴 근처에 우리가 만날 장소를 마련해뒀답니다. 그곳에서 4시에 만납시다. 태양은 정확히 오후 5시 02분에 질 겁니다. 그때가 정확히 태양이 적도에서 가장 남쪽으로 치우치는 순간이고, 마야력이 끝나는 순간입니다. 자, 그러니 오늘 밤은 잠을 잘 자두도록 하세요. 걱정은 접어두고요. 우리 모두를 이 특별한 순간에 이 특별한 장소에서 모이게 한 우주의 지혜를 믿어야 합니다."

계속된 여행과 B. N.의 노트에 나온 공식을 해독하기 위해 애쓰다 지친 맥스는 거의 정오 무렵까지 잠을 잤다.

침대에서 일어나자 날씨가 화창했다. 맥스는 지상에서의 마지막 날일지도 모를 오늘을 위해 가까운 곳에서 수영을 하기로 마음먹었다. 앨런 박사가 늦은 아침을 먹고 나오는 것이 보였다. 그는 앨런에게 밴을 하나 구해서 해변으로 가자고 제안했다.

서핑보드를 가지고 온 앨런이 그중 하나를 맥스에게 빌려주었다.

"나는 서핑을 해본 적이 없어요. 내 첫 레슨이 지상에서의 마지막이 될지도 모른다니, 이상하지 않아요?"

"음, 저는 서핑을 하고 있을 때 당신들이 신이라고 생각하는 것과 가장 가까워지는 느낌을 받지요."

앨런 박사가 대답했다.

"오늘이 시간의 끝이라면, 물론 저는 그렇게 생각하지 않지만, 서핑보다 나은 일은 없을 겁니다. 그러니 가봅시다!"

그들은 서핑보드를 밴에 실었다. 해변으로 가는 길에 앨런은 열세 번째 사도를 만났음에도 불구하고 자신은 아직 그 예언에 의구심이 들고 '그것'을 찾을 수 있다는 전적인 믿음도 없다고 고백했다.

하지만 그 경험은 무시하기에는 너무 큰 사건임이 분명했다.

차를 타고 해변으로 가는 길에 맥스는 낡고 후줄근한 갈색 셰비가 그들이 탄 밴을 따라오는 것 같은 느낌을 받았다. 하지만 시간이 지나자 셰비는 눈에 띄지 않았고, 이내 그런 생각도 잊었다. 해변은 온통 푸른 하늘과 햇빛뿐이었다.

앨런 박사가 맥스에게 서핑보드를 내밀었다. 몸을 웅크리고 있다 떨어지고 다리를 벌리고 섰다 다시 떨어지는 맥스의 첫 서핑 체험이 시작되었다.

얼마 후 맥스는 겨우 보드 위에 몸을 웅크리고 제대로 된 자세를 잡을 수 있었다. 순간, 자신도 모르게 파도에 몸을 맡겼다. 황홀한 승리였다. 그는 1~2미터쯤 보드 위에서 간신히 버티다 균형을 잃고 작은 파도에 휩쓸리기를 반복했다.

앨런 박사의 칭찬이 이어졌다.

"맥스, 당신은 천부적인 재능이 있어요. 서핑을 하지 않고 그렇게 오랜 시간을 낭비했다니 믿을 수가 없는걸요."

"나도 마찬가지예요. 세상이 내일도 계속된다면 서핑을 배우는 데 꼭 시간을 투자해야겠어요."

"오랜만에 정말 맘에 드는 생각을 했군요."

앨런 박사가 다시 파도 쪽으로 나아가며 어깨너머로 소리쳤다. 그를 따라간 맥스는 커다란 파도를 타고 해변까지 왔다.

맥스는 보드 위에 엎드린 채 균형을 잃지 않고 해변을 향해 부드럽게 다가오는 앨런의 파도 타는 솜씨를 탄복하며 바라보았다. 해변에 다다르자 앨런은 태양과 밴을 가리키며 그만 돌아가자는 시늉을 했다.

태양이 하늘 높이 떠 있었다. 맥스는 이제 돌아가야 할 시간임을 깨달았다. 하지만 파도를 한 번 더 타보고 싶었다. 그는 앨런에게 먼저 짐을 꾸리라는 손짓을 한 다음, 큰 소리로 잠깐만 기다리라고 말했다. 그리고 보드에 웅크리고 앉아서 뒤쪽을 바라보며 적당한 크기의 파도가 다가오기를 기다렸다.

그때 느닷없이 누군가의 손이 그의 발목을 잡고 보드에서 끌어내렸다. 이어서 그의 목을 그러쥐고 물속으로 내리 눌렀다. 물의 깊이는 2.5미터 정도밖에 되지 않았다. 하지만 맥스는 순간적으로 방향 감각을 잃고 바닥이 어디인지 해변이 어디인지도 알 수 없게 되었다.

맥스는 상대를 뿌리치려 했지만 불시에 공격을 당한 터라 이미 숨을 쉴 수 없을 정도가 되었다. 필사적으로 몸부림을 치며 아주 잠깐 물 밖으로 나와 겨우 숨을 몰아쉬었다. 하지만 이내 상대에게 제압을 당해 물 밑으로 가라앉았다.

맥스는 천천히 의식을 잃기 시작했다.

저항할 수가 없었다. 온몸에서 힘이 빠져나갔다.

의식을 잃기 전에 맥스는 루이스를 떠올렸다. 항상 그의 목을 조르던 그 우악스러운 손길을. 그때 문득 흐릿하나마 상대의 얼굴이 보였다. 긴 회색 머리에 어린 시절 내내 맥스를 따라다니던 잔인한 눈매를 가진 남자였다.

하지만 그건 중요하지 않았다. 맥스는 이미 자신의 몸을 떠나고 있었다.

또 다른 차원의 평화와 행복 속으로 돌아가고 있었다. 흰빛과 사랑과 만족감으로 가득한 곳. 맥스는 아래를 내려다보았다. 그의 몸은 형에게 붙잡힌 채 물 밑으로 가라앉고 있었다.

순간, 또다시 열두 개의 이름과 열두 개의 색상을 경험했다. 이번에는 용서의 메시지도 함께였다.

괜찮아. 넌 최선을 다했어.

세상이 끝나는 건 네 잘못이 아냐.

루이스는 요세미티 국립공원에서 일으킨 사건으로 30일간 정신 병원에 수용되었다. 하지만 맥스가 심리에 출석하지 않아서 이내 석방되었다.

그는 12월 21일 이자파에서 만나야 한다는 칠의 이야기를 기억하고 있었다. 그래서 풀려나자마자 멕시코로 차를 몰고 가 타파출라의 유일한 현대식 호텔을 감시했다.

이윽고 그의 끈기가 결실을 보았다. 그는 해변으로 가는 맥스와 다른 한 남자의 뒤를 쫓았다. 그리고 다른 사람이 없는 틈을 타 맥스에게 달려들었다.

루이스는 맥스의 생애에 다른 어떤 일이 일어나든 최종 목표를 이룰 수 없게 만들고 싶었다. 그래서 맥스를 내리누르면서 흡족한 미소를 지었다. 그 역시 숨이 찼지만 개의치 않았다.

맥스가 승리하는 것을 막을 수만 있다면 기꺼이 목숨을 버릴 수도 있었다.

맥스는 체념하고 사명을 이루지 못할 거라는 사실을 받아들이며 흰색 터널로 들어갈 준비를 했다. 그때 문득 앨런 박사로 보이는 사람이 물속에서 발버둥치는 자신을 향해 다가오는 것이 보였다. 순간, 그는 빛으로부터 멀어졌다.

수영 솜씨 좋은 앨런이 두 사람이 있는 곳까지 오는 데는 시간이 얼마 걸리지 않았다. 게다가 상대는 숨을 너무 오랫동안 참고 있어 앨런을 방어할 수 없는 상태였다.

앨런은 맥스를 남자의 손아귀에서 빼낸 다음 해변을 향해 헤엄치기 시작했다. 남자가 허우적거리며 다가올 때마다 발길질로 쫓아냈다.

남자는 이내 실패를 깨달은 모양이었다. 앨런 박사가 맥스를 해변으로 끌어올리는 동안, 재빨리 헤엄을 쳐서 멀리 사라졌다. 앨런은 곧 인공호흡을 시작했다. 몇 분 뒤, 맥스는 기침을 하며 물속 있는 동안 삼킨 엄청난 양의 바닷물을 토해냈다.

몇 분이 더 지나자 맥스는 일어나 앉을 수 있었다. 완전히 지친 상태였지만 겨우 목숨을 건진 것이다.

"그 미친놈은 누굽니까? 왜 당신을 물에 빠뜨리려는 거죠?"

앨런이 물었다.

"서프 나치스(surf Nazis)라는 녀석들을 만난 적이 있기는 하지만 저런 놈은 처음입니다. 경찰을 부르면 체포할 수 있을 겁니다. 당신을 죽이려 했다고요."

맥스는 필요 없다는 손짓을 하고 그에게 상황을 설명했다.

"내 형이에요."

앨런은 쉽게 믿으려 하지 않았다.

"늘 그런 식이지요. 하지만 그건 중요하지 않아요. 중요한 건 호텔로 가는 겁니다. 아직은 해가 지기 전에 이자파로 갈 수 있어요."

맥스는 생명의 은인을 고마운 눈으로 바라보았다.

"박사님이 제 생명을 구해주셨어요. 왠지 열두 명이 세상을 구할 수 있을 것 같군요. 빨리 가야겠어요."

앨런 박사도 그의 말에 공감했다. 그들은 가능한 한 빨리 차를 몰아 타파출라의 호텔로 향했다. 운전을 하는 동안, 앨런은 맥스의 상태가 괜찮은지 곁눈질을 했고, 맥스의 얼굴에 혈색이 돌아오는 것을 보고 안도했다. 기침을 몇 번 한 뒤 맥스가 입을 열었다.

"왜 형이 우리를 따라와서 나를 죽이려 했는지는 모르겠지만, 당신이 큰 일을 막은 것은 분명해요. 아직 '그것'을 찾지는 못했지만, 나타날 가능성이 있다고 봐야 해요."

앨런도 맥스의 말에 동의했다.

"당신이 무엇을 최선이라고 생각하든, 나는 솔직히 이 모든 게 터무니없는 일로 보입니다. 마야력은 그저 신화일 뿐이에요. 다른 신화들과 다를 게 없죠. 나는 세상이 6일 만에 만들어졌다는 성서의 이야기도 전혀 믿지 않아요. 이 세상의 끝이라는 이야기도 믿을 생각이 없고요. 오해하지는 말아요. 나도 오늘 어떤 기적적인 일이 벌어지기를 바라고 있으니까. 하지만 십중팔구 나는 내일 서핑을 하고 있을 겁니다. 그리고 당신의 그 정신 나간 형이 나타나면 당신이 아니라 이번엔 그 사람이 물에 처박힐걸요."

제33장

시간의 끝

2012년 12월 21일

차량들이 이자파로 향하는 동안 공기는 점점 무겁고 차가워졌다.

산기슭에서 마누엘을 만난 일행이 동굴 옆 개활지로 올라가기 시작하자 갑자기 비가 내렸다. 차가운 장대비였다. 개활지에 도착하기 전에 비는 우박으로 변했다.

후안이 이자파에서는 우박이 내린 적이 없다고 말했다. 세상의 끝이 될 것 같은 분위기였다.

두려움이 엄습했다. C. D.까지도 검은 머리와 살갗에 몰아치는 우박에 움츠러들었다. 모임 장소에 이르렀을 때는 4시 30분이 가까웠다. 중대한 일이 일어나기까지는 불과 30분이 남았을 뿐이었다.

'그것'의 징후는 여전히 없었다.

모두가 추위에 떨고 있어 비가 섞인 우박을 피해 동굴로 들어갔다. 독수리 깃털을 머리띠에 꽂고 예복을 입은 '달리는 곰'이 불을 지폈다. 모두들 붙어 앉아서 몸을 말렸다. 지난번 동굴에서 느꼈던 고요와 행복감은 그저 먼 기억에 불과했다.

갑자기 비와 우박이 멈추었다. 낙조가 나무 사이로 스며들었다. 완벽한 정적이 흘렀다.

일행은 일제히 동굴에서 나와 개활지로 돌아갔다.

그때 열세 번째 사도가 다시 나타났다.

열세 번째 사도는 조용하고 명료하게 말했다.

"여러분은 정해진 시간에 돌아왔지만, 여러분 중에 새로운 얼굴, '그 것'의 얼굴은 없습니다. 당신들의 탐색을 어찌된 겁니까?"

아무도 입을 열지 않았다. 잠깐 동안의 침묵이었지만 영원처럼 느껴졌다.

태양은 이제 빠르게 가라앉고 있었다.

시간의 끝이 임박했다. 그리고 열두 명은 실패했다.

하늘 높은 곳에서 콘도르 한 마리가 나타나 급강하하더니 '달리는 곰'의 어깨까지 내려왔다. '달리는 곰'은 움찔했지만 곧 평정을 찾고 이렇게 말했다.

"라코타와 호피의 비밀 예식에서는 오랫동안 콘도르나 독수리가 모이는 것을 평화와 조화의 시대가 임박했음을 알리는 신호로 보아왔습니다."

그러고는 자신이 머리에 꽂고 있는 깃털을 가리켰다.

"이것은 분명 우리가 실패하지 않았다는 신호이고, '그것'이 실은 지금 우리와 함께 있다는 뜻입니다."

잠시 후, 열세 번째 사도의 목소리가 다시 들렸다.

"'달리는 곰'의 말이 맞습니다. 이 콘도르의 출현은 바로 이 순간 '그것'이 함께하고 있다는 신호입니다. 여러분 중 하나가 당신들이 찾던 그 사람입니다."

그 소식이 모두를 놀라게 했다. 그들은 재빨리 서로에게 시선을 던졌다. 다른 누군가가 입을 열기 전에 목소리가 다시 들려왔다.

"당신이 누구이든 이제 앞으로 나올 때가 되었습니다. 태양이 지고 있습니다. '그것'이 밝혀지고 '그것'이 세상과 그의 창조물을 구하지 않으면 달갑지 않은 예언이 실현될 겁니다. 빛의 시대가 아닌 어둠의 시대가 인류의 운명이 될 것입니다."

모두의 눈이 열두 명 중 C. D.에게로 향했다. 자아가 없는 것처럼 보이는 건 그뿐이었다. 그만이 알지 못하는 사이에 '그것'이 될 수 있을 것 같았다.

하지만 C. D.는 맥스에게 몸을 돌리더니 존경과 사랑의 눈으로 그를 바라보았다.

맥스도 C. D.를 바라보았다. 그 순간 맥스는 자신의 탄생을 그리고 어머니로부터 받았던 사랑을 기억해냈다. 그리고 다른 모든 숫자는 계산했으면서도 정작 자기 '자신'의 생일이 가진 정확한 수비학은 계산해본 적이 없다는 사실을 깨달았다.

그리고 문득 자신의 생일인 1949년 12월 12일이 2012년 12월 21일과 같은 절댓값과 진동을 갖고 있다는 사실을 발견했다.

순간, 그는 자신의 탄생과 모든 인류의 탄생을 다시금 경험했다. 그리고 처음으로 자신이 누구인지 기억했다. 자신이 맥스로 태어난 것을 기억했다. 인간의 삶을 경험하기 위해 자신이 알고 있는 모든 것을 잊기로 동의한 것을 기억했다.

개활지 한가운데로 걸어 나오면서 맥스는 모든 것의 일부가 된 자신을 느꼈고, 자신의 의식이 지금까지 살았던 모든 사람들과의 관계를 다시금 정립하는 것을 느꼈다.

그리고 처음으로 물리적 형태를 가진, 영겁의 시간 이전에 폭력적 문명을 만드는 인간의 불행한 선택을 보고 인류를 다시 찾기 위해 그들이 시작했던 원대한 계획의 충실한 메신저이자 협력자인 열세 번째 사도를 보았다.

맥스와 열세 번째 사도가 서로의 눈을 조용히 들여다보는 동안 완벽한 침묵이 이어졌다. 끝없는 감사와 인정(認定)의 시선을 나누는 그들은 서로를 비추어 서로가 되어가는 듯했다.

그들은 수천 명의 다른 사람들이 되었다. 지구상에서 살았던 모든 종족과 유형의 남자와 여자, 노인과 젊은이가 되었다.

'A는 A이면서 A가 아니다.'

맥스는 맥스이면서 동시에 맥스가 아니다. 맥스는 열세 번째 사도이면서 동시에 열세번째 사도가 아니다. 맥스는 지금까지 살았던 모든 인류이면서 동시에 지금까지 살았던 모든 인류가 아니다.

멜로디, 마리아, 유츠키, 칠, 앨런 박사, 린포체, 에롤, 선팍, 후안, 요코, 달리는 곰, C. D. 이 열두 명은 인류가 이전에 경험했던 시간이 끝나고 태양이 지는 동안 그 자리에 못 박힌 채 서 있었다.

새들의 지저귀는 소리가 멈추었다.

바람도 없었다.

오로지 고요와 정적만이 자리했다.

그 순간은 영원과 같았다.

어쩌면 1초도 되지 않은 시간이었는지 모른다.

누구도 그걸 알지는 못했다.

마야인들의 예언은 완벽했다. 영겁 이전에 예언된 대로 모든 것이 실현되었다.

맥스에게 그것은 임사 체험의 데자뷰와 같았다. 빛과 사랑과 인간의 형태로 자신 옆에 서 있는 것들과 열두 명을 둘러싸고 인류의 그리고 어쩌면 우주의 새로운 시대가 시작되었음을 기뻐하는 수많은 영혼들로부터 나오는 온기만이 있었다.

다시 시간이 시작되면서, 맥스가 입을 열었다. 하지만 그것은 순수한 인간 맥스가 아니었다. 자신이 '그것'이며, 수천 년 전 열두 명으로 하여금 각각 자신이 가진 의식의 씨앗을 뿌리게 했다는 깨달음을 갖고 있는 맥스였다. 그는 듣는 이들을 모두 편안하게 만드는 부드럽고 차분한 목소리로 말했다.

"시간이 끝났습니다. 그리고 이제 새로운 시대가 시작될 것입니다."

'그것'이 말했다.

"위대한 전환이 일어날 것입니다. 아무것도 바뀌지 않을 것입니다. 그리고 모든 것이 바뀔 것입니다. 지구와 모든 생명체는 유지될 것입니다. 하지만 모두의 의식은 전환되었고, 아직 오지 않은 시대에까지 그 전환은 계속 이어질 것입니다. 당신들 인류는 당신들의 운명에 좀 더 알맞은 사랑과 조화와 자유의 시대에 접어들 것입니다. 모두의 무한한 자비심이 형성되었다는 것을 발견하면서 전쟁은 끝이 날 것입니다. 이 지구상에는 부족함이 없고 싸움이 필요 없습니다. 생존과 경쟁을 위해 확장시켰던 에너지는 창의와 유희(遊戲)에 모아질 것입니다. 이것이 처음부터 의도되었던 것이며 당신들 모두, 당신들 각자가 앞으로 이루어갈 것입니다."

그러곤 잠시 말을 멈추었다가 다시 시작했다.

"이 새로운 시대는 14만 4000년간 지속될 것입니다. 하지만 당신과 당신의 후손들이 한 선택에 따라 끝없이 이어질 수도 있습니다. 언제나 자유 의지가 존재합니다. 이 시간 이 장소에 당신을 있게 하는 것은 자유 의지입니다. 당신들 각자는 당신들과 살았고 상호작용을 해왔던 다른 모든 사람이 그렇듯 자신의 몫을 해냈습니다. 이 순간은 예정되어 있었지만 이렇게 귀결되리라는 것은 예정되어 있지 않았습니다. 이 행복의 시대를 지구로 불러온 것은 당신들의 사랑과 용기와 선택이었습니다."

지는 해의 잔광이 개활지를 분홍색과 오렌지색으로 물들였다. 모든 사람의 얼굴에는 맥스가 큰 깨달음을 얻었다는 기쁨에 미소가 번졌다.

이 즐거운 에너지는 지상의 모든 생명체로 퍼져나갔다.

곧이어 모든 나무와 식물의 새로운 생명력이 느껴졌다. 심지어 그들이 서 있는 땅과 바위도 공감과 사랑으로 물결쳤다.

열세 번째 사도는 맥스에게서 물러나 다시 열두 명에게 말했다.

"나는 이제 당신들을 떠나 당신들이 현재 알고 있는 것을 넘어서는 영역으로 갈 것입니다. 하지만 당신들이 해왔고, 앞으로 해나갈 모든 것에 기뻐하고 있습니다. 다른 차원에서 우리는 이미 다시 만나서 생의 신비와 영원히 끝나지 않는 위대한 각성을 함께했다는 것을 알아두십시오. 맥스는 당신들과 함께할 것입니다. 그는 '그것'이지만 동시에 그저 인간 맥스이기도 합니다. 맥스라는 존재 이외의 어떤 것으로도 그에게 관심을 두지 마십시오. 그는 언제든 떠날 수 있지만, 당신들 사이에서 구별되지 않는 똑같은 존재로 살아가려는 소망을 가지고 있습니다. 우리 신들조차 궁극적인 즐거움은 실패, 낙담, 분투를 비롯해 인간이 겪는 모든 것을 경험하는 것으로 봅니다. 인간은 종종 삶의 어두운 면을 숨기려 하지만 우리 신들은 경험할 수 있는 모든 것에서 기쁨을 느낍니다. 각성한 존재인 당신들도 어려운 문제에 부딪히게 될 것입니다. 하지만 패배와 실패 속에서도 그 어떤 것보다 장엄하고 복잡한 인간 존재를 경험하게 된다는 것을 기억하십시오. 맥스를 지키고, 자신을 지키십시오. 그리고 당신이 만들고 살도록 운명 지어진 삶을 즐기십시오."

마지막으로 그는 이렇게 말했다.

"우주의 환희가 항상 당신들과 함께하기를."

이 마지막 말과 함께 열세 번째 사도는 사라졌다.

밤이 찾아왔다. 아직 젖어 있는 산길을 걸어 내려와 마누엘이 기다리고 있는 곳에 이를 때까지 열두 명과 맥스의 얼굴은 환히 빛나고 있었다.

그들 한 사람 한 사람을 맞이하는 마누엘의 얼굴에도 미소가 번졌다. 심지어 밴에서 기다리고 있는 운전사들도 미소를 지었다. 누구 하나 아무 말도 하지 않았다. 하지만 타파출라로 돌아오는 길 내내 그들 모두는 침묵 속에서 대화를 나누고 있었다.

시간의 끝이 다가왔다가 사라졌다. 모두가 가지고 있던 두려움이 사라졌다.

새로운 시대가 시작된 것이다.

제34장

각성

2012년 12월 21일

열두 명이 타파출라의 호텔에 도착할 즈음, 치아파스의 이 외딴 멕시코 마을에도 어떤 특별한 일이 일어났다는 소식이 들어왔다.

과학자들은 지축의 갑작스러운 변화를 보고했다. 자기장이 변화했다. 지구의 궤도가 변화했다.

그러한 현상들이 낳은 결과는 아직 알려지지 않았다. 하지만 텔레비전과 라디오, 인터넷 사이트들은 새로운 견해와 새롭게 발견된 사실들을 부지런히 퍼 날랐다.

급격한 공황 상태로 이어지는 것이 당연한 수순이었다. 하지만 이러한 사건을 보고하는 사람들 중에서 불안감을 느끼는 경우는 거의 없고 대부분 평온을 유지했다. 과학자들은 그러한 변화가 어떤 전조나 눈에 띄는 큰 참사 없이 일어났다는 사실에 놀랐다.

해일도 없었고 지진도 없었다.

이미 2012년 12월 22일을 맞은 극동에서는 이례적으로 온화한 날씨 속에 청명한 하늘 위로 태양이 솟아올랐다.

지상의 모든 곳에서 멋진 날이 시작되는 듯했다.

호텔로 들어선 맥스는 사환에서 접수계 직원에 이르기까지 모든 사람이 미소를 짓고 있는 것을 발견했다. 모두가 같은 생각을 하고 같은 우스갯소리를 공유하고 있는 듯했다. 그것은 다름 아닌, 아주 깊은 곳에서는 모두가 하나로 연결되어 있다는 확고한 깨달음이었다.

하나의 살아 있는 몸에 속한 다양한 세포들과 같았다. 그리고 맥스가 보기에 그것은 단순한 비유가 아니라 실제적인 사실이었다.

모두가 함께하는 마지막 저녁 식사 때, 맥스는 자신이 실질적인 변환이 일어난 '그것'이라는 존재였던 시간은 오로지 깨달음의 한순간 동안뿐이었다고 말했다.

"우리가 이런 전환을 일으키리라는 보장은 전혀 없었습니다. 맥스로서 사는 동안 나는 깨어 있기보다는 잠들어 있었던 것 같습니다. 내가 할 일을 실험하기 위해서는 그래야만 했던 거죠. 모든 인간은 육체를 부여받았을 때 잠이 듭니다. 그렇게 함으로써 진정으로 깨어 있을 수 있죠. 그렇지만 이 세상 전체라는 규모에서 의식이 진화하고 성장하기 위해서는 한두 사람이 자각하고 있는 것으로는 부족합니다. 때문에 여러분 모두가 참여해야 했던 거죠. 나를 각성시킨 것은 우리 그룹의 작용이었고 우리 그룹의 각성이었습니다. 여러분 각자는 '그것'의 에너지를 가지고 있습니다. 카발라(중세 유대교의 신비주의 – 편집자)나 다른 고대의 과학이 가르쳐주는 것과 같이 창조의 순간은 '그것'의 의식이 무한한 개별적 실체로 부서져나가는 것입니다. 여러분 한 사람한 사람은 그리고 지구상의 모든 인간들은 그 전환을 좌우하는 확장된 의식을 함께 창조했습니다. 이런 차원에서 여러분 각자 그리고 존재하는 것들은 모두가 동시에 '그것'이기도 합니다."

항상 실용적인 것을 탐구하는 에롤이 지적했다.

"하지만 그런 경우라면, 우리가 처음 모여 에너지가 움직였던 지난 8월에 당신이 누구인지 인식하지 못한 이유는 뭔가요? 지난 4개월 동안 그런 탐색을 한 데는 무슨 목적이 있었던 건가요? 아니면, 사명에 대한 우리의 믿음과 헌신을 시험한 것인가요?"

몇몇 사람들이 고개를 끄덕였다, 에롤이 자신들의 의문을 대변하기라도 한 듯.

"의도적인 것은 없었습니다."

맥스가 대답했다.

"나는 알지 못했지만, 그 계획은 인간 맥스가 지구상 모든 에너지의 흐름을 활성화시키는 것을 필요로 했습니다. 고통을 받고 있는 것은 지구 자체였으니까요. 가이아 이론이 정말 맞았던 거죠."

혼란스러운 표정을 짓는 사람들이 있었다. 맥스는 계속 설명했다.

"가이아는 그리스의 여신입니다. 지구는 단일한 의식이고, 일어나는 모든 일이 그 의식에 영향을 미친다는 것이 가이아 이론의 가설입니다. 수세기 동안 모든 폭력적인 행동이 지구 그리고 무엇보다 지구상의 모든 성지에 영향을 주었습니다. 성지는 아주 오래전 그곳에서 나타나는 강력한 에너지를 근거로 주술사들이 때로는 의식적으로 때로는 무의식적으로 선택한 곳들이죠. 각각의 장소는 하나의 에너지 흐름입니다. 저는 그 장소들을 치료하기 위해 돌아볼 필요가 있었던 겁니다. 그것은 맥스가 젊었을 때부터 시작된 긴 여정이었죠."

"하지만 세계 곳곳에 흩어져 있는 그렇게 많은 장소들을 방문하게 되리라는 것을 어떻게 알고 있었죠?"

멜로디가 물었다.

"맥스인 나로서도 전혀 실마리가 없었습니다."

맥스가 대답했다.

"그 여정은 학생 때 페루와 볼리비아를 여행하며 티티카카 호수를 찾을 때부터 시작되었죠. 그 후 '고대의 미스터리를 찾아서'라는 영화 작업을 하면서 확대되었고요. 하지만 어떤 특별한 일이 일어나고 있다는 사실은 몰랐어요. 개인적으로 첫 여행을 시작할 때부터 여러분 열두 명이 등장했으니까요. 그래서 여러분을 한 사람씩 마주칠 때까지 그 이름을 알지 못했던 겁니다. '달리는 곰'을 만났을 때에야 우리 그룹의 중요성을 알게 되었죠."

"그렇다면 최근 몇 달 동안, 우리와 함께 당신의 발자취를 되짚은 까닭은 뭔가요?"

선팍이 물었다.

"우선 여러분이 유력한 장소로 지적한 곳 중에서 내가 가보지 않은 곳이 있었습니다. 티베트의 수도원이나 이오나 섬, 독일의 고성, 베트남이나 중국 같은 곳 말입니다. 예전에 가본 적이 있다 해도 오랫동안 잊고 있었거든요. 여러분 한 사람 한 사람과 여행을 마치고 돌아올 때마다 내가 방문한 모든 곳의 에너지를 간직했고, 또한 여러분의 개별적인 에너지에 의지해 기운을 냈습니다. 우리가 방문한 곳에 불을 붙인 셈이죠. 내 존재만으로는 전환을 촉발시킬 수 없었습니다. 모든 성지에 자극이 주어져야만 전환이 일어날 수 있었던 거죠. 자극을 받고 나면 시동 키만 있으면 됩니다."

"시동 키라니 무슨 말씀이세요?"

칠이 물었다.

"맥스인 내가 시동 키였습니다. 하지만 그 시동 키는 특별한 유형의 전류를 필요로 했습니다. 맥스의 존재에 좀 더 탁월한 인식을 통합시키는 것을 기반으로 한 전류죠. 이러한 수준의 인식은 내가 나의 생일이 2012년 12월 21일과 관련이 있다는 것 그리고 내가 육체를 가지고 환생한 유일한 목적은 개인의 인간성을 빼앗고 지구상 모든 창조물의 핵심인 자연을 훼손하는 물질주의로부터 인류를 구하는 것임을 마침내 깨달은 때에서야 비로소 생기게 되었습니다."

맥스는 모험을 함께한 열두 명을 둘러보았다.

"여러분 모두가 그 마지막 각성에 기여했습니다. 나는 마리아부터 시작해 당신들의 마음에 담긴 소망과 의지를 느낄 수 있었고, C. D.의 눈을 통해 그의 존재 자체에서 항상 우러나는 무조건적인 순수한 사랑을 명확히 볼 수 있었습니다."

그는 진심을 다해 말했다.

"하지만 그것은 자신의 가족이나 국가뿐 아니라 모든 인류를 돕고자 하는 여러분 모두의 결집된 에너지와 결집된 순수성 속에서 가장 강력하게 빛났습니다. 그것은 내게 모든 살아 있는 것의 본질인 사랑의 진정한 토대를 뚜렷이 자각하게 해주었습니다. 그것은 형이하학적이거나 형이상학적인 모든 개념과 기원(基源)에 근거합니다. 나 그러니까, 맥스가 좀 더 높은 이런 인식 상태에 진입하지 못했다면 지구를 치유하는 힘을 갖지 못한 시동 키가 되었을 것이고, 위대한 전환은 일어나지 않았을 것입니다."

맥스는 다시 말을 멈추고 사람들이 자신의 말을 이해하길 기다렸다.

"그것은 과학자가 추측할 수 있는 것보다 인간의 숙명과 한층 깊은 관련을 갖고 있습니다."

그는 발견의 열쇠가 된 물건을 사람들에게 보여주었다.

"여기, B. N. 마하르스의 노트 안에는 이러한 관련성의 일부를 설명하는 공식들이 들어 있습니다. 하지만 나, 맥스조차 그것들을 이해할 수 있는 역량을 갖지 못했습니다. 고대 문명들의 달력과 열두 부족과 열두 색상의 전설은 여러분 한 분 한 분 그리고 우주를 넘어서는 광대한 에너지와 관련되어 있습니다. 모든 것들이 연결되어 있죠. 모든 것이 다르고 또 모든 것이 같다는 것은 맞는 말입니다. 전환 때문이죠. 거기에는 시간도 공간도 없습니다. 그러나 삶과 죽음이라는 환영은 그것들이 형성된 한계 안에서는 실재합니다."

그는 노트를 내려놓고 사람들을 차례로 둘러보았다.

"여러분이 더욱 앞으로 나아가 다차원의 존재가 되면, 이러한 식견조차 더 위대한 자각의 여정… 미래에 가장 효과적으로 탐험하게 될 여정의 시작에 불과하다는 것을 알게 될 것입니다."

마리아가 맥스를 바라보았다. 그녀의 얼굴에는 사랑과 존경의 빛이 넘쳤다.

"그래요."

그녀가 말했다.

"지금으로서는 인류가 구원된 것을 기뻐하는 것으로 충분할 것 같아요. 하지만 오래지 않아 이런 질문들이 다시 시작되겠죠. 우리는 여기에서 어디로 가는 걸까요? 우리의 고귀한 생에서 우리는 무슨 일을 해야만 할까요?"

대답하기에 앞서 맥스는 그녀에게 미소를 지어 보였다. 그 미소에는 두 사람이 서로 맹세한 대로 함께 살고 사랑할 것이라는 약속이 담겨 있었다. 인간 맥스는 몹시 기뻤다.

"잠깐 동안 그리고 사실은 모든 순간, 여러분 각자가 진정 자기다운 즐거움을 누리는 것으로 충분합니다. 당신들의 삶은 표면적으로 전혀 변하지 않을 수도 있습니다. 하지만 여러분은 이 광대하고 이상한 세상을 거쳐 가야 하기 때문에 여러분이 만나는 모든 인간, 모든 동물, 모든 식물, 심지어 대부분 생명이 없다고 생각하는 모든 사물에 생명력이 넘쳐흐른다는 것을 인식해야 합니다. 여러분 모두에게 도전이 남아 있습니다. 물론 저한테도요. 맥스로서의 여정을 계속하고, 나를 기다리는 인간적 임무가 무엇이며, 인간적 필요와 허약함을 가진 한 인간으로서 그것을 어떻게 헤쳐 나갈지 발견하는 것이 바로 나의 바람입니다. 때문에 나는 내가 진정으로 누구인가, 하는 깨달음을 내가 이제부터 만나게 될 사람들과 통합시킬 것입니다."

말을 맺으면서 맥스는 잔을 들었다. 그리고 인간과 신이 모두 '인생'이라고 부르는 미지의 여행을 계속해나갈 모든 사람들에게 축배를 제안했다.

　　그들 중 누구도 위대한 전환을 이끌어내는 데 그들 각자가 담당한 역할을 드러내지 않았고, 그들 중 누구도 '그것'인 맥스의 실체를 누설하지 않았다.

　　한편, 지구는 번성했다. 지구 온난화의 속도는 늦춰졌고, 얼마 후 그마저도 중지되었다. 더욱 돋보이는 것은 인류가 자연과의 조화를 발견했다는 사실이다.

　　새로운 기술이 발명되었고, 새로운 에너지 형태가 발견되었다. 부유함이 누구에게나 평범한 것이 되었다. 단 몇 십 년 만에 전쟁이라는 개념은 존재하지 않게 되었다. 교육과 창의성이 모든 선택을 좌우했다. 범죄가 일어날 이유가 없었다.

　　과학자들은 2012년 12월 21일에 일어난 극적인 전환을 탐구했지만, 결코 합의에는 이를 수 없었다. 어떤 사람들은 과거로 거슬러 올라가 고대 마야인들의 믿음을 연구했고, 지구 그리고 특히 이자파가 거대한 은하계의 중심과 아직 이름이 지어지지 않은 무한한 우주의 중심에 위치한다는 의견을 내놓았다.

어떻게 이런 일이 있을 수 있는가? 이런 논의를 거듭했지만 결코 해답을 얻지는 못했다. 사실 그것은 인간의 이해를 넘어서는 것이었다.

《2012: 열두 명의 현자》는 본질적으로 허구이지만, 당신이 생각하는 것보다 많은 실제적 요소를 담고 있다. 위대한 전환에 대한 믿음은 마야뿐 아니라 세계의 여러 문화에서 나타난다.

확실히 우리가 오늘날 지구상에서 볼 수 있는 현재의 상황과 그 문화는 어떤 변화가 필요하다는 증거이기도 하다. 당신이 어떤 탁월한 힘을 믿거나 그렇지 않거나를 불문하고, 또 당신이 자신을 '달리는 곰'이라고 생각하든 앨런 박사로 생각하든 관계없이, 당신은 그 해답의 일부가 될 수 있다.

정직, 성실, 사랑은 어느 때나 인생에서 가장 중요한 것들이다. 다가오는 전환은 오랜 시간 동안 알려져왔던 이런 단순한 가치를 강조할 것이다.

인류나 지구는 커다란 도전에 직면하고 있다. 그러나 그 첫걸음은 당신이 진정 누구인지 각성하고 가능한 한 많은 사람을 각성시키는 것이다. 이 책을 읽고 그 문제에 대해 논의하는 것은 이 방향으로 나아가는 하나의 단계이다. 그러나 하나의 단계에 불과하다.

"당신이 모든 생명에 우연과 행운과 적시성이 간직되어 있으며 그들이 당신을 다른 이를 위해 봉사하는 한층 높은 목표로 이끌 수 있다는 맥스의 믿음에 공감한다면, 같은 생각을 가진 사람들과 접촉할 수 있는 http://www.planetchange2012.com을 찾아보도록 하라."

| 감 사 의 말 |

　

　

캐서린 치에사, 데이비드 윌크, 게일 뉴하우스, 밥 홀트, 린다 맥나브, 캐시 몬테시, 콘래드 젠쇼, 톰 하트만, 콘스탄스 켈로, 호세 아르구엘레스, 사이러스 글래드스톤, 산토스 로드리게즈, 어빈 라즐로를 비롯해 이 책의 초고를 읽어준 사람들에게 감사를 전한다.

영화 프로듀서 이언 제슬과 내 사촌 리안, 영화 에이전트 베리 크로스트가 그랬듯이 초고에 귀중한 조언을 해준 에디터 매리 로와 조지나 레빗, 킴 맥아더, 아만다 퍼버, 스티븐 새플에게도 감사의 인사를 드린다. 초고와 최종 원고의 교정과 퇴고를 위해 많은 시간을 할애한 워터사이드의 직원 밍 러셀, 나탈리 맥나이트, 칼린 허만슨 그리고 카피 에디터 클레어 와이코프에게도 진심 어린 감사를 전한다. 나는 훌륭한 팀을 만들어서 당신이 손에 들고 있는 아름다운 책을 편집하고 만들어준 정말로 근사한 출판업자 로저 쿠퍼를 만나는 행운을 누렸다. 그들은 물론 스승과 동료로서, 고객과 골프 친구로서 나와 관계를 맺고 내게 이 책을 쓰게끔 자극하는 삶을 사는 특권을 누리게 해준 모든 사람에게 마음속 깊이 우러나는 감사의 마음을 전하고 싶다. 무엇보다 작고하신 부모님 셸마와 밀턴 글래드스톤께 감사를 드린다. 그분들은 지적인 토대와 글이라는 마법을 통해 나의 영혼을 다른 이들과 함께 나눌 수 있는 영감을 주셨다. 또한 젊은이들에게 지구와 모든 살아 있는 것들과의 관계가 가진 고귀함과 중요성을 교육하는 데 지금까지 헌신해왔고 앞으로도 계속해나갈 제인 구달 박사와 제인 구달 연구소에도 깊은 감사를 전한다. 내 저작권료의 1퍼센트는 제인 구달의 '루츠 앤 슈츠(Roots & Shoots)'에 기부된다. 독자 여러분도 www.rootsandshoots.org를 방문해서 그 사업에 공헌할 기회를 얻기 바란다.

| 추천 도서 |

Argelles, Jos. The Mayan Factor: Path Beyond Technology. Rochester VT, Bear & Company, 1987.

Audlin, James David(Distant Eagle). Circle of Life: Traditional Teachings of Native American Elders. Santa Fe, NM: Clear Light Publishing, 2006.

Braden, Gregg, Peter Russell, Daniel Pinchbeck, et al. The Mystery of 2012: Predictions, Prophecies, and Possibilities. Louisville, CO: Sounds True Publishing, 2007(Audio also available).

Clow, Barbara Hand. The Mayan Code: Time Acceleration and Awakening the World Mind. Rochester VT, Bear & Company, 2007.

Gladstone, William. Legends of the Twelve. New York, NY: Vanguard Press, 2010.

Jenkins, John Major, and Terence McKenna. Maya Cosmogenisis 2012: The True Meaning of the Maya Calendar End-Date. Rochester VT, Bear & Company, 1998.

Laszlo, Ervin. Worldshift 2012: Making Green Business, New Politics, and Higher Consciousness Work Together. Rochester VT: Inner Traditions, 2009.

Loye, David. An Arrow Through Chaos: How We See into the Future. Rochester VT: Inner Traditions, 2000.

(Mrquez, Gabriel Garcia. 100 Years of Solitude. New York, NY: Avon, 1976.

Melchizedek, Drunvalo. Serpent of Light Beyond 2012: The Movement of the Earth's Kundalini and the Rise of the Female Light, 1949 to 2013. Newburyport, MA: Weiser Books, 2008.

(Michell, John, and Christine Rhone. Twelve-Tribe Nations: Sacred Number and the Golden Age. Rochester VT: Inner Traditions, 2008.

Page, Christine R.. 2012 and the Galactic Center: The Return of the Great Mother. Rochester VT, Bear & Company, 2008.

Southe Stephanie. 2012: Biography of a Time Traveler: The Journey of Jos Argelles. Franklin Lakes, NJ: Career press, 2009.

옮긴이 **이영래**

이화여자대학교 법학과를 졸업하고 리츠칼튼 서울에서 리셉셔니스트로, 이수그룹 비서팀에서 비서로 근무했다. 트랜스쿨을 이수하고 현재 인트랜스 전문번역가로 활동하고 있다. 옮긴 책으로는 《칼 사이먼튼의 마음 의술》, 《좋은 투자 나쁜 투자 이상한 투자》, 《히트 메이커》, 《휴 존슨 잰시스 로빈슨의 와인 아틀라스》(공역), 《2009 세계대전망》, 《The Complete Beatles Chronicle》(공역) 등이 있으며 《Top Gear》, 《Golf Punk》, 《Men's Health》, 《Allure》 등의 잡지에 번역기사를 제공하고 있다.

2012
열두 명의 현자

1판 1쇄 발행 2009년 11월 10일
1판 3쇄 발행 2009년 11월 27일

지은이	윌리엄 글래드스톤
옮긴이	이영래
발행인	허윤형
펴낸 곳	황소북스
주소	서울 마포구 서교동 375-37번지 303호
전화	02)334-0173 팩스 02)334-0174
홈페이지	www.hwangsobooks.co.kr
등록	2009년 3월 20일(신고번호 제313-2009-54호)

ISBN 978-89-963287-0-4 03840